修繕屋マルゴ　他二篇

フジュレ・ド・モンブロン
福井寧＝訳

幻戯書房

目次

『深紅のソファー』『修繕屋マルゴ』要図

❶ サン＝ポール通り
❷ サンタントワーヌ通り
❸ グレーヴ広場
❹ ロワイヤル橋
❺ テュイルリー庭園
❻ カプチン会テラス
❼ フイヤン会テラス
❽ モンマルトル通り
❾ アルジャントゥイユ通り
❿ シャントル通り
⓫ サン＝ニコラ教会
⓬ シャン＝フルリ通り
⓭ オペラ座
⓮ サンタンヌ通り
⓯ ヴァンドーム広場
⓰ パレ＝ロワイヤル
⓱ カーンズ＝ヴァン教会
⓲ サントノレ通り
⓳ コメディー＝フランセーズ座
⓴ サン＝ジェルマンの市
㉑ ルーヴル宮
㉒ フォール＝レヴェック
㉓ バール通り
㉔ サン＝ミシェル橋
㉕ シャンジュ橋

『コスモポリット（世界市民）』要図

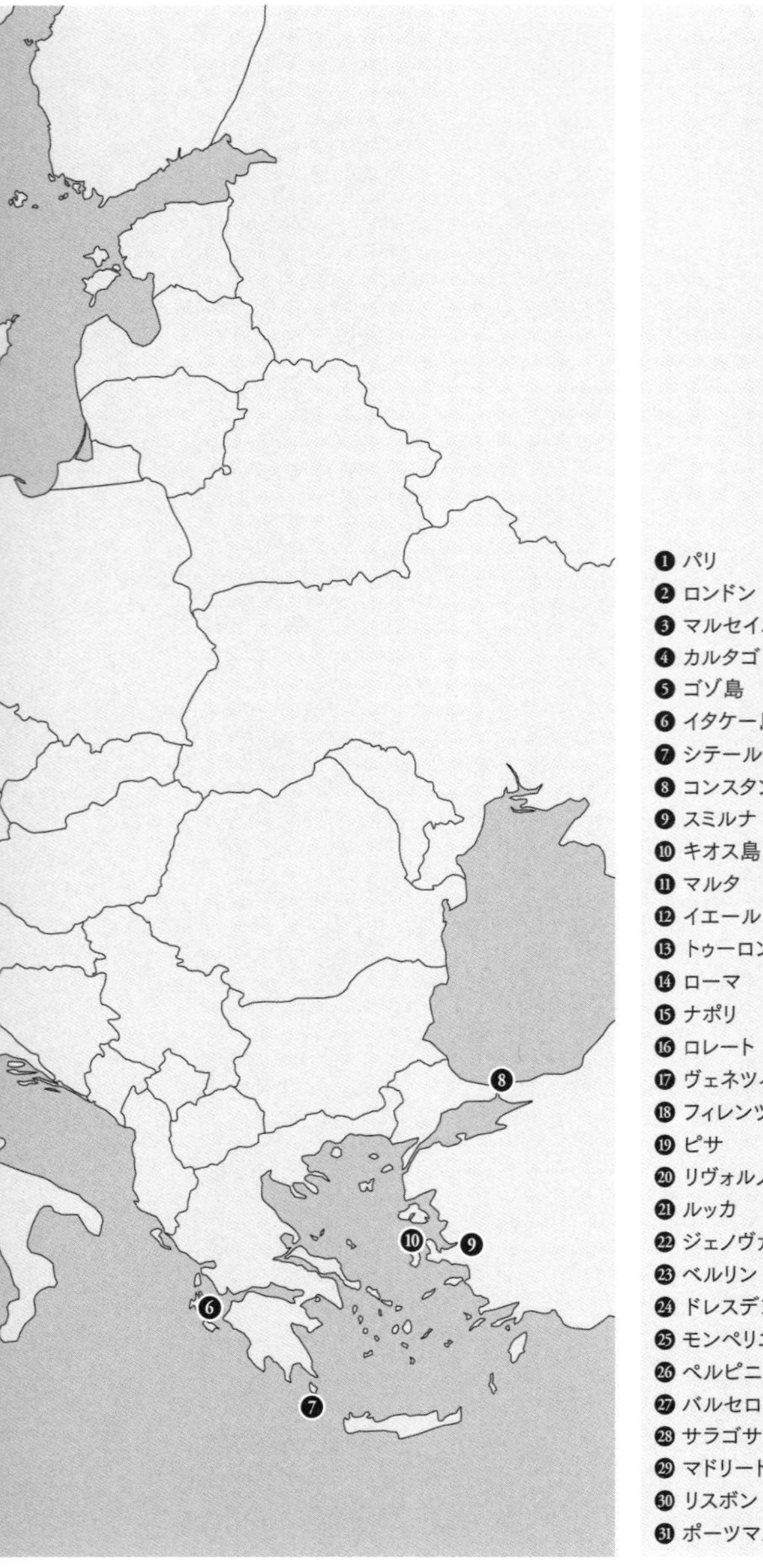

❶ パリ
❷ ロンドン
❸ マルセイユ
❹ カルタゴ
❺ ゴゾ島
❻ イタケー島
❼ シテール島
❽ コンスタンチノープル
❾ スミルナ
❿ キオス島
⓫ マルタ
⓬ イエール
⓭ トゥーロン
⓮ ローマ
⓯ ナポリ
⓰ ロレート
⓱ ヴェネツィア
⓲ フィレンツェ
⓳ ピサ
⓴ リヴォルノ
㉑ ルッカ
㉒ ジェノヴァ
㉓ ベルリン
㉔ ドレスデン
㉕ モンペリエ
㉖ ペルピニャン
㉗ バルセロナ
㉘ サラゴサ
㉙ マドリード
㉚ リスボン
㉛ ポーツマス

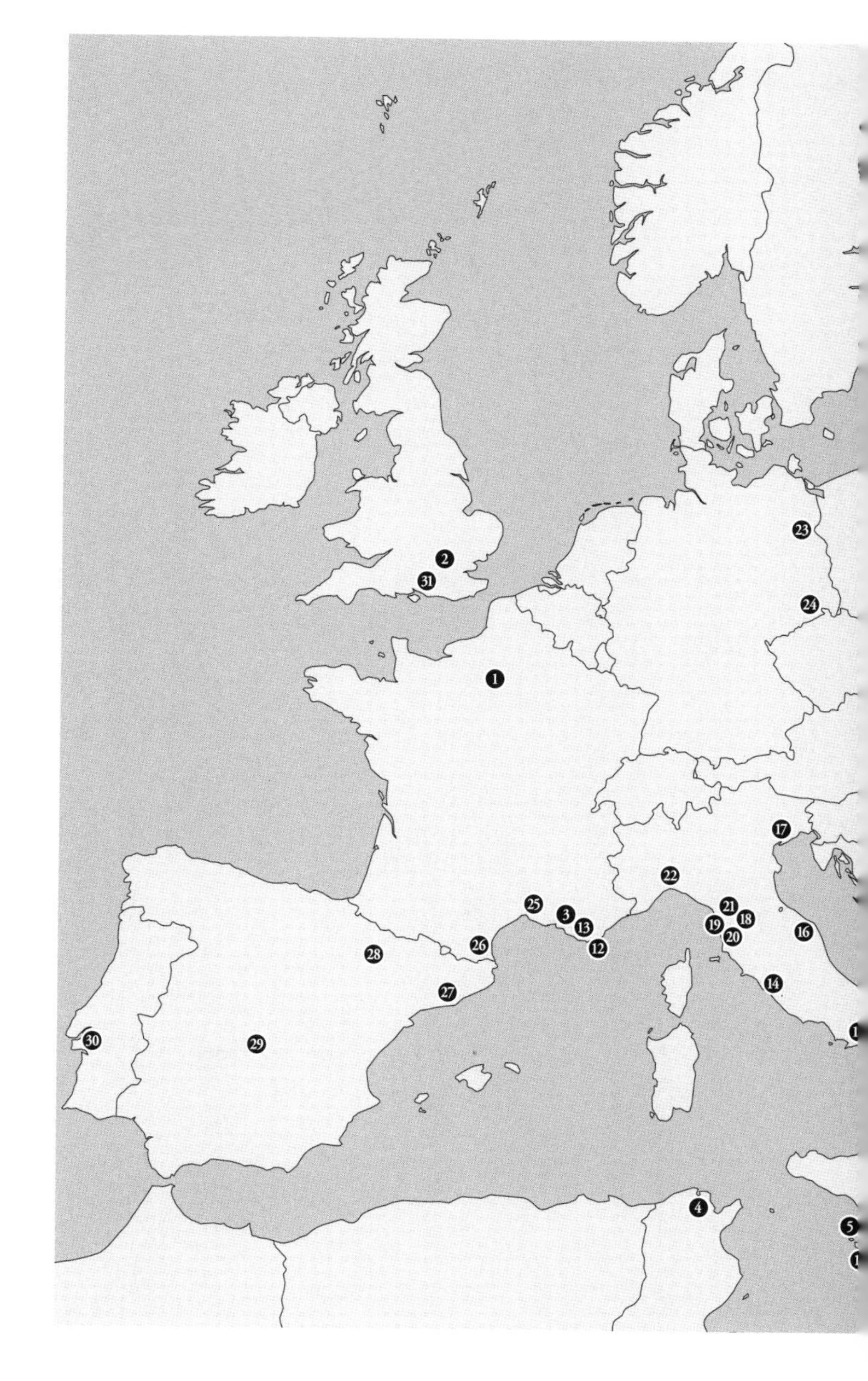
23
2
31
24
1
17
22
25
3
13
21
18
19
20
16
12
26
28
14
27
30
29
4
5

ロゴ・イラスト――丸山有美
装丁――小沼宏之［Gibbon］

深紅のソファー

第一章 検察官が恥をかき、ソファーが驚きの変身をしたこと

ある検察官が、若いうちは哀れな訴訟関係者を滅ぼすことに全力を尽くしていましたが、いわく身を固めようと思い、あと数年の余生を結婚生活に捧げようと決心しました。そう考えて、ある検察官仲間の未亡人に目をつけました。これは若い未亡人で、色恋に興味がない人にも欲望を起こさせるような顔つきの女でした。そういうわけでクラピニャン先生はこの女の魅力ゆえに恋をし、虚しく恋い焦がれていて苦しんでもしょうがないので、自ら老体を女のもとに運びました。それだけでなく五万エキュも持参しましたが、これは無駄遣いせずに蓄えたなけなしの貯金の残りでした。夫人は当然のことながら、この男も前の男と同じくさっさと墓場送りにできるだろうと考えて、ためらうことなく手を差し出しました。婚礼が執り行われ、儀式と宴会は全て上首尾でした。新郎新婦の両親と友人たちは、いかにも初対面らしくがやがや騒ぎ、部屋のあちこちで打ち解けておしゃべりしていましたが、それをよそに新郎新婦はこっそり姿を消して、新婦向けにあつらえた化粧室に閉じこもりました。

用心してドアが開かないようにふさぎ、ドアのカーテンも閉じてまずはゲホゲホ咳(せ)き込んだ検察官先生は、若々しい新婦をソファーベッドの方に案内しました。美女は有利な姿勢で陣取り、お金と古くからの嘘に対するお返しをしようと身構えました。

「おやまあ」女は言いました「今日はなんて暑いのかしら。本当に息が詰まりそうよ」

「今は酷暑だからね」と男は答えました。

「これはあつらえ向きの素敵なソファーね」半身に寝そべって、女は続けて言いました。

「そうだね、本当にあつらえ向きだ」男は答えました「十年前からこのソファーで昼寝をしているんだよ」

男がこう言っている間に、女が肩掛けを外して胸元をはだけると、検察官の優しさが目覚めました。飛びかかり、触り、口づけ、身震いし……ついにズボンのボタンを外すと、スカートをまくり上げて、女に遺産が残せるような姿勢になりました。とはいったものの上手くいかず、汗だくになってソファーベッドを一時間もキイキイ言わせたものの、このお仕事を諦めなければならなくなりました。

二人がそれぞれに悲しい気持ちで身なりを繕って、他のみんなに合流しようとしたそのとき、歓喜の叫びが聞こえ、突然ソファーが形を変えて若者の姿になったのです。体格のいい大変な美男子でした。

「なんてことだ」と叫んだ検察官はこの不思議な出来事に妻よりも怯(おび)えていました「あなたは誰か不幸な人の魂で、お祈りが必要なのですか」

「何も必要ありませんよ」見たこともないこの男が答えました「ご想像と違って幽霊ではありませんから。姿は変えていたけれどずっと生きていました。もしご傾聴いただけるのでしたら、僕の奇想天外な物語をお話しいたします。それにお話をしてお返ししなければならないでしょう。元の姿に戻れたのはお二人のおかげなのですから」

「それはぜひお願いします」新婦は言いました「でももうソファーがない上に、ここには椅子が一脚しかありません。

あなた、椅子をもう二脚もってきて」

「奥様、何ということでしょう」新参の客は言いました「せっかくこの部屋にいらっしゃったのに、贈り物もできないのは恥ずかしいです。ご主人がいらっしゃらない時間を活用させてください。ずっと前から他の人が座る椅子でしたが、この件については体力の自信があるので、奥様に並々ならぬ敬意をもっているということを手短にお示ししましょう」

言うがいなやさっさとことを済ませたので、検察官は戻ってきても何も気づきませんでした。

第二章　出会ったばかりの男の国と、ソファーに変身した原因について

三人が座ると、出会ったばかりの男は鼻をかんで痰（たん）を吐き、話を始めました。

「僕はリエージュ[001]近くの貴族で、国でも屈指の良家の数々と親戚関係にある者です。地所はアルデンヌ地方近くのムーズ川沿いにあります。名前は言いません。名前を言うことが絶対必要だとは思わないからです。それに長い間ソファーだったもので、記憶が定かかどうかよくわかりません。そういうわけで、よろしければコモッド[002]騎士と名乗らせてください。お二人と同様、多くの真面目な人々が僕のことをおあつらえ向きの存在だと考えたからです。僕は柔らか

く、一休みに向いていて、男女の喜びに向いています。

かつて僕の趣味といえば狩りだけでした。朝から森に行き、日暮れ前に帰ってくるようなことは滅多にありませんでした。鳥笛、鳥もち、網などを使って鳥を捕っていました。つまり、僕は一つしか楽しみを知らなかったとはいえ、いろいろな方法を知っていて、決して退屈することがありませんでした。ある日、いつもより疲れていた僕は、鬱蒼と茂った緑の下で眠り込んでしまいました。まだ覚えていますが、これまでの人生であれほど心地よい夢を見たことがありません。実を言うと、このような夢を見てもおかしくはありませんでした。そのときまだ十八歳ぐらいだったのです。あのえも言われぬ快感に酔って目を覚ましました。ところが隣に魅力的な人がいるのを見て驚いてしまいました。甘美な夢を見ていたけれど、それは正にこの素敵な人の夢だったのです。この人には人の心が見通せるので、そのときの僕の心の動きもお見通しでした。愛の気持ちが高ぶっていながらも気後れを感じていて、話しかけたいのに話せませんでした。どんなに優しく細やかな言葉よりも雄弁なあの動揺のせいで、僕が何を思っているのかがこの人にはよくわかりました。僕の目は気持ちをそのまま表していて、切なる思いを語っていました。この人は僕のことをかわいそうに思って、こう話しかけてきました。

『こんな娘が人里離れた誰もいない場所にいるなんてと思って、きっと驚いていらっしゃるのでしょう』

『正直を言って』僕は身体を起こして言いました『驚いて当たり前でしょう。そのようなお顔でそんな風に着飾った方と森で出会うなど、なかなかあることではありません。夢ではないのかしら』

『いいえ』女は答えます『今までこんなに目が覚めていたことがないというくらいに目が覚めていますよ。私を信用してくださいｰ。私にはよくあることですから』

『それはよかった』僕は答えました『でもよろしければ、あなたはどなたなのか教えていただけませんでしょうか』

『プランタニエール[003]という春の妖精です』女は答えました『クラポディーヌ[004]という妖精のお供の中で主席の妖精です。クラポディーヌ姫は六百年前からアルデンヌ地方を支配しているのです』

『それはお姫様とは思えない醜い名前ですね』と僕は言いました。

『おやまあ、お会いすることになったら、きっとこの名前が顔とかなりよく合っているとお思いになりますよ』プランタニエールは答えました『でも一度も会わない方がいいのでしょうね』

『おっしゃるところから想像するに、会いたくなるくらいなら死んだ方がよさそうです』

『どうしましょう』妖精は溜め息をついて涙を数粒流しました『きっと今すぐにでも会わなければならないのですよ。私たち二人にとって不幸なことです。隠しても無駄ですが、私はあなたのことを愛しているのです。事情が差し迫っているので、熱い思いをこれ以上隠していられません。最近クラポディーヌ様はあなたが吹き矢を使ってつぐみを捕っているのを見ました。元気で器用なあなたのことがすっかり気に入ってしまい、あなたをさらってお楽しみの際の専任の射手にしようと決めたのです』

『なんですって』僕は怒って答えました『クラポディーヌ様はどこでも好きなところで射手を探すがいい。僕は自分の楽しみで射撃をしているんだ。それに……』

『ああ』プランタニエールが口を挟みました『クラポディーヌ様はあなたがくたくたになるまで自分の楽しみのため

に射撃をさせるでしょう。お付きの者は容赦しないんです』

『お仕えしたとして、疲労など何でもありません』僕は答えました『もしもクラポディーヌ様があなたと同じぐらい素敵な人ならですが。あなたのように素晴らしい人ならば、お仕えできる喜びを自ら進んで僕の幸せとします』

『そうですか』優しい目で僕を見て、プランタニエールは答えました『幸せになれるかどうかは全くあなた次第です。でも私について来ることにするのかどうかすぐ決めてください。今はまだ時間があります。クラポディーヌ様が姿を現したら、もうお助けできませんから』

『ああ、可愛い妖精さん』僕は叫びました『そんな化け物から逃げてあなたの虜になって暮らすことができるなら、必要とあらばどんな遠い国にも行きましょう』

『その必要はありません』プランタニエールは言いました『たとえ地球の真ん中に逃げようとも、クラポディーヌ様に見つかってしまいます。それに私は姫の宮廷から逃れられない運命なのです。姫の命令なしには宮廷から遠ざかることもできません。それでもあなたをいつでも、姫の御前でも、そばに置く方法があります。一つだけ教えてください。私を愛しているなら、小さなスパニエルに変身することに心を決められますか』

『いいでしょう。それでも条件があります。あなたの部屋にいるときには元の姿に戻れるようにしてください』

『ではそうしましょう』とプランタニエールは答え、それと同時に僕は空を飛んで、遠く運ばれて行ったのです。世界一可愛い仔犬の姿で」

第三章　クラポディーヌの宮殿に到着したコモッドに宮廷の女たちはどう応対したか

「二分三十一秒でクラポディーヌの部屋に到着しました。プランタニエールの言葉は嘘ではなくて、名前とぴったりのお姿でした。姫は背の高さがだいたい四ピエ〔ピエはおおよそ英米のフィートに相当する古い長さの単位。一ピエは約三二センチメートル〕、横幅が三ピエで、小さな目はやぶにらみで目やにがたまり、うっとりするほどに優しく気怠い目つきでした。額は小さな三角形で、眉毛と髪の毛はこの上なく美しい赤毛です。ほっぺたは垂れ下がって蒼白いが魅力的で、口はちょうどいい大きさで、チョコレート色の歯が六本ばかり輝いています。この顔全体が見事に釣り合っていて、ありうる限りいちばん可愛いとがった鼻が突き出しています。首には腺病の軽い痕がありましたが、それはあまり見えませんでした。巨大な浅黒い二つの乳房は生まれつきぴったりくっついていて一つになっているかのように見えましたが、このはち切れそうな乳房を服の切り込みがなんとか収めて支えていました。

　クラポディーヌはこのとき象牙の椅子のようなものに座っていました。足が短いのでとても低い椅子で、巨大なお尻のために深くくぼんでいました。お供の女たちと楽しげに玉葱の皮をむいていましたが、これはたんぽぽのサラダをつくるためでした。お姫様が自ら労をとって城壁の上にたんぽぽを摘みに行ったのです。

『では私のつぐみ猟師を見かけたの？』お姫様が超低音の声でプランタニエールに言いました。

『お姫様、残念ながら見つかりませんでした。森中を回ってみましたが、くまなく探しても今どうしているのかわかりませんでした』

『おやまあ、いつまでたってもお馬鹿さんなのね。見つけようと思った人間は必ず見つかるものなのよ。でもちゃんと探したというのなら……わかりました。自分の用事は自分で足すことにしましょう。明日の夜明け前、お付きの者全員に狩りの準備をさせるようにしなさい。私の鼻がお前よりも利くかどうか、それでわかるでしょう』

『へえ』と僕は言おうとしたのですが、『へえ』ではなくて『わん』と言っていました。

『あらあら、この子はどこから来たの？』とお姫様が聞きます。

『お姫様』プランタニエールは言います『この犬はしばらく前から飼っていますよ。ボヘミアンの女が、手伝ってもらったお返しにと、プレゼントしてくれたのです』

『何か芸ができるの？』

『はい、お姫様。踊ったり、ジャンプしたり、ものをとってきたり』

『名前は何というの』

『バシャといいます』

『よく見たいからそこに座らせて。いらっしゃい、バシャ』

でも言うことを聞かずに僕は可愛いご主人様のスカートの中に隠れました。ここで魅力的なものがちらりと見えたので、彼女の部屋に行ったらこれをゆっくり調べさせてもらおうと心に決めたのです。

『お姫様、申しわけありません』プランタニエールは言いました『この犬はちょっと人見知りなんです』

でも本当のことを言うと、この美しい妖精に対しては人見知りではなかったのです。ほんのしばらく前に知り合ったばかりなのですが。脚に飛びついて、膝に口づけをし、僕は手当たり次第に前足と舌を使いました。

この間にお姫様は玉葱の皮むきを終わっていたので食事にすることになり、僕はありがたくも同席を許されました。前菜は蕪（かぶ）のシチュー、焼き物は太らせた鵞鳥（がちょう）のサラダ添え、その後にバール通り[005]のセルヴラソーセージ、さらに食後に二皿ありました。一皿は果物でマルタン＝セック種[006]の洋梨を半カルトロン〔カルトロンは重さの単位で、一カルトロンは約一二五グラム。一リーヴルの四分の一に相当する〕、もう一皿はチーズでブリー一切れです。このブリーはアンリ四世[007]が珍重したものと全く同じ匂いのチーズです。クラポディーヌがこうして食べている間、宮殿の婦人たちはみんな僕のことをたっぷり甘やかしていました。飴玉（あめだま）をくれたり、テーブルクロスから落ちたパンくずがついたパテをくれたりしました。背中をなでる人、おなかをなでる人。僕の長い耳で目を拭いてくれる人もいました。犬のいけないところはいつも目やにがたまっていることだからです。つまるところ、僕がこんなにちやほやされたのは生まれて初めてのことでした。

お姫様は食事を終えてお祈りをし、手遊びに絹糸を半巻きほど紡いでから、服を脱がせてもらって床に就きました。おいとまをいただいたとき、婦人方はみんな僕を連れて行って寝床をともにしたいと思っていました。でもプランタニエールも僕もそうしたくないので、みんなとお別れして帰って部屋に閉じこもりました。そこで僕は元の姿に戻り、ついさっきはただ舐（な）めてばかりいましたが、今度はそれ以上のことをして時間を過ごしたのです。こんなに時間を使わなければよかったのでしょう。そうしていれば、今もたぶんあの素敵な妖精と一緒にいられたのかもしれません。

でも運命の命じるところに従わなければなりませんでした」

第四章　付き合い始めたばかりの恋人たちが現場を襲われたこと、プランタニエールの追放、お姫様に対して女性には許せない侮辱を働いたためにコモッドがソファーに変身させられたこと

「二人は夜の三分の二を愛の快楽の激しい喜びに溺れて過ごしました。しかし、飽くことのない快感に酔いしれたけれど、疲れ果てて続けられなくなり、眠りが二人の意識を奪いました。次の日に狩りがあるのを忘れて熟睡していたので、クラポディーヌが不意にやって来て、二人が同じ毛布の中で寝ているところを見つけたのです。不幸な恋人はその場で追放され、空に吹き飛ばされてどこかに消えてしまいました。僕の方はお姫様の隣の部屋にお姫様自らの手で閉じ込められました。人生でいちばん酷薄な時間をそこで過ごすことになりました。あんなにも熱く愛していた人を失ったことが、自分の自由を失ったことよりも辛かったのです。二時間も経った頃でしょうか、クラポディーヌが入って来ました。部屋着のようなものを着ていて、たぶん僕を誘惑しようというのでしょう。

『するとつぐみ猟師さんはここの娘たちを堕落させるためにいらっしゃったということなのかしら』用心深く錠前をかけて話しかけます『今日のこの日まで、大胆にもこの宮殿に忍び込んだ人間で罰せられなかった者は一人もいないんですよ。向こう見ずなことをしたあなたにも罰を与えなければなりません』

『本当を言えば、これはお姫様が悪いのです』僕は答えました『どうして僕がつぐみ猟をするのを放っておいてくれないのですか』

『おや、誰か邪魔をしましたか』としなをつくって答えます。

『その通りですよ』僕は答えました『お姫様が僕をどうしようとするつもりなのか僕たちは知っていたんです。僕がさらわれてきた理由はただ一つ、それを逃れるためでした』

『これはこれは、裏切り者』裏声をつくってお姫様は叫びました『二人で謀ったのね！　何ということ。私がお前のことを愛しているのを知っているのに、私の気持ちも地位も魅力も無視して……』

『お姫様の魅力につきましては』僕は口を挟みました『プランタニエールから聞いたことからはぼんやりしたイメージしかもっていませんでした。でも今目の前にいらっしゃる実物を見て、確かにうかがっていたとおりの魅力だと太鼓判を押します』

『おやまあ。では私はお前がのぼせ上がっていたあのうっかり者の小娘とは違うと認めるのね』

『もちろんですとも』僕は答えました『お二人はどこも似ていません』

『でもね、私の価値を認めてくれるだけでは全然足りないのよ』爪先立ちになって僕の顎をなでます『気持ちを証明してくれなくちゃ』

『必要な証明はどのようなものですか』

『それは……』お姫様は椅子の方に身を傾けて、僕を腕の中に引き寄せて言いました『慎みゆえに説明できないことがあるのよ。お前が自分で当てないと』
　それから情熱で息が詰まったのか、他にも美しい言葉をたくさん言ったようですが、もごもごしていて僕にはわかりませんでした。この間にどうなっていたのか僕にはわからないのですが、いつの間にかキュロットがほぼ踵のところまで落ちていて、僕はそこそこの状態になっていました。思いもよらない魔法によって、お姫様と致そうという気持ちになったのですが、そのとき胸を押さえていたリボンの紐が切れて、目の前で二つの巨大な乳房が腰のところまでぶらりと垂れ下がったのです。この出来事のせいで悪魔にかけられた魔法から目が覚めました。こんな化け物との快楽を想像すると、もう元の状態に戻れませんでした。
　クラポディーヌはそれでもなかなか諦めがつかなくて、僕をきつく抱きしめたまま、僕の下で全力で身をくねらせていました。ところがいくら努力してもどうにもならず、突然愛が怒りに変わりました。冷酷なお姫様の未だかつてないほどの見事なパンチを胸に食らい、僕は十歩離れたところで倒れ、頭にこぶができてお尻に打ち傷ができました。そのとき手当てをしてもらわなかったので、今も痛みを感じています。ついにクラポディーヌは目やにだらけの小さな目で、馬も震え上がって後ろ足で立ち上がるような目つきでにらみつけ、このような裁きを下したのです。
『この私に与えた侮辱を償うために』お姫様は言いました『これから人がお前の上で快楽を味わうことになるのだ。お前が私に与えることができなかった快楽を。誰彼の区別なくお前は使われる。家の主人だろうと下僕だろうと、みんながお前をキイキイ言わせ、お前は悔しさに呻くことになるのだ。もしお前が元の姿に戻れるとしたら、それはお前の腕の中で誰かがお前と同じ過ちを犯したときだけなのだぞ』

こう言うのと同時にお姫様は僕の顔につばを吐きかけました。顔を拭く間もないうちに僕はソファーになっていました。すぐに四人の妖精が僕をパリに運び、僕はサン＝ミシェル橋[008]で売りに出されました」

第五章　有名な女衒（ぜげん）の女がソファーを買ったこと、愛の功績で評判の神父がソファーを贈り物にしたこと

コモッド騎士が話を続けます。

「フィヨン[009]という女のことを聞いたことがあるでしょう。金に糸目をつけずに、人目をはばかる快楽をみんなに提供することでとても評判がいい女のことです。僕を競売で落札したのはこの女でした。届くとすぐに僕は、楽しい愛の戯れ向けにしつらえた部屋に置かれることになったのです。フィヨンは大変客が多かったので、すぐ仕事始めとなりました」

「初めて僕が使っていただいた人物は神父で、女性を喜ばせる才能によって高い地位の聖職者になった人でした。正直なところ、この人以上に何度も激しくキイキイ言わされたことがありません」

「僧服の人がそんなところに通うなんてことがあるものでしょうか」と検察官が口を挟んで言いました。

「おやまあ、それはそうですよ」騎士が答えました「私は坊主でございという格好をしていたからといって、それが

禁欲の印になりますか。もしそうお思いならそれは間違いですよ。覚えておいてください。聖職者の道を選んだ人のほとんどは、人に邪魔されずに快楽に満ちた生活を送ることしか考えていません。俗世の厄介事と全く無縁なお坊さんたちは快楽しか知りません。それを確実に楽しむために、独身の掟を自らに課しているのです。福音の伝道師の衣装を着ていればどこでも歓迎されます。家庭の中にうまく入り込んで、そのうち主導権を握るのです。哀れな夫は、家庭の平和を保つために、偽善者を招いてワインを勧めざるをえなくなります。これで厄介払いできたら安上がりな方で、まだ幸運だと言えます。でも、自分の家族について絶えず心配しているというのなら、どうしてまたこの手の怠け者の信心家の企みを恐れないでいられるのでしょうかね」

「嫌になっちゃうわね」検察官の妻が叫びました「家に迎えるなら教会人よりも衛兵の方がいいわ」

「どっちとも付き合わないようにしようよ」検察官が言います「いずれにせよいい付き合い相手じゃない」

「あら、お坊さんは誰とも全く付き合いがないとはっきりさせたくてそう言ったのよ」

「断言は禁物です」コモッドは答えて言いました「僕のことを快く揺らした男のことをもし知っていたら、きっとこの人のことを評価せずにはいられないでしょうね。少なくともこれは間違いないと思っていますが、宮廷の女でこの男を評価しない人はいないでしょう。お二人も否定なさらないでしょうが、宮廷の女たちは人の長所についてお二人に勝るとも劣らない鑑識眼をもっていますから」

「するとなかなかお目にかかれないような男性だったのかしら」うらやましそうに検察官の妻が言いました。

「なかなかいるものではありませんね。もし男がみんなあの人のように押しが利く男ばかりだとしたら、鉄製のソファーでも壊れてしまったでしょう。正直言ってあの人は大したものですよ。聖職者会議が何度もあって、その期間は世界中の位の高い太ったお坊さんたちが僕のことを使いました。でもあのお坊さん以上の名人はいませんでしたね。あの有名な修道会のお坊さんにもあんな人はいませんでした」

「何ですって」検察官が大声を上げました「フランシスコ会の人までいたんですか」

「そんなにおかしいですか。館では修道会か在俗かを問わず町中のあらゆる会派の人を迎えていました。この方針は正しかったのですよ。お上品な貴族のみなさんにはしょっちゅう騙されてばかりなので、もし教会がいつも助けてくれていなかったら、全く商売上がったりだったでしょうよ。そういうわけで、聖職者は他の身分よりも優先されていました。女の子の水揚げの機会があれば、必ず高位聖職者や羽振りがいい修道院長などにあてがったものです。これは勿怪の幸いともいうべきものですが、ここで教会参事会長とこの男が初物をいただいた女の子がどういう話をしたのか、お知らせしなければなりませんね」

第六章　聖職者が言った前置きとその続き

「『さて、君は何歳なのかな』僕の上に座っている信心深い好色漢はこう言って、小娘を隣に座らせました。

『十四歳です』

『これが初めてなのかな』

『誰ともお会いしたことがありません』

『それはよかった。この世界では何にしても最初が肝心だからね。最初の一歩がその後の人生を決めるんだ。君の年齢では、ちゃんとした人間に指導してもらわなければならないんだよ。そうでなければこの世界できちんとした形でデビューするのは難しいからね。もしそこらの世俗の人間の手に落ちるようなことになれば、大変不幸なことになるんだよ』

『先生、でもどういうことになるんでしょうか。教えてください』

『間違った原則を教えられた人に降りかかるようなことだよ。道を誤ることになるだろうね。だいたい世俗の人間の間には放蕩と淫行の精神が広がっているから、付き合うだけで危険なんだよ。ほとんどは裏切り者で、純潔を奪っておきながらその後で打ち捨てたり、堕落の道に引き込んだりするんだ』」

「娘っ子の処女を奪おうというときにずいぶんたいそうな前置きですなあ」と検察官が口を挟みました。

「この種の会見においてはですね」騎士は言葉を遮って言いました「前置きもときには大切なのですよ。助走をつけた方が遠くまで跳べますからね。それに教会の人間だからといってその面で優れているものだと思わないでください。もしそうならみんな聖職者になりたがるでしょう。この職業そのものがいいものなのですから。それに聖職に就くことで生殖能力が与えられるものだとすれば、全ておじゃんということになりますからね。教会参事会のトップは普通若い聖職者であってはならないものとされています。それでも先を急がないようにしましょう。すぐわかりますが、このお坊さんはお説教をしただけではないのです。

『慎みなんだよ』とこの教会参事会長は続けて言い、娘の肩に手を乗せ、まるで偶然のように指二本を肩掛けと肌の間に滑らせます『女の美徳の中でいちばん必要なのは慎みなんだ。慎みのおかげで女の長所が増えて欠点が減る。どんなときに美人の美しさが倍になるかわかるかな。自然の贔屓のおかげでもって生まれた美点を自慢することなく、常に過小評価して、絶対に急いで見せびらかさないようにするんだ。まさに今の君がそうなんだよ。それとも私の間違いかな。肩掛けの下から何か見えているね。隠れずに目に見えているところから判断すると、これはとても美しいもののようだ』

『先生』新しい信者の女は言いました『お言葉はありがたいですが、美しいものなど何も持ち合わせていません』

『おやおや、そんなことはないよ』神に仕える男は答えて言い、娘の胸を片方あらわにします。

『なんだこれは』目の前のものに目を丸くして男は叫びました『美しいものは何もないだと。ああ、悪い子は鞭打ち刑だぞ』

それから助平は娘を横に寝かせて服をまくり上げ、まずお尻をたたきましたが、その直後に僕はがんがん押されてたわみました。うまくいかないとそれだけ男の勇気が増して、ついに娘が二、三回うっと声を漏らすのが聞こえましたが、その後はもう何も聞こえませんでした。もうこれ以上何もすることがなくなったという証拠です。きっと申し分ない物腰だと思ったのでしょうか、この日すぐ男はこの娘を連れて行きましたが、そのうちいつか出産費用が面倒なことになるのではないかと恐れて、この娘を友人の間抜けなお金持ちの男と結婚させました。神父さんはこうして厄介払いしたのです」

「ふん」検察官は言いました「うまくやったものだな」

「そうですね」コモッドは答えて言いました「教会人のこういったやり口は全く珍しいものではありません。坊主に結婚させてもらう人は、実は坊主のために結婚しているのです」

「そんな館にいたのなら、ずいぶん変わったことも目撃なさったのではないかしら」と検察官の妻が言いました。

「ええ」騎士は答えました「関わり合いになるのは多くが聖職者でした。これからかなり変わった出来事をお話ししようと思いますが、その前に一息つきましょう」

第七章　乱暴者を目覚めさせるために鞭で打たれる神父の話

コモッドはたばこを嗅いで、五、六回くしゃみしました。この頭に効くという粉を使う習慣をなくしてしまっていたのです。もっともいちばんの効き目と言えば鼻が汚れることですが。コモッドの話の続きはこうでした。

「お二人もご存知の条件でしか元の姿に戻れないことになっていたので、疲れることになるとはいえ、僕はただ客をとることばかり望んでいました。誰かあぶれ者がへまをすることにいつも望みをつないでいたのです。ある日独りで退屈していると、部屋に若い娘が入ってきて、少しすると五十がらみと思われる神父がやってきました。ドアを用心深く閉め、カーテンを閉じて、どんな小さな穴も開いていないようにふさいでから、娘はかんかんに怒った声で神父に向かって叫びました。

『この悪餓鬼はどこに行ってたの？　許可なく外に出るのは禁止と言ったよね？』

『お母様』神父は素直な小学生のように、なんとか声色を変えて答えました『カテキズム[010]の勉強に行っていました』

『カテキズムですって？　カテキズムのせいにするだなんて恥を知りなさい。今何時だと思ってるの。この嘘つきめ』

これと同時に娘は二、三発びんたを張り、背中にも二、三発蹴りを食らわせました。

『ではでは、何を勉強したか確認してみましょうね。死にいたる大罪と呼ばれるものはいくつある？』

『ええと……お母様、お母様、忘れてしまいました』

『お前は悪餓鬼だから大罪の数も知らないのね。じゃあ私が教えてあげます。さあ、さっさとひざまずきなさい』

『ああ、お母様』男は叫びました『ごめんなさい、勉強しますから』

『だめです』娘は答え、鞭を手にとります『お前は鞭で打たれるのです。キュロットを脱ぎなさい』

神父は少し抵抗して見せた後で、黄色くてかさかさした皺(しわ)だらけのお尻を片方だけ出しました。

『まあ』娘は続けて言います『それでは足りません。全部見せなさい』

そうして神父の肩からシャツを剝ぎ取り、キュロットをすねまで降ろしました。やっとのことで六回ばかり鞭打たれると、神父は手を使って逃げようとするふりをしましたが、娘はその手を手前で縛り、血が出る程に痛めつけたのです」

「それは恐ろしい趣味ですな」検察官が言いました「でも最後にはどういうことになったのですか」

「神父は娘に鞭打たれるのと同時に僕の腰を折りそうになりましたが、その後でお仕事をやり遂げました。それが他に例を見ないほどの上首尾だったのです。いったい神父は何をしたと思いますか」

「わからないな」検察官は答えました「蛙姫りんご[011]を食べて水を一杯飲んだのかな」

「全然違います」と騎士は答えて続けました「役を変えただけです。小学生からご主人様役になり、ご主人様の方が小学生になりました」

「そうして前のご主人様の方が鞭打たれるようにしたのね」と検察官の妻が言いました。

「その通りです」コモッドは答えました「神父はその気になろうとして、世にも稀(まれ)なほどに真っ白でおいしそうなお尻に少し赤みを帯びさせたのです」

「正直を言って」検察官の妻は付け加えて言いました「そんな風にして力をよみがえらせることができるなんて、その秘密の方法はあまり聞いたことがないような妙なものですね」

「それはお間違いですよ」騎士は答えて言いました「今のご時世では全く普通のことで、大流行しています。これは儀式と呼ばれています。愛の女神ヴィーナスを称える人々が集まるところに行けば、どこでも必ず鞭が準備してあります。これはその手合いの人向けなのです。疑いもなく儀式というのは、これは儀式なのですから、血を流すもので、なかなか気持ちが高ぶらない人のためにこんな方法が発明されたのです。これは奇蹟のように効果覿面なので、今回ことに及ぶ前にもし先生がこのやり方を試したことがあったら、僕もまだソファーのままだったかもしれませんよ」

「何だって」検察官は叫びました「私はそんなにいかれていないぞ。若い頃サン＝ラザール病院[012]でひどい目に遭ったが、記憶の限りでは、そのときの儀式は全く面白いものではなかったよ」

「それはそうだったのだと思います」コモッドは答えました「全く比較になりませんよ。食えない世話係の男の手には、美しい女性の手のような効力が全くありません。もし先生がサン＝ラザール病院の他にフイヤンティーヌ修道院[013]にもいたことがあったら、絶対もう二度と出てきたいと思わなかったでしょう。若くて元気な修道女たちに矯正されるのに簡単に慣れてしまったと思いますよ」

「儀式と神父様の話はもういいわ」と検察官の妻が言いました。

「お望み通りにいたします」騎士は答えました「話が退屈だとお感じでしたら、どうぞそうおっしゃってください」

「お話が退屈だと言う人はいませんよ」検察官は礼儀正しく答えました「お話を大変面白く伺っています。ご好意に甘えていると思われたら恐縮ですが、どうか別の話をお聞かせ願えないでしょうか」

「もちろんですとも」コモッドは答えました「この物語を聞いてください」

第八章　四人の修道士がそれと知らずにフィヨンの館に行き、その場所ならではのことをしたこと

「二人の近衛騎兵がある朝、食事を求めてやってきた四人の修道士につきまとわれていました。そこでこの修道士たちに、この館で食べるよりも市民の家で食事をした方がいいと言って聞かせました。なにしろ館にはだらしなくて信心がない若者たちがいて、お坊さんたちのような立派な人にしかるべき応対をしないこともままあるからです。僧侶たちは、この人たちに敬意を抱かれているように思われるのがうれしくて、この意見に同意して従いました。ごちそうがおいしければいいので、どこでもお望みのところについて行きますと言うのです。

『このごろつきどもをどこへ連れて行くんだよ』近衛騎兵が仲間に耳打ちして言いました。

『困っているようだね』この男は答えました『なんてことはない。何も気取ることはないさ。フィヨンのところに連れて行こう。フィヨンほど堅気の女性を演じるのがうまい女はいないからね。こんな間抜けどもを騙すのはわけがないことだろうし、どうせこいつらはフィヨンのことを知らんよ』

『どっちかの親戚だということにして、名前を考えよう』

『君がよければグラン＝フォン伯爵夫人ということにしよう』

『いいよ』相手は答えた『いい名前だ』

『みなさん』この男は大きな声で言った『これから男爵のおばさま、グラン＝フォン伯爵夫人のところに食事に伺うことにしましょう。絶対に歓迎されますよ。おもてなしについては申し分ないと保証します。作法についてはご心配に及びません。全く気詰まりなことはありませんから。お望みのままにお酒を召し上がってください。もしトイレに行きたくなったら、デザートの後は自由になさってください。細かいことを言うと思わないでくださいね。格式ある食卓においては、デザートの前にトイレに行くのは少しお行儀が悪いことですから』

『本当のことを言うと』お坊さんの一人が言いました『もよおしてしまったら行儀のことなんてどうでもいいな。教皇の前でも我慢しないよ。馬鹿げたくだらない礼儀作法に従う人は滑稽極まりないね。こんな礼儀作法は人類を破壊しようとするものでしかないんだ。私は偏見の犠牲になるくらいなら、偏見をものともせずに立ち向かった方がいいと思っている』

尊師がこのようなご高説を述べている間に、使者をフィヨンのところに送って、どういう役どころを演じなければならないのかを知らせました。こういうわけで自然な芝居ができたのです。

『本当にまあ』一同が到着すると女は「甥（おい）」に言いました『突然お客様を連れてくるとはどうかしていますよ。私がいつも食べているようなものしかお出しできなくて恥ずかしいじゃありませんか』

『奥様』修道士の一人が陽気に答えました『食べ物が少なければたくさん飲めばいいんですよ。あるもので間に合わせられます』

『まあまあ』自称甥っ子は答えました。『おばの言うことをうのみにしないでください。ときどき人を騙して面白がるんですよ……』

『今日はフィーヌラーム嬢とデデュイ嬢がいらっしゃるのよ』とフィヨンが口を挟みました。

『それは参ったな』もう一人の近衛騎兵が答えました『尊師のみなさま方はよくないこととお思いになるのではないでしょうか。とても若い女性で……』

『馬鹿にしないでください』修道士は一斉に叫びました『ご婦人が同席しても全く怖くありません。人が多いほど楽しいと言うではありませんか。お知り合いの女性であれば、喜んでお目にかかりますよ』

修道服の男たちの期待はすぐにかなえられました。まさにそのとき美女が現れたのです。男たちの目が好色そうに光ったので他のみんなにもわかりましたが、この手合いの会食者が二人やってきたことに喜んでいるのです。フィヨンがみんなを座らせると、食事の支度の間、名物クラスの月並みな話題についてとても面白い会話をしました。これは隠者たちが修道生活で得た知識を披露する格好の機会でした。さまざまな問題が俎上に上がりました。たとえばアスパラガスを食べた後の小便の臭いについて議論しました。この話題について想像できないくらい熱心に気の利いた議論をしたのです。カリフラワーについてもかなり議論しました。アスパラガスのような効果はありませんが、カリフラワーを煮た水は悪くなって耐えられないような臭いを発するものです。お坊さんの一人で説教師が仕事の人が、この話題について人智を超えたわけのわからないことを言いました。この人がさらに厄介な問題を解決しようとしていたとき、食事の準備ができましたという知らせが来たのです。僕の記憶が正しければ、このときすかんぽのスープとほうれん草について議論していたと思います。すかんぽのスープではほうれん草ほどおなかが一杯にならないと主張する人がいましたが、それは逆だと主張する人もいました。このように微妙な問題を扱うのには巧みな雄弁術が必要ですが、それぞれが技術を十二分に活用して自説を弁護したのです。でもポタージュが冷めかけていたので、どっちつかずのままで議論が終わり、食卓につくことになりました。

いったいこのお坊さんたちはどういう気持ちでもったいをつけているのか見当をつけなければなりませんでした。話すように促してもどうにもならず、はい、いいえ、いかいいえでしか答えなくなって、ときにはただ首を振るだけになってしまったのです。

そうこうするうちに食事が終わりに近づくと、フィヨンは何か用事があると言って出て行ってしまいました。生臭坊主たちはまだ娘たちに何も言っていませんでした。それは食事が楽しかったためでもあり、デザートまでずっとこの楽しみを満喫していたのですが、それればかりでなく家の女主人の機嫌を損ねるのではないかと恐れていたからなのです。みんな少しずつ陽気になり、シャンペンを何杯か飲んだ頃にはすっかり出来上がっていました。このとき近衛騎兵が坊主一人とお姫様一人を僕の部屋に閉じ込めました。説教師の尊師は、他の誰よりもたくさん飲んでいたものの、いちばん冷静を保っていたので、扉に駆け寄って仲間に節制を呼びかけました。

『ピア先生』男は叫びました『誘惑の天使を恐れなさい。罠にかかってはいけませんよ』

言っても無駄なことでした。ピア先生はもう僕の上にいて、取り憑かれたように大暴れしていました。結局はみんなに順番が回ってきて、説教師もお手本を見せられてその気になってしまい、他のみんなと同様に誘惑に屈したのです」

「いい方に心を決めたんですね」と検察官は言いました。

「それほどいい決心だったわけではありませんよ」コモッドは答えました「ここで梅毒にかかってしまい、四旬節〈謝肉祭から復活祭までの約四十日間のことで、断食の期間〉の説教の二、三年分の稼ぎを治療に使わなければなりませんでした」

「でもここでピア先生に話を戻しましょう。自分がたっぷり称えた娘を抱こうとしている近衛騎兵にこう言ったのです」

「『ああ』ピア先生はこう叫びました『お願いです。私たちがお楽しみをするのはたった十五分程度の時間なのですから、嫉妬しないでください。あなたたち俗世の人間はいつでも機会があるではないですか。飲み食いと同じぐらい機会に困ることがないでしょう。でも私たちのように哀れな修道士にはこんな権利がないのです。私たちは一般人の前でも教会の前でも、どんな細かいことでも責任をもって行動しなければならないのです。なんということでしょうか。この幸運を利用したいのに、邪魔されたらこんなチャンスはきっと半年後でもなければありません。私たちの立場になってみてください。健啖（けんたん）な人が六カ月も断食しなければならないとしたら、とても過酷な試練でしょう』

『そんなことは他の誰かに言いな』近衛騎兵は叫んだ『あんたたちがそんなに長い間禁欲しないことぐらい俺はよく知ってるよ』

『何ですって』ピア先生は答えました『位が高くないうち、私たちの行いは監視されていて、みなさんが想像するよりも厳しいんですよ。教会のお偉いさんは自分さえよければいい暴君なんです』」

「この反論は賢明で正しいものだったので、しかるべき対応を受けました」と騎士は話を続けました「修道士たちと娘たちは精根尽きるまで愛の女神ヴィーナスと酒の神バッカスに捧げ物をして、パーティーが終わると、みんなそのままの状態で家から追い出されました」

「それでは慈悲の精神がほとんどありませんね」検察官の妻は言いました。

「とんだ悪党どもでしたよ」コモッドは答えて言いました「鞭打ち百回にしてから帰せばよかったんだ。こいつらのせいで僕は汚れてがたがたになってしまったから、もうこれ以上使えないと思って、フィヨンは僕のことを厄介払いしなければならなくなったんです」

第九章　痙攣（けいれん）を演じる狂信者たちがソファーを買う

「どういう偶然か僕は痙攣派信者[014]の館に行くことになりました。でも最初のお勤めでひどい扱いを受けていたので、三回目か四回目の出番でもうばらばらになりそうで、新しい主人も僕のことをお払い箱にしようと考えたのです……」

「なんとまあ」検察官が口を挟みました「痙攣派のところにいらっしゃったというのなら、本当はどういうものなのかぜひとも教えていただきたいものですな。大変に驚異的なことを耳にしますから」

「その驚異は愚か者向けのものですよ」コモッドは答えた「見識ある公平な人物は決してあんないんちきに騙されたりしませんからね。神懸かりとでも狂人とでも好きなように呼んでもらえばいいと思いますが、その類のもので、ある宗派の分派です。以前はこの宗派に一目置かないわけにいきませんでしたが、数年前に聖なる場所で猿芝居を演じたために駄目になり、真面目な人間にとってはこの宗派の敵対勢力と同様に唾棄すべきものになってしまいました」

「賢い政府はこんな道化の小芝居に目も向けなかったので、その後は複数のグループになって個人邸宅に集まり、狂信的な場面を演じ続けているのです」

「でも」検察官の妻は聞きました「そんな狂気を演じることにどういう得があるとその人たちは考えているの？」

「信じやすいお人好しをあっと言わせて信頼を勝ち取り、そうすることであわよくば党勢が拡大できればいいと思っているのです。この種の黒ずくめの人間の集団にとっては、宗派の頭になるのがとても名誉なことなのですよ。軍隊の指揮官になるのと同じぐらい自尊心を気持ちよくくすぐるものなのです。人はみな虚栄心に満ちていて、栄光を誇示したいと思うのはみな同じです。さまざまな職業がありますが、どの職に就いていてもこの気持ちは同じで、対象が変わるに過ぎません」

「ということは」検察官の妻が続けて聞きました「あなたはその道化たちの行いをずっと見ていたけれど、これはすごいと思うようなことはなかったのかしら」

「正直なところありませんね」コモッドは答えました「どんな見事な力業、妙技、曲芸も、すぐ近くから見れば、コランやレスティエの曲芸団[015]の技術ほどではありません。保証して言えますが、痙攣派の第一人者でも、縁日のいちばん下手な曲芸師とすら比べられたものではありませんよ」

「そうやってそもそも比べられないものを比較したりしたら」検察官が言いました「気を悪くする真面目な人間がたくさんいるとは思いませんか」

「先生が考えるほど程遠いわけではありませんよ」騎士が答えました「痙攣派の関係者に位の高い人がいるけれど、位の高い人の中にはマットレスの上で綱渡り、曲芸、逆立ち歩き、危険なジャンプをする人もいるのです。今の時代、貴族はあらゆる分野に関わって競い合っていますが、こんなことはかつてありませんでした。もっとも自分の身分にふさわしいことはしようとしないのですが」

「それはご立派なことですな」検察官は答えました。

「少なくとも」コモッドは続けました「こんなにおかしな趣味をもっていると、最悪の場合は首を折ることにもなりかねません。でも世の中では何本か首が折れたところでそれは事件ですらありません。それでも、全くひどい話ですが、この痙攣という冒瀆（ぼうとく）でしかない曲芸を使って哀れな人々の脳味噌を駄目にしようとするなんてことは僕には到底認められません。僕が一員だと思われるようなことがあったら……」

「あなたのことを痙攣派の使徒だとは全く思っていませんよ」と検察官の妻が口を挟みました。

「痙攣派の使徒なんて悪党集団の使徒のようなものですよ」と騎士は答えました。「こいつらは可愛い女の子をたくさん僕の上に寝かせたけれども、それがただ恐ろしい顰（しか）め面と痙攣をさせるためだったのです」

「本当に」検察官が言いました「それではあなたの得にはなりませんね。そんなに不満そうなのは当然だと思います。

その手の連中と一緒にいるのは時間の無駄だったでしょう」

「その通りです」コモッドは答えました「運命の定めによって、先生のところに来るまではもう艶事(つやごと)に使われることがありませんでした。そのことをお話ししましょう」

第十章　信心深い女に売られたソファーが、その女に使われて体験した苦労の数々

「もうお話ししましたが、フィヨンの館での最後のお仕事のせいで僕はひどい状態になっていました。こんなに疲れているのにずっと長い間同じところにいることはできませんでした。そういうわけで僕はまもなく他のところに売られました。僕を買ったのは信心深い女でした。確かにそのために僕の生活は平穏なものでしたが、その退屈さたるやとても言葉では言い尽くせません。

嫌な女先生は僕を自分の部屋に置きました。おかげで僕はいつもこの女と一緒でいることになり、ありがたいお祈りを聞いていなければなりませんでした。普段の付き合い相手とお付きの者は、馬鹿な召使いの女が一人、猫と犬が一匹ずつ、それと年老いた霊的指導者だけでした。この慈悲深い僧侶は、この女が隣人の悪口を言い、収入を食いつぶす手伝いをしていたのです」

「ずいぶん人に取り入るのが得意な男だったのですね」と検察官の妻が言いました。

「この職業の男はみんな驚くほど人に取り入るのが上手です」騎士は答えました「そうするのが実益につながる場合は特にそうです。この男は取り入ったことを悔いる必要がありませんでした。このおばさんは財産を全部この男に相続したからです。裕福と程遠い自分の弟にはびた一文渡しませんでした」

「何ですって。そのひどい女は敬虔（けいけん）な女でございというような顔をしながら、そんなに破廉恥（はれんち）な不正を犯したのですか」

「特権階級の信仰について何もご存知ないのですか」とコモッドは大声を出しました「あなたのような俗人にとって不公平であるようなことが、信心深い人にとっては不公平ではないのです。天国と契約を結んで、善行を積まなくてもいいことにしてもらったんですよ。普通の人にとってははらわたが煮えくりかえるような意地悪な行いであっても、この人たちには信用があるものだから、年代記に刻まれて世界中に模範として示されるような行いになるのです」

「それでその大変な館でのあなたの役回りはどうだったのですか」と検察官が聞きました。

「肝心なこと以外の全てに使われていました」騎士は答えました「『おあつらえ向き』という意味のこのコモッドという名前はここでこそぴったりでした」

「ヴァントリュ先生[016]は、それが霊的指導者の名前でしたが、先生はふだん僕に座って日課書をぶつぶつ読んだり、食後にありがたくもお身体を休ませたりしていました。他のお坊さんと同じくこのおじさんにもちょっと食べ過ぎてしまうという欠点があり、臆面もなく腹を膨らませて、毎日消化不良の気を僕に浴びせていたのです」

「臭い山羊野郎だ」検察官は鼻に手をやって言いました。

「それで終わりではありません」コモッドは続けました「信心深い女はいつも弱い薬を飲んでいましたが、ご存知の通りこれはいつもちゃんと効くものではないので、やはり何か洩れてきて、この女が抑えられないものを吸い込むのが僕にとっての苦行でした。ある日は召使いの女の不注意のせいで溺れそうになったこともあります。奥様のお尻にお薬を入れるのがこの女の役割でした。悪気はなかったのですが、召使いはこのとき寸法を間違えて、奥様の尿道とその周りに熱い液体を注いだのです。おばさんはそんなところに薬を入れられるのに慣れていなくてお尻を締めたので管が下を向き、僕は苦い薬を一滴残らず浴びることになりました」

「哀れなジャンヌはどういう目に遭ったのですか」検察官が聞きました「そんな過ちを償うのは大変でしょう」

「二十回の鞭打ち刑になりました。宣告するとヴァントリュ先生はすぐに刑を執行し、僕の上でこの悲劇が演じられたのです。ジャンヌは罪を認めて慎ましく横になり、年老いた聖職者にお尻を委ねました。女は素直に従っているのに、お坊さんは全く容赦しませんでした」

「教会の人間は情け容赦ないものなのですね」と検察官の妻が言いました。

「確かに聖職者の厳しさという欠点はよく責められるもので、これを責めるのは正しいですが、この場合は世俗の男でもやはり手に負えなかったでしょう。ジャンヌは若くてきれいで、肌がとても美しく、肉付きがよかったのです。こんなに魅力的なものを目にしたら、これを愛でられる時間を最大限に活用するしかないでしょう。このお尻をじっくり見ても破廉恥ということにならないのは、罪人に罰を与えるときしかありませんから、ヴァントリュおじさんは急いで終わらせるようなことはせずに、はっきり数を数えながら鞭打ったのです。お坊さんだろうがそうでなかろうが、この立場の助平な男はみんな同じことをしたでしょうね……」

「かわいそうに」検察官が口を挟みました「ずいぶん辛抱が必要だっただろう」

「なんですって」騎士が叫んだ「僕の方がもっと辛抱が必要でしたよ。僕はひっきりなしに二人のお尻に汚されて病気になりそうでしたが、これがフランスでは他にないほど醜いお尻で、その上さらにペットにもいじめられる羽目になっていたのです。犬と猫の喧嘩が僕の上で際限なく繰り広げられて、常にこの二匹の不仲を耐えていなければならなかったのです。小さな骨一本でも餌を与えられると、すぐさま二匹の間に内戦が勃発し、とばっちりで何度も爪を立てられ嚙みつかれるのは日常茶飯事でした。仔猫先生も上機嫌のときにはのんびりとがった爪を僕の皮で研ぎ、毎日のように僕の身体の一部を切り取っていたのです。礼節をわきまえた奥様が現世とお別れしてあの世に旅立たれたとき、僕はほとんどぼろぼろの状態でしたが、それについては先生がよくご存知です」

第十一章　ソファーが検事の家に入り、十年ぶりに元の形に戻る

「その頃の僕の姿はがたがたでぼろ同然でした。先生は哲学者なのか、それとも見せびらかすのが嫌いな人なのか、

僕のような駄目な家具を引き受けてくださいましたが、そんな人は他にいないでしょう。つまるところ、先生は控えめな方なので、僕のようなものが部屋を飾るなどありえないとは考えなかったわけです」

「でも見た目は悪くなかったよ」検察官が言いました「姪(めい)が直したら新品同様になったし」

「はは、あれは素晴らしい娘さんですね」騎士が答えて言った「あれほど優雅に縫い物や編み物をする人を見たことがありませんよ。正直に言ってください。本当はちょっと姪御さんのことが好きになってしまって、姪御さんと仲良くして近親相姦の間柄になってもやぶさかではないと思っていましたよね。あの日のことを覚えていますか。姪御さんが僕の上に寝ているときに、スカートに手を滑り込ませましたよね」

「え？　あれはただくすぐったがりかどうか確認しようとしただけだよ」と検察官は反論して言いました。

「先生の補佐官も同じことについて興味があったようで」コモッドは答えました「先生が法廷に出かけた朝のことですが、確かに姪御さんはぐっすり眠っていられたようでしたが」

「なんだって、あいつはまさか最後まで……」

「それは聞くまでもないでしょう。やり口がとても軽やかで、先生がしたかったようなことは全部していましたよ。そこまで行ったところでようやく姪御さんは目を覚ましました」

「あらあら、なんて娘だ。そんなに眠りが深いなんてことはないだろう。この娘の身持ちのよさについては掛け値なしで保証してもいいと思っていたのに」

「それでも」騎士は答えました「保証しても間違いではないと思いますよ。姪御さんは誰と比べても恥ずかしくないくらいちゃんと身持ちをよくしていましたから」

「なんだって。小悪党の補佐官に身を任せるような娘を身持ちがいい女と呼べるものか……」

「まあまあ、寝ている間のことなどわからないではありませんか。理性も判断力もない状態なのだから、どんな行いをしようとその良し悪しは決められません。ご存知の通り、眠っている間は正気を失っているもので、理窟立てても のを考えたりはしていません……」

「それはよかった」法律家は口を挟みました「寝ている間は理性がないというのは単純極まりない話だ。でも気づかない間に子供ができているとしたら、それには全く納得がいかないね」

「それはそうですね」コモッドは答えました「僕が言っているのは、姫御さんは全く気づかなかったということではありません。でも気づいたときにはお仕事がずいぶん進んでしまっていたので、途中でやめさせるのが馬鹿馬鹿しかったのかもしれません」

　騎士が話し終わるか終わらないかのときに、部屋の扉に何かがぶつかる音が聞こえました。結婚式に来ていた気のいい客が集まって、新郎新婦の姿が見えなくなったのにしびれを切らして、鍵穴を覗いて冗談を言い合っていたのです。いつまでも二人きりで閉じこもっているので、俗っぽいおふざけをたくさん言ってからかっていたのでした。

　コモッドはもう話の種が尽きて、ほぼ言うことがなくなっていていました。この検察官の家に来てからは、慣習法についてのわかりにくい専門用語ばかり聞いていたのです。そこで話をやめるのにちょうどいい口実が見つかってほっとしました。この夫婦にお別れを言おうと思いましたが、無理に引き留められて夕食を共にすることになりました。

伝え聞く話によると、検察官の妻はどうにかしてコモッドを部屋に導き入れたのだそうです。おじさんが休んでいる間にそうしたのですが、おじさんにはあらかじめ眠くなる飲み物を飲ませてありました。夜更かししてお楽しみに励んだ二人は大変満足したそうです。

それでも騎士は故郷に戻る幸福を望んでいました。ホームシックのピカルディー人[017]のように、騎士は数日後に旅立ちました。検察官の妻が涙を流して、結婚したばかりの夫を厄介払いしたらすぐに結婚するからと約束しても無駄でした。

初恋の人のもとに戻るのが運命でした。騎士はこれまで妖精プランタニエールのために苦しんできたのですが、この苦しみの償いがプランタニエールその人になることになっていたのです。

『リエージュ暦書』[018]の有名な著者は、信用に値する人間が存在するとすればその一人ですが、再会したプランタニエールは貞節を守っていたと保証しています。何はともあれ、クラポディーヌは二人の結婚に同意しましたが、それでも条件をつけました。何よりも先に、コモッドは前に不運を呼ぶことになった過ちを十分に償わなければならないのです。これは微妙な問題でした。また失敗してもおかしくありません。プランタニエールは、どんな務めにもいくらかは慣れが必要だと言うことを知っていたので（たぶん検察官の妻がその役を引き受けたことを知らなかったのでしょう）、急いで何度かレッスンをしてから、慎重を期して生卵を六個ほどと胃薬をスプーン二杯飲ませて、クラポディーヌのところに連れて行きました。

お姫様は用心のために二重に紐をかけてずっしり重い胸を支えていました。このたっぷりした魅力が突然下に落ちたことが前回の騎士の粗相につながり、厳しく罰しなければならなくなったのではないかと思ったからです。

お姫様はきれいに着飾っていました。髪を蝶々の羽のように広げ、十字架のネックレスと人造宝石のペンダント、フリルがついた玉虫色のタフタ折りのドレスとスカート、英国風の靴、鯨ひげで丸く膨らませた、シャンジュ橋[019]のお店のペチコートを身に着けていました。こんなにきれいな服装を、こめかみの二つのつけぼくろと深紅の小さな丸い印が引き立てていました。

コモッドはこんな風に着飾ったお姫様を見て笑い出さずにいられませんでした。幸運なことにお姫様はとても自己評価が高かったので、コモッドがこんなに楽しそうにするのは再会できてうれしいからなのだろうと思いました。こういうわけでコモッドは大変歓迎されました。結局のところ、胃薬と生卵の力もあってコモッドは許されることとなり、その二日後にプランタニエールとの結婚のお披露目がありました。クラポディーヌはコモッドを家来にしておくために王室つき大吹矢師という役職をつくり、この地位をコモッドに与えました。かつて吹矢という立派な務めにおいて並外れた才能を発揮したことを称えたのです。

おしまい

修繕屋マルゴ

C. F. Fritzsch. del: et Sculp:

ようやくここにあの『修繕屋マルゴ』をお届けする。お巡りの頭領[001]が売女（ばいた）の一団とその恥ずべき手先どもの訴えを聞いて、まるで作者が大きな罪でも犯したかのような大げさなことを言って責め立てている作品である。この作品は宗教、政府、君主を攻撃していると非難する者までいるので、作者はこの作品を世に出そうと決心した。何もしなければかえって自分の不利になるのではないか、本当に有罪だと思われるのではないかと危惧したからだ。誰が正しくて誰が間違っているのかはみなさんが判断してくれるだろう。

私が若い頃に演じたさまざまな役回りをここに公表しますが、虚栄心からそうするのではなく、もちろん謙虚さによってそうするのでもありません。私の目的は主にこのようなものです。私と似たような方策でちょっとした財産をつくった女の思い上がりをできれば正したい。そして感謝の証言をみなさまに吹聴したい。私の財産は全てみなさまのご親切と気前よさのおかげで手に入れたのですから、それを正直にお話ししたいのです。

私はサン＝ポール通り〔現在はパリ四区にある通りの名前〕に生まれました。実直な衛兵隊の兵士[002]が修繕屋の女と人目を忍ぶ関係をもち、私はそこから生を受けました。生来怠け者の母は、どうやって必要な部材をはめ込んできちんと靴を直すか教えてくれましたが、それは面倒な家業をできるだけ早く私に押しつけるためでした。私が十三歳になった頃、母は仕事場の樽[003]と得意先を私に譲ってもいいと考えましたが、毎日の稼ぎはきっちり渡すという条件をつけました。私は母の期待に完璧に応え、あっという間に界隈で評判の修繕屋になりました。私には靴直しの才能だけでなく、古いキュロットに裏地を重ねて直す技術もありました。それでも手先の器用さに加えて、他の誰よりも私がお勧めだと人に思わせたのは、生まれつき備わっていた可愛らしい顔つきでした。周りの人は誰もが私の流儀で修繕してもらいたいと思っていました。私の樽はサンタントワーヌ通りの従僕みんなの溜まり場でした。このようなよい仲間[004]から、私は優れた教育と生活の知恵の最初の手ほどきを受けましたが、そこでこの知識を完璧に近い形にまで極めてきたのです。両親から血によって、そしてまた両親の見せてくれた優れた模範によって受け継いだものがあります。私には肉の喜びを求める激しい気性があり、両親の例に倣いたい、甘い合体の喜びを体験したいという欲望に燃えていました。トランシュ＝モンターニュ氏（私の父です）と母と私は五階にある一室に住んでいました。この部屋にあったのは藁の椅子が二脚、割れかけた素焼きの皿が数枚、古い戸棚が一つ、カーテンも天蓋もない大きなみすぼらしい寝台で、私たちは三人ともこの寝台で寝ていました。

　大きくなるにつれてだんだん眠りが途切れがちになり、一緒に寝ている二人の行為に注意を払うようになりました。ときどき二人はとても激しく動いたのでベッドの枠がたわみ、その動きに付き合わざるをえませんでした。そのとき二人ははあはあ喘ぎながら、情熱の声、この上なく優しい言葉を小声で口にしていました。私は興奮に我慢がならなくなり、炎に身体を貪られて焼かれるようでした。息が詰まり、我を忘れました。できるものなら母を殴ってやりたいとも思いました。悦楽を味わっている姿がそれほどうらやましかったのです。こんな状況で私にできることといえば、孤独な気晴らしを求めること以外に何があったでしょう。こんなにも急を要する欲求を満たさなければならないときに指が攣らないのはまだ幸運でした。とはいえ本物のちゃんとした喜びと比べると、これはなんと哀れな一時しのぎでしょうか。児戯にも等しいとはこのことです。力尽きていらいらしてもどうにもならず、身体はさらに熱く燃えるようでした。激昂と愛と欲望で気が遠くなりそうでした。要するに、私の身体にはランプサコス[005]の神々がみんな取り憑いていたのです。十四歳の娘っ子にしてはずいぶん血の気が激しいものだとお思いでしょう。それでもよく言うように、蛙の子は蛙なのです。

容易におわかりでしょうが、当時の私のように激しい肉欲に責め立てられて我慢ができなくなると、誰かよい友だちを選ぼうと真剣に考えるようになるものです。私をさいなむ耐え難い渇きを癒してくれる友だち、少なくとも和らげてくれる友だちを。

数多くの召使いに絶えず言い寄られていましたが、その中に馬丁が一人いました。若くて、がっしりした体格で格好がよく、私が目をかけるのにふさわしいように見えました。私に対して馬丁流のお世辞をひねり出し、馬の毛をすくときにはいつもあなたのことを考えますと誓うのです。それに私はこう答えました。キュロットに裏地を当てるときにはいつもピエロさん（こういう名前でした）の姿が頭に浮かびますと。二人はとても真面目ぶってこの手の優しい言葉を数え切れないほど言い合いましたが、どれほどエレガントな言い回しをしたのかちゃんと覚えていないので、読者のみなさんにお伝えできません。読者のみなさんはこれだけ知っておけばいいでしょう。ピエロと私はまもなく意気投合し、数日後に愛の誓いをシテール島[006]の国璽（こくじ）をもって誓約したのです。それはラ・ラペ[007]の方にあるいかがわしい小さなキャバレーでのことでした。生贄（いけにえ）の儀式の場には二本の架台が朽ちたテーブルが一台、壊れかけた椅子が六脚ほどありました。壁にはエジプトの象形文字のような淫らな絵がたくさん描いてありました。愛すべき放蕩者たちが上機嫌で書きなぐったもので、普通は木炭で描くものです。二人の饗宴はこの神殿の簡素な飾りつけにまったくもって似つかわしいものでした。八スー〔スーは当時の通貨単位で、二十スーが一リーヴルに相当する。一七九五年にリーヴルは別称であったフランに公式に変わった〕のワイン一パント〔液量の単位。パリでは〇・九三リットルに相当した〕を二パントのチーズと二パントのパンに合わせて、全額を計算すると十二スーになりました。それでもデュパルク[008]で一人一ルイ[009]の食事をするのと同じぐらいの大盤振る舞いをしているような気持ちで儀式を行いました。こんなことに驚いてはいけません。どんなに粗末な食事でも、愛で味つけをすればいつでもおいしいものなのです。

ようやく締めということになりました。まず困ったのはどこでどうしたらいいかがわからないということです。テーブルも椅子もとても頼みにするのは無謀だったからです。そこで立ったままですることにしました。ピエロが私を壁に押しつけました。ああ、頑健な庭園の神[010]よ。ピエロが見せたものの姿に私は怖くなりました。すごい突きで攻め立ててきます。ものすごい力のせいで壁が揺れてきしみを上げました。私の苦しみは大変なものでした。それでも私の方でも力一杯頑張っていました。かわいそうに男の子がひとりでこんなに大変な仕事をして疲れてしまっているじゃないかと責められたくなかったからです。ともかく二人は互いに忍耐強く勇気を奮ったのですが、まだほんの少しか事態が進展していませんでした。けりをつける望みを失いかけていた頃に、ピエロはものすごい一物を唾で濡らすことにしました。自然の秘密は素晴らしいものですね。快楽の小部屋の入り口が少し開くと、男が入ってきました。これ以上何を言うことがありましょう。私は式次第に則って処女を失いました。このとき以来ずっとよく眠れるようになりました。私の休息はたくさんの心地よい夢に導かれていました。トランシュ＝モンターニュ夫婦が楽しい愛の戯れでベッドをきしませようと無駄なことで、もう耳に入ってきませんでした。二人の無邪気な付き合いは一年ぐらい続きました。私はピエロのことが大好きで、ピエロは私のことが大好きでした。完璧な青年で、責めるべき悪癖が全くありませんでした。悪いところといえば、一文無しで、賭け事が好きで、酔っ払いだということぐらいです。というわけで、財産はみな友だち同士で分け合うべきで、金持ちは貧乏人を助けなければいけないものですから、私がいつも彼の浪費の埋め合わせをしなければなりませんでした。馬丁は女王に仕えていても自分の馬櫛（うまぐし）で食べるということわざのようなものがありますが、この男はその反対に、自分の財産を減らさないように私の店と樽の資金で食べていました。もうかなり前から母は店が傾いてきているのに気づいていて、私のことをこっぴどく叱っていました。まもなく母は私がのっぴきならないことになっていると噂で聞きつけました。お母様は知らない振りをしていましたが、ある朝私がぐったり眠っていると、新品の箒（ほうき）の棒を手にしました。意地悪にシャツを私の頭に被せると、血だらけになるまでお尻を叩（たた）き、私はようやくのことで逃げ出すことができました。もう立派に大きいのにこんな風にお尻を叩かれるなんて、何という屈辱でしょう。あんまり腹が立ったのでその場で自由になることに決め、どこか適当なところで運試しをすることにしました。頭をこの計画で一杯にして、母が外に出かけたところを狙いました。急いで一張羅を着込むと、トランシュ＝モンターニュ家に永遠のお別れをしました。行き当りばったりでグレーヴ広場〔現在のパリ市庁所広場〕の通りを抜け、川沿いにロワイヤル橋まで行き、テュイルリー庭園に入りました。心ここにあらずという状態で、まずは庭園をほぼ一周してしまいました。ようやく最初の興奮が少し収まると、カプチン会テラス〔テュイルリー庭園のサントノレ通り側にあったテラス。サントノレ通りにカプチン会修道院があった〕に座りました。これからどうしようと七、八分ほどぼんやり考えていると、小綺麗な服装で真面目そうな物腰の小柄な女性がやってきて隣に座りました。挨拶をしてから、普通のとりとめない会話をしました。何も言うことがないのにおしゃべりしたい人がするあの会話です。

「これはまあずいぶん暑いと思いませんか」と話しかけてきました。

「大変暑いですね」

「少し風があってよかったわ」

「そうですね。少し風が」

「こんな天気が続いたら明日はサン＝クルー[011]にたくさん人出があるでしょうね」

「それはそうでしょうね。たくさん人出があるでしょう」

「失礼ですが、見れば見るほど前にお会いしたことがあるような気がします。ブルターニュでお会いしたことがあるのではないかしら」

「それはありません。パリの外に出たことがありませんから」

「実を言うと、お嬢さんはナント[012]で知り合った娘さんにそっくりで、取り違えてしまいそうです。それに、似ているのは全然悪いことではありません。あれほど可愛い女の子はなかなかいませんから」

「どうもありがとうございます。でも自分が可愛くないことは知っています。優しい方なのでそう見えるのですね。それにもし可愛かったとして、それが何かの役に立つかしら」

　この最後の一言を言うとつい溜め息が漏れ、涙がこぼれるのを抑えられませんでした。

「あらまあどうしたの」私の手を握って優しそうな声で言いました「泣いているのね。何か悲しいことがあったの。不幸なことでもあったのかしら。話してごらんなさい。心配しないで心を開いてくれていいのよ。どんなことがあったとしても私の優しい心を頼りにして。私にできることなら何でもあなたの力になるわよ。じゃあ、テラスの向こう端に行って、ラ・クロワ夫人のお店で食事しましょう[013]。そこであなたが悲しんでいるわけを教えてちょうだい。たぶん想像以上に私はお役に立てるかもしれないわよ」

まだ何も食べていなかったので、二つ返事でついて行きました。疑うこともなく、神様がこの方をお送りくださったのは、賢い助言をくれて、路頭に迷う危険から救ってくれるためだと思っていたのです。カフェオレ二杯と菓子パンを二、三個胃に入れると、私は生い立ちと職業について正直に話しました。でもその他のことについてはそれほど正直だったわけではありません。私よりも母が悪かったことにした方が賢いと思ったのです。可能な限り母については悪いことばかり説明して、母の元を離れることにした決意を正当化しようとしました。

「マリア様」会ったばかりの親切な人は叫びました「まるで人殺しだわ。あなたのように可愛らしい子供がそんなひどい暮らしをして、年中外にいて暑さ寒さをしのぎ、半分に切った樽の中にうずくまって有象無象の靴を直さなければならないなんて、ひどい仕打ちね。だめよ、あなたはそんな仕事をするような人間じゃない。だってこれは隠していてもしょうがないわ。あなたのような美人にとって、望みにならないものはないの。保証してもいいけど、もしあなたが難しいことを言わないで素直にするならすぐにでも……」

「まあ」私は大声を出しました「教えてください、どうしたらいいんですか。アドバイスして助けてください。お願いします」

「そうね」女の人は答えました「一緒に暮らすことにしましょう。今寄宿生が四人いるから、あなたは五人目ね」

「何ですって」と慌てて答えました「もうお忘れですか。私は食うや食わずの身で、寄宿料など一文もお支払いできないのですよ」

「それは心配しなくていいのよ。今あなたに求めるのはただ素直さだけで、ただ言う通りにすればいいの。あと、ちょっとした商売をやっているんだけど、これに協力してもらいます。そうすればきっと、月末までにあなたは私の満足が行くような状態になっているでしょうし、それだけではなくて自分の生活の必要もちゃんと満たせるようになっているでしょう」

感謝で気持ちが高ぶり、この方の足元に身を投げだして、その足を涙で濡らしかねないほどでした。この祝福された仲間の一員になりたくて待ち遠しく思っていましたが、幸運の星のおかげで長く待たずに済みました。正午の鐘が鳴り、フイヤン会テラスの出口から外に出ました。そこにいた見事な辻馬車の御者が立派な車に乗せてくれました。早足のつましい動物に引かれて塁道に出ると、辻馬車はモンマルトル通り〔現在のパリ一区と二区にまたがる通り〕に面してぽつんと建った家に私たちを連れていきました。

これは前庭と中庭の間にある一種の隠れ家で、見た目が快く、ここに住んでいるのはいい人だと予感しました。朝はひどい起こされ方をしたけれど、そのことを心密(ひそ)かに祝福していました。あんな起こされ方をしたおかげでこの素敵な出会いがあるのですから。下の間に案内されましたが、かなりちゃんとした家具が揃っていました。まもなく仲間たちがやって来ました。服装は品があって洒落たものでしたがぞんざいなところもあり、みんなのしっかりした自信ありげな物腰のせいで私は最初気後れしてしまいました。目が上げられなくて、挨拶を返そうとしてもぼそぼそとしか答えられません。質素な服を着ているのが困惑の原因だと恩人は思い、約束して言うには、すぐにでも衣装を変えさせ、他のお嬢さん方と見劣りしないように着飾らせてくれるというのです。実際私はとても恥ずかしく感じていました。私の服は貧しい娘がよく着ている灰色の小さな襤褸なのに、他のみんなはインドやフランスの最高級の布地の部屋着を着ているのですから。それでも好奇心を刺激すると同時に少なからず心配だったのは、私が関わることになる商売とはどのようなものなのかということでした。仲間たちの豪華絢爛ぶりに驚きました。どんなことをしたらこんなものにお金がかけられるのかがわからなかったのです。頭の回転が遅かったのか、それよりも単に世間知らずだったのか、考えなくてもわかることが全く頭に浮かびませんでした。しかしこの上っ面の謎を解き明かそうと想像を掘り下げていると、ポタージュが出てきて、食卓につくことになりました。ごちそうは悪くありませんでしたが、会食者に食欲があって機嫌がいいので、それがスパイスの役割をして料理の味が引き立ちました。私たちはみんなたっぷり飲み食いして、召使いたちが残り物にあずかる期待がもてなくなってしまうほどでした。そういうわけで、喉を詰まらせないように用心してときおり食べ物を飲み物に浸して食べました。そこまでは全てうまく行っていたのです。ところが二人のお嬢さんが節度をわきまえることを忘れてしまい、突然酒に酔って頭がぼうっとして、一人がもう一人の鼻面に拳骨をお見舞いすると、相手はこれに反撃して皿を叩きつけたのです。一瞬のうちにテーブル、食器、煮込み、ソースが床に転がりました。これが宣戦布告になりました。二人の女傑は負けず劣らずいきり立って相手につかみかかります。ネッカチーフ、エスコフィオン[014]、袖飾り、全てがあっという間にびりびり破けてしまいました。ここで女主人が足を踏み出して割って入り威厳を示そうとしましたが、不注意による一発をつい食らいました。こんな風に優しくされるとは思ってもいなかったし、そのうえ妙に我慢強いという欠点も持ち合わせていなかったので、もう和解することなど問題外でした。その場で拳闘という英雄的格闘技の見事なテクニックを披露してくれたのです。他の二人はこのときまでどっちつかずの態度を保っていましたが、もうこれ以上ぼうっとしていたらいけないと考えました。そういうわけで本格的に喧嘩が始まり、みんなを巻き込むことになりました。最初から私は部屋の片隅に逃げ込んでがたがた震えていて、喧嘩が続いている間はそこから動きませんでした。この光景は恐ろしいと同時に滑稽でもありました。髪を振り乱した五人の女が相手を突き倒してはその上で転げ回り、嚙みつき、ひっかき、足と拳骨を振るい回して、ありとあらゆる罵詈雑言を撒き散らし、大小の商売道具を恥ずかしげもなく丸出しにしていたのです。戦いはすぐ終わりそうにありませんでしたが、そのとき古参の従僕が何とドイツ人男爵の到着を告げたのです。ご存知でしょうが、こういった殿方、特に英国のロードと呼ばれる殿方はこの界隈の娘たちにとても大切に思われているのです。男爵という言葉が聞こえただけで、あらゆる敵対行為が終了となりました。女戦士たちは取っ組み合いをやめて、みんな身なりの破れを急場しのぎで取り繕いました。拭いたりこすったりすると、さっきまで誰だかわからないほどに醜かった顔が、あっという間に元の優しく穏やかな顔に戻っていました。女主人が急いで男爵様をもてなそうと出迎えに行くと、お嬢様方は部屋に飛んで行って、男爵をちゃんとお迎えできるように準備しました。

私よりも賢い読者のみなさんは、私がいたお屋敷がパリでも品行方正で知られていたわけではないということにずっと前からお気づきでしょう。ですからあえてくどくど言いませんが、この女将が業界でもお得意先が多い女将の一人で、マダム・フロランス[015]という名前だということだけお知らせしておきます。男爵様の到着が告げられたのはただ暴力行為をやめさせるためだけだったとわかって、女将はうれしそうな満足した表情でまた私のところに来ました。

「ねえ、かわいこちゃん」私の額に口づけをして言いました「私たちのことを悪く考えないでね。ちょっとしたいざこざをさっきお目にかけてしまったけど。こういう大したことがないもめごとは何でもないようなことがきっかけで起こるし、すぐ収まるものなの。つい抑えられずに手が出ちゃうこともあるのよ。それにみんな程度の差こそあれ敏感なの。これは当然のことよ。踏んづけられたみみずがぴくぴく震えるようなもの。それに知り合ってみればあの娘たちが優しい性格だとわかってうれしくなると思うわ。あんなに可愛い娘たちはいないもの。あの娘たちの怒りは藁のようなもので、火がついてもすぐに消える。あっという間に全部忘れちゃうのよ。私はといえば、ありがたいことに恨みというものがどういうものかわかっているから、優しい鳩ほどの怨念も持ち合わせていないのよ。私を痛めつけようとする人に不幸あれ。私は誰も恨まないもの。でもこの話はここまでにして、あなたのことを話しましょう」「誰もが同意する事実だけど、この世界ではお金持ちでない人は悲しい顔つきをしているものよ。『金がなければ傭兵を雇えない』ということわざがあります。金がなければ楽しみもない、人生は快適にならないと言ってもいいでしょう。安逸な暮らしが送れて、それで幸福が感じられたら、当然いいことですよね。でもこのいい暮らしと幸福感は、お金がないと手に入らないものなの。だからきっとわかってもらえると思うけど、お金が稼げるのに稼ごうとしないのはとってもお人好しということになるのよ。特に金稼ぎに使う方法が社会の迷惑にならないものであればなおさらのことよ。だって社会の迷惑になるならそれはいけないことでしょう。そんなことがないように神様が守ってくれます。ええ、そうですとも。神様が守ってくれます。これについては全くやましいことがありませんから、私が少しでも人様に害を及ぼしたなどと言って責められることは絶対にありえません。それにアラブ人じゃないんだから。魂を救わなければならないのよ。要はまっすぐ生きるということで、そうすればどんな仕事を生業にすることも禁じられていません。何の職業に就くかは関係なく、大切なのはそれがいい職業であるということです。つまりあなたに言っているのは、できるときに苦境を脱しようとしないのはずいぶんお人好しだということよ。あなたほどうまくやれる人はそういないわ。だって生まれつき恵まれたものをもっているんですもの。その美しさを無駄にするために生まれてきたのかしら。私が知っているこの界隈の娘[016]の中にはあなたよりもずっと魅力が乏しいのに、どうやったらいい金づるが見つけられるか、その秘密を見つけた人がたくさんいるのよ。自慢ではないけれど、本当にこの娘たちの財産に損害を与えたことはありません。この娘たちが私の世話になったのは確かだけど。それでも恩知らずは神様が改心させてくれることでしょう。そんなことのせいで人を喜ばせるのが嫌になるようなことがあってはなりません」

「まあ」急いで言いました「奥様が私のことを恩知らずだと言って嘆くことがなければいいのですけれど」

「何も約束はしないようにしましょう」女将は答えました「みんな同じことを言ってくれたけれど、みんな忘れてしまいました。栄光は習慣を変えると言います。私が昔少し教育の面倒を見たお嬢さんをオペラ座で見かけることがあるけど、今はもう私を見ても知らんぷりなんてことがよくあります。こんなことばかりでは、今の時代に感謝という美徳をもっている人はもうほとんどいなくなってしまったと言わざるをえませんね。いずれにせよ、人に親切にするのはいいことと決まっています。ところで仔猫ちゃん[017]、そんなに可愛いあなたはこれまでに誰かに感謝されるようなことをしたことがあるのではないかしら」

「あら、私がですか」と私はわからないふりをして答えました「これまでこんなに悲しい人生を送ってきたのに、誰に感謝されるようなことができたでしょうか」

「私が言いたいことがわからないようね」女将は続けて言いました「もっとよくわかるように話さなければならないのね。あなたはまだ処女なのですか」

こんな質問をされるとは思っていなかったので、顔が真っ赤になり、少しうろたえてしまいました。

「わかりました。もう処女ではないのね。それは構いません。魔法のポマードがありますから。それであなたのことを全くの新品にできます。それでもどういう状態なのか私が知っておくのはよいことです。この儀式はあなたに辛い思いをさせないはずですから。この世界に入る娘は必ずこれと同じような試験を受けなければなりません。商人は自分が売る商品をよく知っておかなければならないのはよくおわかりでしょう」

マダム・フロランスはこんな説教をして、もう私のスカートを腰の上にまくり上げていました。女将は私の向きをくるくる変えて、目利きの目でくまなくじろじろ見ました。

「はい」女将は言いました「これは結構ですよ。受けた損傷があまり大きくないので、修理は簡単です。神様のおかげで、なかなかお目にかかれないような美しい身体つきをしていますね。これからこの身体を使ってたっぷり稼げますよ。でも美しいだけでは十分ではないの。自分のことはちゃんと気をつけなければなりません。この仕事でおろそかにしてはならない義務の一つは、タオルの使い方をけちってはならないということです。見たところあなたはよく使い方を知らないようね。いらっしゃい。時間があるうちに教えてあげるから」

すぐに女将に案内されて小さな化粧室に行きました。女将は私をビデにまたがらせると、どうやって清潔にするのか手ほどきしてくれました。その日はその後もいろいろなことをしましたが、細かいことばかりで、お話ししなければならないような大切なことは他にありません。次の日、私は約束通り頭から爪先まですっかり見違えるような姿になりました。フリルをつけたピンクのタフタのドレスにモスリンのペチコート、ピンチベック[018]の時計をつけたベルトを身に着けました。この新しい衣装をまとった私は魅力的に輝いて見え、生まれて初めて自惚(うぬぼ)れにくすぐられるように感じました。自己満足、敬意、賛嘆をもって自分の姿を見つめました。

マダム・フロランスの言うことはもっともだと認めなければなりません。この時代のシテール島の修道院長[019]の中でも用意周到さにかけては一、二を競う天才的な存在でした。どんなことにも配慮が行き届いていたのです。切らすことがない館付きの寄宿生の他に、突然のお客さんが来ても困らないように、すぐサービスしてほしいお客さんのためにと、町中に予備部隊をもっていました。臨時の場合と重要なパーティーのときのためです。そればかりではありません。女将の館にはその他に色とりどりのドレスが全サイズ揃った倉庫がありました。これを私のような新入りや貧しい娘に有料で貸すのです。これによって女将の報酬がかなり増えることになっていました。

マダム・フロランスは、私の衣装を無駄にしてはいけないと思って、数人の上客に上物を見つけたと前日から知らせていました。このように賢明な準備をしていたので、長々と待ちぼうけを食らうことはありませんでした。某裁判長は七時からの裁判よりもこの手の召喚の方に時間ぴったりに来るようなお方で、私がちょうど身だしなみを整えた頃にやってきました。目の前にいたのは、黒服のあまり背が高くない男で、ひょろ長い脚が二本生えていて、ぴんと直立してしゃちほこばっていました。猪首(いくび)に乗った頭は身体と一緒にしか動かず、芸術的なカールをつけたかつらを着用し、それにマレシャルの粉[020]をかけ過ぎたものだから、余分な粉がたくさん落ちてきて服がほとんど粉まみれになっていました。それに加えて竜涎香（りゅうぜんこう）と麝香（じゃこう）の匂いを撒き散らしていたので、どんなに香水に慣れた人でも気絶してしまいそうでした。

「おやまあ、これはこれは、フロランス」私を見て男は叫びました「これはまさに、美しい、素敵、素晴らしいね。率直に言って今日は期待以上だよ。本気で言っているんだ。このお嬢さんは可愛らしい。そうだね、君の口から聞いていたのより百倍もいい。誓って言うが、まるで天使のような女の子だ。これは本当だ。裁判官として言うが、これは驚きだよ。この美しい目を見ろよ。この目にキスしないといけないね。それだけじゃすまんかもしれないが」

マダム・フロランスは、話の流れからすると第三者の存在は不要になったと考え、こっそり退散して私たちを二人だけにしました。すぐさま裁判長は地位にふさわしい威厳を損なうことなく、私をソファーの上に寝かせました。しばらく私の秘め所をよく見て触って楽しんだ後で、ピエロとするときにいつもしていたのと正反対の姿勢を私にとらせました。素直に言うことを聞くよう言われていたので、全く言う通りにしました。裏切り者は好色漢が男同士ですることを私にしたのです。私は反対側の処女を失いました。この自然に反した行いのために身体をひねらなければならず、さらに叫び声がつい何度か漏れてしまったので、私は喜びを分け合っていないと裁判長にもわかりました。そこでその償いとして、苦しみを忘れさせるためにと、手に二ルイ握らせてくれました。

「これはお駄賃だからフロランスに言ってはいけないよ。これの他に女将の分と君の分の謝礼を払うんだから。さようなら。お別れの前に可愛いえくぼにキスしよう。ではまた近いうちに会いたいね。そうとも、また会うことにしよう。お行儀がよくてとても満足だよ」

　と言うが早いか、裁判長は小刻みな早足で部屋を出て行き、膝も曲げずに短靴の爪先で床を軋ませました。身に降りかかった出来事に驚いて、何を考えたらいいのかもわかりませんでした。裁判長は場所を間違えたのかしら。それとも位が高い人はこういう風にするのが習いなのかしら。もしもこれが流行なら、私も流行に合わせるようにしないといけないわね、と私は考えていました。私がとりわけデリケートな女だというわけではありません。何であれ最初の試みは少し辛いものですが、どんなことにも最後には慣れてしまうものです。ピエロの無茶には結局慣れてしまいましたが、最初のうちは楽なものではありませんでした。こんな興味深いことをあてもないこうでもないと考えて頭を悩ませていたときに、フロランスが戻ってきました。

「さあどうだった」手を擦り合わせて言います「裁判長が素晴らしい方だというのは本当でしょう。あの方から何かいただきましたか」

「いいえ、奥様」と私は答えました。

「これをおとりなさい」女将は続けて言いました「裁判官があなたに渡してほしいと言った一ルイ金貨よ。あなたが裁判長の気前よさにあずかるのはこれが最後にならないよう望んでいるわ。それにね、お得意様がみんなこれほどいいお客様ばかりで、こんなに払いがいいものと思ったらだめよ。どんな商売でも、儲けることもあれば損をすることもあるけど、良い面が悪い面を償ってくれるの。いつも儲けてばかりの商人なんていないわ。利益を手にするのには費用がかかる。空約束のお客さえいなかったら、この仕事は本物のエルドラドでしょうね。でも待ってなさい。聖職者会議がそのうち始まるから。間違いなくお金が転がり込んでくるわよ。自慢は別としても、この館の評判は悪くありません。これまでこの館に高名な高位聖職者と司祭をたくさんお迎えしたけれど、もしも受け取ったお金が資産収入になっていれば、私は女王様面をすることもできるでしょう。ともかく不満は言えないわね。ありがたいことに生活手段があり、あくせく働かないで済んでいる。とはいえ自分のためにしか役立たないものは何の役にも立たないと言える。それに生きている間は何か仕事がないといけません。無為があらゆる種類の悪徳を生むと言われますからね。みんな仕事があれば悪いことをしようと考えないものです」

マダム・フロランスがくどくどもったいぶったこんな退屈なことを言っている間、私はあくびが止まりませんでした。やっとそれに気づいた女将は部屋に戻るように言い、何はともあれビデの儀式を忘れないようにと言いました。一種の付け足しのような形になりますが、ここで言っておかないわけにいきません。世の中の堅気の女性たちは私たちのような女性に恩義を被っているのです。こんなに便利で、欠かすことができない器具について恩があるだけではありません。その他にも生活を楽にする数え切れないほどの素敵な発明があります。生まれつきもっている魅力を洗練された趣向で引き立たせ、その魅力を取り繕ったり、不完全なところを隠したりする技術も私たちが発明したものです。みんな私たちが堅気の女に教えてあげたのです。魅力を何倍にも輝かせ、いろいろな着飾り方で魅力をさまざまに組み合わせる秘密、そして特にくつろいだ歩き方、態度、物腰です。あらゆることについて私たちは堅気の女たちの注目と研究の対象なのです。堅気の女は私たちから流行を取り入れ、人をたぶらかす細かい技を盗むのです。この何とも定義しがたい技に人は夢中になるのです。要するに、私たちを非難しても意味がありません。堅気の女性が可愛らしいのは私たちの真似ができるからなのです。女の美徳は罪の匂いがしなければならず、娼婦のような遊びができて、少し娼婦っぽくないと可愛いとは思われません。話が脱線してしまいましたが、この話を聞いた人が私たちの身体を称えるようになり、気取っているけれど本当はうらやましく思っている人たちが私たちの存在価値を認めるようになったらいいと思います。私たちはそれに値しますし、私たちの名誉を回復してほしいものです。話を戻しましょう。

マダム・フロランスは、さっきあんなに雄弁に無為に反対だという演説をしたくらいなので、私が悪だくみをする時間も与えませんでした。女将は突然また姿を現し、優しい声で言いました。

「こんなにすぐにまた手をわずらわせるつもりではなかったんだけど、お仲間がみんな間抜けな兵隊たちのために出払ってるのよね。でもこの兵隊たちはちょっとあなたに紹介するのがためらわれるのよ。だって払いが悪い輩だし、あなたのことをただ働きさせるつもりはありませんからね。向こうに友人の下請け徴税請負人が来ているんだけど、毎週きっちり二ルイ払ってくれる古株のお得意さんなのよ。できれば不義理なことはしたくないの。あなたはどう思う？　二ルイだからって馬鹿にしたらいけないわ。特にこの場合は苦労しないで手に入れられるのだから」

「苦労しないなんてことはありません」私は答えました「わからないのでしょうね。とても痛かったし、まだ痛いんですから（まだ全身がひりひりするように感じていたのです）」

「あらまあ」女将は口を挟みました「裁判長のように恐ろしい人ばかりではないのよ。今あなたにどうかしらと言っている男の望みは素朴な戯れだけで、それ以上のことはしないわ。保証して言うけれど、このお客さんの愛撫(あいぶ)は長くもないし疲れるようなものでもありません。あっという間におしまいよ」

ようやく同意すると、マダム・フロランスに男を紹介されましたが、これが見たこともないほどの閉口ものの徴税役人の顔つきでした。想像してみてください。四角い頭が無骨な男の肩にくっついていて、凶暴で残忍そうな目の上に獣のような眉毛があり、狭い額には皺が寄り、大きな顎は三重にもなっていて、お腹がでっぷりとして、その下にはがに股の太い脚が二本、これの先に鵞鳥のような足がついているという具合です。こういった部品がみんなちょうどいいところにはめ込まれて一つに組み立てられて、このおかしな徴税人ができあがっていました。こんなでくの坊を見て私は大変に驚いてしまって、フロランス院長が姿を消したことにも全然気づきませんでした。

「おい」徴税請負人は乱暴に言いました「手をこまぬいていてもしょうがないだろう。何をぼんやり突っ立ってるんだ。さあ、さあ、姉ちゃん、こっちに来て。ぼんやり見てる暇はないんだから。会議に出なくちゃならないんだよ。始めるぞ。手はどこだ？　これをつかんで。下手くそだなあ。指を握る。手首を使うんだよ。そうそう。もうちょっと強く。ストップ。もっと速く。そこはゆっくり。はい、それでオーケーだ」

この楽しいお勤めが終わると男は私に二ルイを投げつけ、借金の取り立てから逃げるように急いで飛んでいきました。

この界隈の娘が強いられる酷薄で風変わりな試練のことを考えてみると、これ以上に胸糞悪い惨めな環境があるとは想像できません。徒刑囚や宮廷人ですらこれよりはましです。実際、誰が相手でも客のわがままを聞かなければならないこと以上に耐え難いことがあるでしょうか。心の底では軽蔑している下衆野郎に微笑みかけ、誰もがおぞましいと思っているものを愛撫し、絶えず恐ろしい奇態な趣味の相手をしなければならないのです。結局のところ、見せかけと偽りの仮面が外せなくなっていて、笑い、歌い、飲み、あらゆる放蕩と乱痴気騒ぎに付き合っているけれど、それはほぼいつもいやいややっていることで、本当は虫酸が走ってしょうがないのです。私たちの生活がお楽しみと快楽の連続だと想像している人は私たちのことが全然わかっていません。重臣ばかりの宮廷で暮らす唾棄すべき卑屈な奴隷たちは、そこにずっといさせてもらおうと思ったら恥ずべき卑屈なことをいつまでも繰り返さなければなりません。卑屈になってご機嫌をとり、いつまでも本心を偽り続けるのです。それでもこんな宮廷人も私たちの身分につきものの苦渋や屈辱の半分も味わっていません。こう言ってもいいです。もし私たちの苦労が報われて、現世において悔悛の代わりになるなら、私たちのほぼ全員が殉教録に名前を刻まれて聖女とされるに値するでしょう。私たちの売春の動機と目的が卑小な金銭欲なので、重くのしかかる軽蔑と侮辱がほぼいつもそれにかなった報酬なのです。娼婦だった人でなければこの仕事がどれほどおぞましいものか理解できません。駆け出しの頃がどんなに厳しいものだったかを今思い出しても身震いしてしまいます。でも私などよりも苦しんだ人がどれほど数多いことでしょう。素敵な絵を飾りつけてマルタン[021]が漆で装飾した黄金の馬車に乗る豪華絢爛な女、どこでも贅沢さで顰蹙（ひんしゅく）を買い、庇護（ひご）者の倒錯した下品な趣味をこれみよがしに見せつける女を目にすることがありますね。この女が昔は従僕たちに屑（くず）扱いされていたなんて信じられないでしょう。底辺のごろつきたちに罵られ乱暴にされる哀れな存在だったのです。要するに、もしかしたら昔に殴られた傷跡がまだ残っているかもしれないのですよ。もう一度言います。どんなに私たちの身分が楽しそうで魅力的に見えたとしても、これ以上屈辱的で残酷な仕事はありません。

経験したことがない人には想像もできないでしょう。人間は狂った情熱のためにどこまで度が過ぎた放蕩ができるものなのか。殴ったり殴られたりすることでだけ喜びを感じる人もたくさんいました。こちらからびんたを張り、殴り、いじめた後で、私の方が同じ痛い目に遭わなければならないことがよくありました。きっとこんな生き方を我慢できる忍耐強い娘が存在するということはずいぶん驚くべきことのように見えるでしょう。でも好色、吝嗇（りんしょく）、怠惰、さらに幸せな未来への希望、こういったことのせいでどんなことでもしてしまうものなのです。

約四カ月の間マダム・フロランスの館にいて、遊女の職業を一から十まできちんと学びました。この素晴らしい学校を卒業したときはかなりの知識を身に着けていて、古今のどんな好色家とも張り合えるほどでした。快楽をさまざまな形に変える奥深い技芸と、色事に関するできる限りの肉体的実践はお手のものでした。

それでもあるちょっとした事件のせいで堪忍袋の緒が切れて、自分だけのために自分の腕で生きていくことに決めたのです。それはこういう出来事でした。ある日近衛騎兵の一団がやってきましたが、これが元気旺盛だがあまりお金をもっていないグループでした。シレノスの乳飲み子[022]に身を捧げるのに飽きて、気紛れで愛の女神ヴィーナスにオマージュを捧げようと思ったのです。不幸なことにそのとき館にいたのは二人だけでした。さらに運が悪いことに同僚は少し前に熱冷ましの煎じ茶を飲んでいて、この殿方たちに対しては全く役に立たない状態でした。そこで私が全員の相手をしなければなりませんでした。こんなに多くのみなさん全員の欲求を満たすのは無理なことですと丁重に説明しましたが、無駄に終わりました。いやいやこの男たちの望みに身を任せなければなりませんでした。結局二時間の間に三十人の攻撃を受けました。私の代わりになりたいと思う信心深い女性はどれほどたくさんいることでしょう。魂の救済のためにはこんなにも乱暴な試練に遭わなければならないのですが、それを望む女性が多いのではないでしょうか。私は取るに足りない罪深い女なので、正直を言ってこれを耐え忍ぶことができず、攻撃してくる男たちをキリスト教式に祝福することもできず、その間中ずっと思いつく限りの呪いの言葉を男たちに対して吐き続けていました。結局過ぎたるは及ばざるがごとしということなのです。言ってみれば私は快楽で満腹になりすぎて一種の消化不良を起こしたのです。

この厳しい試練があった後、私を引き留めようとしても無駄だとマダム・フロランスは悟りました。そこでお別れに同意してくれましたが、それでも条件をつけました。それは仕事の都合で必要なときはこの館に駆けつけるということでした。二人はお互いを高く評価したまま、優しい気持ちを心にたたえたままでお別れを言いました。いくつか安い家具を買ってアルジャントゥイユ通り〔現在はパリ一区にある通り。モンマルトル通りと程近く、ルーヴル宮とオペラ座の間にある〕の小さなアパルトマンに備えつけました。これで法律の厄介事から逃れられると思っていたのです。でも運命が逆境を告げているときに人間ごときが用心したところで何になるでしょう。私をうらやむ人の誹謗(ひぼう)中傷のためにこの平和な私だけの住処(すみか)がめちゃくちゃになり、全く思ってもみないときに計画がおじゃんになったのです。

恥ずべき放蕩者どもを私はこっそり家に入れていましたが、その中に不機嫌をこじらせた男がいて、突然どうにもならない状態になったことを私のせいにしようとしたのです。責められたけれど私はそれを突っぱねました。男の方では私よりも高飛車になり、騒ぎ立てて私に罵詈雑言を浴びせました。それを聞きつけた近所の二、三人の年増の娼婦が、私の商売がちょっとうまく行っているのを妬んで、警察に知らせると私の評判が落とせると思ったのです。その結果私はある晩捕まってビセートル[023]に連れて行かれました。まず聖コスマス[024]の四、五人のやぶ医者の丁重な検診と触診を受けなければなりませんでした。医者たちはこの女は血が汚れていると全員一致で結論し、否応なく隔離しなければならないと宣告しました。正式に準備した後、つまり瀉血(しゃけつ)、浣腸(かんちょう)、洗浄の後、私は効能があるというあの油[025]を全身に塗られました。細かい粒がたくさん入っていて、その作用と重力によってリンパを分割して希釈し、本来の流動性を与えるというのです。

医学用語を私がよく知っていることに驚いてはなりません。染み抜き屋のお世話になっているひと月ちょっとの間に覚える時間がたっぷりあったのです。それに私たち遊女は、いろいろな人から教育を受けているのですから、どんなことでも話題にできるのです。この世のあらゆる職業、あらゆる職種についていつも話を聞く機会があるのですから。兵隊、法曹、徴税請負人、哲学者、聖職者、こんなにさまざまな人々が私たちと関わりをもちにやってきます。みんなが自分の身分の業界用語を使って話すのです。物知りになる手段がこんなにあるのだから、そうならないわけがありません。

ビセートルにいた間に多くのお嬢様方とお知り合いになりました。王国のお偉方の機嫌を損ねてはいけませんから名前は言いませんが、お偉方が愛してやまないお嬢様方です。敬意を払うべき人間には敬意を払わなければいけません。どんなに堕落した趣味をもっていようとも敬意を払うべきなのです。私たちの役割はお偉方の品行を律することではありません。軽蔑の対象である恥ずべき女の方が、細やかな愛情の持ち主、愛に値するような人よりも好きだと言うならば、それはお偉方自身の問題でしかありません。

聖コスマスのプール[026]を出てみると、この監獄から出たくてしょうがなくなりました。私の友だちだと言っている人に片っ端から手紙を書きました。一刻を争う事態ですと書き、釈放を要求してくれるようにお願いしたのです。この手紙は届きませんでした。というよりもみんな受け取らなかったふりをしたのかもしれません。みんなに見捨てられたと絶望していたとき、禁じられた道の方の処女を奪った裁判長のことを思い出しました。助けてくださいとお願いしましたが、これが無駄に終わらなかったのです。嘆願書を届けさせてから四日後、釈放が告げられました。この寛大な司法官がしてくれたことに対する歓喜と感謝で一杯になり、もしもこの方が要求するのなら、前に捧げた処女よりももっとおかしな趣味の処女を二十でも捧げてもいいと思ったほどです。

娑婆（しゃば）に戻ってきてからは、これまで以上に自分の魅力を買いかぶってもいいと思うようになりました。血管に流し込まれたミネラルのおかげで新しく生まれ変わったようです。今やうっとりするほどの美人です。それでもいちばん大切なものが足りませんでした。つまり、処世術と作法を知らなかったのです。この深遠な秘密によって、技巧を用いて、もって生まれた魅力を引き出すことができるのです。私は愚かにも、顔色がよくて顔形が整っていればそれで人の気にいられるものと思っていました。まだ無知で、上品なご婦人の処世術やいかさまについて全く経験がありませんでした。私は可愛い顔をしているから人に探し当ててもらえるものと思い、崇拝者が現れると思っていたのです。それなのに全く視線が惹きつけられず、白粉や頬紅をべたべた塗った、放蕩に疲れた顔の女のせいで私の影が薄くなっているのを悔しく思っていました。結局は、せっかく出てきたというのにまた悲しい状態に戻るような危険を冒したくないので、生活のために画家のモデルにならざるを得なくなりました。

約六カ月の間この立派なお仕事をしましたが、その間にパリのアペレス[027]のような大画家からへぼ画家までありとあらゆる画家の習作のモデルになり、余興の相手になるという栄誉にあずかりました。画家たちは聖俗の主題のほぼ全てを私をモデルにして描きました。ときには悔い改めたマグダラのマリア、ときにはパシパエ[028]の姿で、今日は聖女かと思うと明日は娼婦でした。それはこれらの殿方の気紛れ次第、そのときどきに要求されているもの次第でした。私の身体は誰にも負けないほどに美しく、滅多にお目にかかれないほどめりはりのある身体つきですが、ある若い洗濯娘のせいで突然私の影が薄くなりました。当時はマルグリットという名前で知られていて、今はマドモワゼル・ジョリーと呼ばれている女がお客さんをかっさらっていったのです。私のことは頭のてっぺんから爪先までみんなによく知られていたけれど、マルグリットの方は完璧な身体つきということでは私に劣るところがなく、私に比べると目新しいという利点があるというのがその理由でした。それでもマルグリットの魅力から期待できる全てを引き出すことはできませんでした。生きがよすぎてずっと同じ格好をさせるのがほぼ無理だったのです。言ってみれば飛び回る鳥を捕まえるようなものでした。いかにもこの女らしい愚鈍なエピソードを一つお話ししましょう。ある日T氏はマルグリットを使って純潔なスザンナ[029]の絵を描いていました。つまり一糸まとわぬ状態でした。画家はつかの間その場を離れなければなりませんでした。その間にビエット派カルメル会士[030]の行列が通りました。この馬鹿な女は自分が今何役なのかも忘れて、バルコニーに走っていって猥褻な秘め所を見せつけたのです。民衆は修道士たち以上にこんなはしたない行いに憤慨して、石つぶてで女を迎えました。危うくこの事件が厄介事をもたらしそうになり、T氏を相手取って訴訟を起こそうとする人がいましたが、幸運なことに破門だけで済みました。

それでも同じ職業のマルグリットが日に日に信用を増していくので、私は灰色の髪の近衛騎兵の申し出に耳を貸すことにしました。この男の家の寄宿人になり、月に百フラン〔この時期にフランはリーヴルの別名として使われていた。よって一フランは一リーヴルに相当する〕もらうことになったのです。私たちはシャントル通り[031]に居を構えました。メズ…氏（恩人の名前です）は私のことを溺愛していて、私の方でも愛していました。これは囲われ女にとって珍しい現象だと考えなければいけません。困っている男が女からお返しに受け取るのは、どうにも乗り越えがたい嫌悪感であることが普通だからです。とはいえ真面目に貞節を誓ってこの男だけにするというほどではありませんでした。かつら屋の若い見習いと肩幅が広いパン屋の見習いが交替で代わりを務めました。かつら屋の見習いの方は私の髪の巻き毛をつくるという口実で、好きなときに私の部屋に簡単に入って来る権利がありました。パン屋の見習いの方は私のお得意さんのパン屋ということで同じ権利を手にしましたが、それでもメズ…氏は少しも疑いを抱きませんでした。ここまで何もかもが私の幸せの味方をしてくれたようです。幸運が与えてくれたものは必要最低限だけでしたが、愛は私の性欲が必要とする以上のものを与えてくれたのです。私は自分の境遇に満足して当然でした。事実私は満足していたのですが、困った行き違いがあってこの小さな所帯にひびが入ることになりました。宮廷の人々がフォンテーヌブロー[032]に狩りに行くので、メズ…氏が派遣隊の一員となり、行程の間ずっとキャンプにとどまらなければなりませんでした。主の妻は夫の留守を当てにして、私の部屋を貸してくれるように頼んできました。パリに立ち寄る予定の夫婦がいるのですが、二、三日しか滞在しないので、私の部屋を提供したいというのです。難しいことを言わずに望みを聞いて、二人で一緒に寝ることで同意しました。お客さんは私のベッドで寝るのです。その夜にお客さんがやってきてベッドに寝ました。道中はひどい夜を過ごしたので、今夜はゆっくり眠れるだろうと期待していました。

　メズ…氏はどうやら交尾したいという欲望で気がはやっていたらしくて、ちょうどみんなが寝ているときに到着しました。玄関の鍵と私の部屋の鍵をもっていて、大きな音を立てずに部屋に入りました。どんなに驚いたことでしょう。低い声のいびきが聞こえて来たのです。それでも男は私のベッドに近づいて行きました。恐れと怒りで震えながら手探りすると、二つの頭が手に触れるのを感じました。このとき嫉妬の悪魔と復讐心（ふくしゅうしん）に駆られて、眠っている夫婦を杖でぼかぼか殴りつけ、哀れにも夫の腕を折ってしまったのです。夫はこの暴力からなんとかして妻を守ろうとしました。簡単におわかりでしょうが、こんな場面は沈黙の中で起こるものではありません。家中のみんなと近所の人々が、この不幸な夫婦の叫び声ですぐに目を覚ましました。あちこちで人殺し、人殺しと叫んでいます。見張りがやってきたところでメズ…氏は間違いに気づいたものの時既に遅く、逮捕されて判事のところに送られました。私が原因でこんな大騒ぎになったので、どういう結果になるかを見届けるまで待つのは賢明ではないと考えました。小さなペチコートと部屋着を急いで着ると、てんやわんやの騒ぎになっているのをいいことにこっそり逃げ出して、サン＝ニコラ教会〔サン＝ニコラ＝デュ＝ルーヴル教会はルーヴル宮近くセーヌ川右岸にあった教会。現存しない〕の司教座聖堂参事会員のところに行きました。この人は同じ建物に住んでいたのです。

　ずっと前からこの聖職者は私のことを狙っていました。こんなにいい機会を逃がすとしたら残念だったでしょう。前から淫らな欲望が身を焼いていたけれど、この欲望が今度こそ満たせるのです。聖職者は全くのキリスト教流儀で出迎えてくれました。強壮剤のラタフィア[033]を一杯飲ませてくれてから、自分でも賢明に用心を重ねて、この飲み物に間違いがないか一杯飲み、好色漢の先生は慈悲深くも私のことを聖なる寝床へと導きました。なるほど聖水のスープを飲む人たちの技量が褒めそやされるのには理由がないわけではありません。この人たちに比べると俗世の人間は取るに足りないものです。よき聖職者は一晩中、そして夜が明けてからも自然の奇蹟を執り行いました。力尽きてへとへとになり、快感に打ちのめされそうになっても、すぐさま汲めども尽きぬ好色な想像力のおかげで新しい力が生まれるのです。私の身体は隅々までこの男の崇拝、信仰、自己犠牲の対象でした。アレティーノ[034]もクリングステット[035]も、そのあらゆる知識をもってしても、この男が私にとらせた姿勢や体位の半分も思いつかないでしょう。愛の秘蹟がこれほど見事にさまざまな仕方で称えられたことはありませんでした。

　この機会にとても親しくなったので、このお坊さんは聖職禄のお金で私のことを養っていくことにすると言ってくれました。実を言うとこれは大したお金ではありませんでしたが、当時は困った状況にあったのでわがままも言えず、大いに感謝してこの申し出を受けました。

　その日の黄昏時にお坊さんは古いキュロットを貸してくれました。十年の間この男の立派な二つの玉を収めていたものです。同じぐらい古い薄汚れた外套にレースのベールの小さなケープを着て、パロリ[036]をつけて、二人は平気の平左で外出しました。誰も文句を言う者はありませんでした。実際このへんてこな変装[037]の下に私が隠れているとは悪魔にもわからなかったでしょう。私の容貌はとても醜く見えて、女ではなくてあの哀れなあばただらけのヒベルニア人のお坊さん[038]のようでした。あの日銭をミサで稼ぐお坊さんです。新しい主人が私をどこに連れて行こうとしていたのかはわからないでしょう。シャン＝フルリ通り[039]の建物の六階、古着屋のマダム・トマの家でした。この堅気の人は数年前にこのお坊さんの家政婦でした。この仕事を辞めて地区の水運びの男と結婚しましたが、この男は結婚してまもなくあの世に逝ってしまいました。この男はマダム・トマに遺産の先取り分を指定したものの、それが仕事柄セーヌ川の霧のように消えてしまうものだったために、生活上の必要によって古着屋の一群に加わらなければならなかったのです。要するに、お坊さんはこの立派な婦人の庇護下に私を置こうとしたのです。それは適当な住まいを見つけるまでの間ということでした。マダム・トマは肉がたっぷりついて太った獅子鼻の女でした。それでも、確かに肉はつき過ぎているけれど、その陰にある顔つきを見るとかつては魅力がないわけではなかったのだろうと思われました。そういうわけで、このおばさんは聖フランシスコ会の喜捨係の修道士とも秘密の関係をもっていました。この男は肉欲の昂りに苦しむとこの太った女の秘め所に捧げ物をしに来たのです。

人間には考えも及ばないことですが、運命は奇妙な手を使って奇蹟を起こし、人間を思いのままに動かすものです。古着屋の女の家で、この気紛れな神様が私に慈悲の手を差し出すことになると誰に想像できたでしょう。それでもこれは全く本当のことなのです。アレクシ修道士に庇護されて私は苦境を脱することができました。私は今豊かな生活を送っていますが、その最初のつてがアレクシ修道士だったのです。でも実に驚くべき運命の巡り合わせは常人の理解を阻むもので、幸福の道が極端に破滅的な出来事によってしか開かれないということがよくあるのです。哀れなお客さんは私の部屋で安全だと思っていたのに、棍棒で殴られて腕が折れてしまいました。この悲劇的な出来事を私のせいにされたら困ると思い、私は隣のお坊さんのところに逃げていきました。お坊さんは私をこっそりマダム・トマのところに連れていきました。これでおしまいではありませんでした。翌日耳にした知らせが不運の頂点を極めることになったのです。教会[040]が倒壊して、このお坊さんが瓦礫（がれき）に圧（お）し潰されて生き埋めになったというのです。この予期せぬ死のせいで、生計を支える糧の見込みがなくなり、私の境遇は新しい女将の意のままにされようとしていました。

　何という境遇になってしまったのだろうと思うと恐ろしくて涙が出ましたが、マダム・トマは私が故人を思って涙を流しているのだと思いました。二人は数分間一緒に泣きましたが、それからおばさんは、生まれつき長い間悲しむのが嫌いな性分なので、私のことを慰めようとしました。この女のへんてこな理窟の方が、キリスト教の先生が説く心を揺さぶる道徳よりも、私には合っていました。

「さあ、きちんと分別をつけなければいけませんよ。裁きのときまで泣き続けたところで、裁きが軽くなったり重くなったりするものではありません。いずれにせよ神の思し召し通りになるものなのです。つまるところ、私たちがあの方を殺したわけではありませんからね。亡くなったのは自分の過ちによるものです。そうなんですよ。どういうわけで今日に限って朝課に行ったのかしら。一年に四回も朝課に行かないような人が。信心に使う以上の時間の無駄遣いがあるかしら。あの人がいなくたって朝課のお祈りはちゃんと挙げられたのよ。聖歌隊員はそれでお金をもらっているんでしょう。何とまあ、私の名付け親のミショーさんが言っていたように、死とは思いもよらず危険なものね。全く考えていないときに死は不意打ちするものなの。哀れなあの方に昨日誰かがこう言ったとしましょう。『先生、明日はいい鷲鳥が手に入るんですが、先生の分はありません。先生には食べられませんよ』あの人はそんなことがあるはずはないと言い、ちゃんと自分の分が食べられるはずだと言ったでしょうね。でも人が間違いを犯すのは毎日のことなのよ。確かに大変残念なことです。だってこれは王妃様の食卓に出るような鷲鳥なのですから。さあさあ、気持ちを明るくしましょう。いくら悲しんだところで借金が一文でも払えるわけじゃないんだから。ここだけの話だけど、あなたの損失は大きなものじゃないわ。あれは女に甘いことばかり言って、ろくに約束も守らないような男でした。さらにちょっと邪険にされたら、そのまま相手をほったらかしにしても何とも思わないような御仁でした。それにかなり食いしん坊だという欠点がありました。酔っ払うのがしょっちゅうで、近所中に借りがありました。さあ、もうあの人はいないのだから、その事実に目をつぶっても意味がないのよ。正直言わせてもらうと、あれは馬の骨だったわ」

マダム・トマが前の主人についてこんなお悔やみを言うので、それを聞いた私は理解しました。使用人は人の所業を監視するスパイであり批評家だということ。彼らが危険なのは、普通は見る目がなくて人のいいところに気づかないのに、いつも意地悪なので悪いところや不完全なところについてはめざとく気づくということ。アレクシ修道士についてはかなり違う話しぶりでした。実際この人の物腰はどんな目利きの女の称賛にも値するものでした。ここでこの話をするのは、ちょっとした気紛れからこの男の技量を私自ら体験することがあったからです。こんなに優れたものをもっているのに、哀れな聖フランシスコ会士のつましいぼろ着のせいで、ある意味でそれがないことにされているのが残念だと思うことがよくありました。

書き方の順序が前後していてめちゃくちゃだと責められないように、マダム・トマのところにこの好色な修道士がやってくるところから始めて、話題に出すのを後にした方がよかったかもしれません。でもこれは大した問題ではないので、ここで修道士に登場してもらいましょう。今おばさんは懸命に鵞鳥の毛をむしっているところで、これを修道士のごちそうにしようというのです。ここで私が見たのは活発で力強くたくましい、髭の大男でした。若々しく血の気のいい顔色で、燃えるような目ははしこくて鋭く、その目の感じのいい輝きは、心臓よりも下の方に、爪でかいても和らげることができないようなかゆみを感じさせました。

マダム・トマはこの男にまず私の話を知らせました。ここに来る途中で司祭に降りかかった出来事の悲しい顚末を聞いていましたが、私たちと同様もう悲しみは忘れていました。取り返しがつかない不幸について、物事をわきまえた人はそうするものです。この男は喜捨を集めるためだけに才能を使っていたわけではありません。どうやったら社会に役立てるのか、その秘密を見つけたのです。男女両方にサービスすることで社会に役立ち、それ以上に修道院の役に立っていました。この男以上に逢い引きの設定に長けた人はいません。障碍を取り除き、見張りの監視を逃れさせ、嫉妬に満ちた夫の裏をかき、子供たちに自由を与え、両親の専制的な支配から小心な恋人たちを解放するのです。一言で言うと、アレクシ修道士は女衒の王様で、それゆえ色恋の世界での信用が厚かったのです。

最初の挨拶が終わると、マダム・トマは二人を置いて、ごちそうのメイン料理を焼きにオーブンの方に行きました。マダムが階下に降りるやいなや、修道士は勿体をつけずに唇を合わせてきて、私をベッドの上に押し倒しました。やり方が乱暴でおかしいと思ったものの、この人がほしいと思って期待してしたし、服の下にどんなものが隠れているか見たいという好奇心もあって、あまり抵抗しませんでした。それでも少し抵抗したのは、さらに男を興奮させるためと、浮浪児だと思わせないためでした。私のことを望みの体勢にすると、上着を腰までまくり上げ、油なめしの革の大きなパンツから見たことがないくらい見事な素晴らしい一物を出しました……聖フランシスコ会のけちな僧兵の汚くて嫌な棒切れというよりも、王様のパンツに収められていてもいいような一物です。おやおや、マダム・トマ、あなたの代わりになって、この値段でなら古着を売り歩きたいと思う女がたくさんいるでしょうね。愛の女王、魅力たっぷりのヴィーナスですら、こんなに貴重な持ち物を手に入れるためなら、軍神マルスも美青年アドニスも犠牲にしたかもしれません。私はプリアポス[041]とその郎等がみんな一緒に体内に入ってきたのではないかと思いました。この永遠の崇拝に値する化け物が入ってきて激痛を感じ、大声で叫びそうになりましたが、近所の人が何事かと思ったらいけないと危ぶんでなんとか堪えました。それでも痛みはすぐに忘れてしまい、甘美な苦悶に溺れることになりました。痙攣で気が遠くなり、喜びの中で失神して、甘い絶頂に何度も引きずり込まれました。どうしてこのときの感覚を表現できないのでしょう。でも人間の想像力は常に無力なもので、あんなに激しく感じたものが描写できないのです。しかし驚くべきことではないのでしょう。なぜならあんな悦楽の瞬間、ある意味で精神は無力になっていて、もはや官能以外のものが存在しないからです。

　あまりの快感に息が詰まりそうでしたが、このときマダム・トマの大きな声が聞こえてきました。階段で犬に話しかける声が聞こえたので、そこまでにすることにしました。きっと二人が何をしていたのかに気づくのはわけもないことだったと思います。二人はまだ興奮していたし、ベッドが乱れていて、それが有無を言わせぬ明白な証拠でした。何はともあれ、女将は何も顔に表しませんでした。鵞鳥がやってくると、二人ともできるだけちゃんと歯で噛みしめて食べることにしました。お酒もたっぷり振る舞われました。晩餐の終わり頃にアレクシ修道士は袋からブーローニュのソーセージとラタフィアの瓶を出しました。これはヌイイ[042]で乱痴気騒ぎをした堅気の娘たちにもらったものです。マダム・トマはこのお酒が好みだと見えて、一人で三分の二以上飲みました。それで気分がよくなってしまって、目がくるくる回っていました。まるで盛りのついた牝猫が牡猫を欲しがっているときのような目です。椅子で身体をくねらせているのを見た人は、きっとあざみの棘（とげ）がお尻に刺さったのかと思ったことでしょう。ラタフィアのアルコールがその部位で発酵していて、このお酒のせいで優しい気持ちと興奮が一緒に昂っていました。修道士にキスをして、つねり、舐め、噛みつき、くすぐっていました。哀れな女を見ていると最後にはかわいそうになってきました。私は狭い化粧室に引っ込みました。この化粧室は部屋を仕切ってあるだけで、その仕切り板の間に一プース〔一プースは二・七センチ程度〕ほどの隙間があり、これに紙を貼ってふさいでいました。この紙に小さな穴を開けたので、二人のお仕事が容易に丸見えになりました。

賢明な読者のみなさんはご記憶でしょうが、前に書いたように、マダム・トマは料理に忙しいおでぶちゃんです。このことを覚えている人は、アレクシ修道士がどんな姿勢をとらせたかを聞いても憤慨しないでしょう。おばさんのお腹はものすごいものなので、そちら側から攻撃を加えるのは無理でした。ミルバレー地方[043]の牡驢馬（ろば）の持ち物でも絶対に届かないでしょう。そこでマダムはベッドに両肘を突き、鼻を毛布につけて、大きなお尻を修道士の意のままにさせました。好色漢がそれと同時にスカート、ペチコートを剝ぎ取り、シャツを肩から脱がすと、重なり合ったお尻が出てきました。ものすごい大きさを別にすると、このお尻の輝くような白さは目に快いものでした。そうして半分までまくり上げた大きな僧服の下の聖なる棒きれをつかみました。これはさっき私のことをたっぷり潤してくれたものでした。言語を絶した勢いで突進すると先程のお尻の割れ目を覆う鬱蒼とした林を突き抜け、藪の中へと消えていきました。

お仕事の最中にマダム・トマは唸り声を上げ、罰当たりのような罵詈雑言を吐きました。あまりの快感にマダムは猛り狂い、まるで激しさを極める痛みを感じているかのようでした。でもときどき優しい気持ちになることがありました。

「ああ、大好き」喘ぎ喘ぎ叫ぶのです「もうやめて、死んじゃう！　愛してる！　本当に上手！　頑張って！　もっと！　ああ、くそったれ！　ちくしょう！　この野郎、死んじまうよ……くそ野郎め、まだ終わんないの？　ごめんね、でも堪忍して……もう無理」

正直を言って、こんなにいやらしい場面を見て冷静を保つ力はありませんでした。中指というなけなしの手段を使って自分を慰めようと思いましたが、そのときちっぽけな台の上に教会の燭台用の蠟燭の燃えさしがあるのに気づきました。これをむんずとつかむと、目を離すことなく二人のお仕事を見つめながら、できるだけ奥まで差し込みました。身体中に燃え盛る炎を消し止められなかったとしても、少なくとも一部は和らげられました。

マダム・トマは恥知らずだと考えて驚いてはいけません。こんなとんでもないことをするなんて、しかも女の子がすぐ近くにいるのは知っていたのだし、見られていることぐらい想像がつきそうだと思うかもしれませんね。それでも、まずこの女はこのとき礼節や作法について考えられる状態ではなかったのです。それにもしそんなことが考えられたとしても、私の前で自制しなければならない理由がありませんでした。私の職業は十分よく知っていたのですから。そういうわけで、私のことを本当に信用していて友情を感じているということを証明しようとしたのか、それとも今さっき自らが演じたのと同じような淫らな場面を自分でも見て楽しみたいと思ったのか、アレクシ修道士のパンツからまだ興奮で匂い立つような化け物を取り出し、私の手に持たせたのです。恥ずかしがろうとしてもその暇もありませんでした。好色漢の修道士は私をベッドに押し倒し、一気に私のシャツをめくり上げて私の顔にかぶせました。男の恐ろしい松明(たいまつ)が、ゴールを少し外れて下腹部にぐさっと突き刺さり、まさか私のはらわたを外に引っ張り出そうとするつもりではないのかと思いました。慈悲深いマダム・トマは、私が苦しむ姿が見ていられなくなって、親切に助けてくれようとしました。このやんちゃな道具を全力で引き出すと、うまくほぞ穴の方に入れてくれました。こんなサービスをしてもらったけれど、こんなときに感謝の言葉を言うのは無理難題というもので、私は休まず腰をがんがん振りました。そんなことをしてもらって私がむちゃくちゃに満足しているのは、これを見ても疑いの余地がなかったでしょう。

修道士は全く動じることなく、私がどう動こうと全て激しい突きで応えました。こういう機会でもなければ、床が抜けてしまうと思って私は震え上がってしまったかもしれません。でも快感のせいで私は大胆になっていました。もし家が火事だったとしても全然心配しなかったでしょう。女がとても勇敢になるときがあるというのは全く本当です。生まれてこの方、愛の営みの最中にこんなに逆らった記憶がありません。私の猛々しい興奮に打ち勝つには、アレクシ修道士のような猛者が必要でした。私は本当に悪魔が取り憑いたようでした。男の脛(すね)の後ろで脚を交差させ、両腕で男の腰を抱き寄せていました。手を離せと言われるくらいなら私のことをばらばらにしろという様相でした。私を打ち倒す栄光はこの男だけのものでした。全く驚くべきことで、ほぼ信じられないことでしょうが、息をつくこともなく男はマホメットの天国の喜びをはっきり三回私に味わわせてくれたのです。自信満々の世俗の人々は学んでください。あなた方は神に仕える真面目な人々にかないません。こんな男の偉業を成し遂げられる人たちの前であなた方は力不足で、修道士は奇蹟の力をもっているのです。

アレクシ修道士はこの試練の結果から私には優れた才能があると確信し、君は絶対に成功するよと預言者のような口ぶりで保証してくれました。

「君に誰か庇護者をつけてあげるのは簡単だが、それだけでは頼りないしぱっとしないだろう」と男は言いました。「こんな顔とスタイルなんだから、くすぶっていてはいけないよ。いろいろ考えてみると、オペラ座こそが君にふさわしいね。きっとオペラ座に入れてあげられると思う。問題は君が歌が好きか、それともダンスに向いているかだ」

「きっとダンスの方がうまくできると思います」と私は答えました。

「私もそうだと思うよ」膝の上まで私のスカートを引き上げて脚を見て男は答えました「この脚はダンスに向いている。絶対にオペラグラスの客が夢中になるよ」

空約束でとどめるつもりなどアレクシ修道士にはありませんでした。これと同時にGM氏宛の推薦状を書いてくれたのです。当時オペラ座の娘の色香の下請けをしていた方です。翌日マダム・トマが貸衣装を用立ててくれたので、できる限りの身繕いをして正午頃にGM氏の住所に手紙を届けに行きました。

そこにいたのは背が高い痩せた男性で、色黒で不機嫌そうで、人を凍りつかせるほど冷たそうに見えました。前が開いた部屋着を着てキュロットを穿いていませんでした。そよ風がシャツと戯れて、ときおり蒼白くて干からびた二本の太腿が見えました。その間に男の勲章の抜け殻が力なく悲しげにぶら下がっていました。

　気づいたのですが、手紙を読みながら男は私のことを何度もよく見ていて、その厳しい顔つきが徐々に緩んできました。これはきっと幸先がいいのだろうと思いましたが、それは間違いではありませんでした。GM氏は私を隣に座らせて、こんなに可愛くてスタイルがいいのなら推薦状なんてものは必要なかったのにな、とはいえ君のような者をオペラ座に紹介して、人前で口説く機会は喜んで活用させてもらうよと言うのでした。

　その間、こんな素敵なことを言いながら、私の秘め所の方を検分していました。だんだんいたずら心のせいで肉欲が目覚めてきたこの女衒は、私の手に哀れな残骸を委ねました。このときこそマダム・フロランスの学校で吸収した知識が全て必要になりました。このぐにゃっとした塊をよみがえらせて無力な状態から引き出さなければならないのです。手で揺さぶってみても、たるんだ二個の玉をこすってても押し合わせても、意地でも反応しようとしません。お仕事を続けていてもうまく行かないのではないかと望みを失い始めていた頃にいいことを思いつきました。最後の手段として、蟻の門渡りをくすぐり、指をお尻に挿入することにしたのです。この手が思いのほかうまく行きました。眠っていた機械が突然まどろみから目覚めて驚くほど成長し、新しい命を手に入れたかのように見えました。このときこの貴重な一瞬をつかんで大業を仕上げようとして手首を素早くしなやかに動かすと、化け物は途方もなく甘い感覚に負けて、喜び極まってうれし涙をぶちまけました。

　結局、GM氏は私がよい作法を心得ているのに満足して、急いで服を着ると、すぐにテュレ氏[044]のところに連れて行ってくれました。このときオペラ座の支配人だった人です。幸運にもこの人も私のことが好みでした。ためらうことなく私を王立音楽アカデミー[045]の元気潑剌たる女子団に入れてくれて、二人を引き止めて夕食に誘ってくれました。

同じようなことばかり書いていてはつまらないので、この日テュレ氏との間にどんなことがあったかについては言わないことにします。このおじさんはGM氏と同じぐらい助平で、調子を出させるのが同じぐらい難しかったということだけお知らせしておきます。アレクシ修道士の手紙のおかげでどういう顛末になったかをすぐにも知らせようと、マダム・トマおばさんのところに帰り、眠りに就きました。翌日には自分の家に戻りました。もう警察のことは怖がらなくてもいいからです[046]。

倉庫[047]での授業を欠かしませんでしたが、さらにその他に悪魔のマルテール[048]に個人授業を受けていました。とても上達が速くて、三カ月もしないうちに脚でバランスをとるバレエの姿がなんとか様になってきました。

デビューの日にはなかなかに楽しい時代ならではの出来事がありました。舞台裏で女性団員の一人が死に値する罪を犯しているところを見つかったのです。このことを聞きつけるやいなや、女性メンバーが集って会議をし、厳しい罰を与えて模範を示さなければならないということになりました。罪を犯した女はテュレ氏の裁判に出頭して裁かれることになりました。男性のラ・シャマレ調査官は許してやりたいと思いましたが、女性のカルトゥー議長にはファンション・ショピーヌ、デゼーグル、カルヴィル修道女[049]などの女性の補佐がいて、このような過ちを許すとこの上なく危険な結果をもたらすことになると言うのでした。こんなにも汚らわしい放蕩を罰しないで許しておくと、新入りの女の子たちはつけあがって、そのうちオペラ・コミック座[050]の娘たちのようにわきまえずに淫らに羽目を外すようになると言うのです。さらに付け加えてこう言いました。この劇場がこのような種類の売春で汚されるのはまったくもって恥ずべきことです。オペラ座は創設以来ずっと大変に細やかで洗練された男女の駆け引きの学校でした。ですからもしこの罪人を罰しなければ、今後オペラ座に入ろうと思う真面目な女の子がいなくなるでしょう。ファンション・ショピーヌは、この娘の名前はすぐに名簿から抹消されるべきだと結論づけました。他のみんなはこれに同意しました。テュレ氏は相手がこんな脳味噌の持ち主ばかりでは考え直すように言っても無駄だと悟り、この娘からは名誉と特権を全て剥奪すると宣告し、これ以後決して舞台上にその中国風の顔を見せる権利はないと決定しました。

二週間ほどテルプシコラ[051]の生徒たちとともにぱっとしない生活を送っていましたが、ある朝起きがけに恋文を受け取りました。これがその中身です。

昨日オペラ座でお見かけして、お顔が気に入りました。色恋のために七面倒臭いことをするのは御免つかまつりたいと思う男との談判がやぶさかではなく、お金を手に入れることしか望んでいないのであれば、その旨すぐにお知らせいただければ幸いです。敬具

私はまだそれほど世間をよく知っているわけではなくて、ものの書きようでそれがどのような人かわかるようになっていませんでしたが、この手紙の簡潔で素っ気ない書き方から、徴税請負人の心を射抜いたのだと苦もなくわかりました。この手の知り合いはとても貴重なものですから、自分からやって来ているのに門前払いすることなどできませ

ん。というわけで私は気取った馬鹿を演じたりはせずに、すぐに返事を書きました。オペラ座には可愛らしい方々がたくさんおりますのに、私がいいと言ってくださるのは大変に名誉なことだと思っております。その善意にきちんとお応えしないわけにはいかず、この名誉に値しない存在になるわけにはいきませんので、申し出をお受けいたします。会うのが待ち遠しいとお考えかもしれませんが、私の方でも実際にお目にかかって敬意の念をお伝えしたいと同様に待ち遠しく思っております。

この返事の一時間後、なかなかよい装備の馬車に乗って男がやって来ました。豪華絢爛というわけではないとはいえ、持ち主が裕福なのがわかりました。私は踊り場に出て慇懃に出迎えました。これがどんな人物だったかを三つの特徴で説明すると、小柄でずんぐりした、大変な醜男で、六十歳ぐらいでした。部屋に入ってくるなり口説き文句をもごもご五、六個並べました。ちょっとわからなかったのですが、こっそり五十ルイの棒金を手に忍ばせてくれたので、そのおかげでなんとか理解できました。どんなに味気ない言葉でも、それと同時にこんなに気前のいいことをされると、素晴らしく気が利いた言葉に思えるものです。この言葉が機知に富んだものに思えただけでなく、最初見たときには気づかなかったけれども、よく見ると立派で高貴な顔つきをしているとさえ思いました。これが礼儀作法の効果で、最初がこうだと間違いなく相手に気に入られます。

私が着ていたデザビエは色っぽいというよりもむしろ挑発的なものでした。技巧を凝らしているもののとても自然に近かったので、身なりでごまかして魅力をつくっているようには全然見えませんでした。私がこの魅力の威力を買い被るのは当然のことで、徴税請負人は私のことを素敵だと思っていました。貪るような目つきとせかせかした手つきからも、もうすぐ一巻の終わりだということは疑いありませんでした。でもいったいどうしたことでしょう。小一時間も戯れた後に、見事にはぐらかされてしまったのです。この出来事は屈辱的で、私の自尊心は傷ついてしまいました。これが初めての体験だったからこそなおさらでした。もしかしたらこれまで自分で気づかなかったけれども何かまずいところがあって、それに気づかれたのではないかと思い、怖くて身震いしましたが、幸いなことに、こんなことはよくあるんだと言って安心させてくれました。なるほどおじさんは本当のことを言っていました。一年間この人と付き合っていましたが、決まって毎週二回は必ずうまく行かなかったからです。なにはともあれ、私と同じ条件で大変満足だと思う娘がたくさんいたことでしょう。サンタンヌ通り〔現在のパリ一区と二区を通る通り。アルジャントゥイユ通りとパレ・ロワイヤルの間にある〕に見つけたアパルトマンに家具を備えつけてくれて、その家賃を負担してくれるほかに毎月百ピストル〔一ピストルはスペインの金貨で、約十リーヴルに相当する〕くれました。着々とこの男を使って財産を築いているところに、男が予期せぬ窮状に陥って私の生活のリズムが崩れ、二人の愛の関係が壊れることになりました。

オペラ座ではある種の評判が立てられるかどうかに全てがかかっていて、男を破産させたり崇拝者を施療院送りにしたりすること以上に女優にとって名誉なことはありません。この徴税請負人が破産したおかげで私の信用はうなぎのぼりでした。あらゆる身分の男たちが熱を上げて、群れをなしてやってきました。それでも私はGM氏とアレクシ修道士に相談してから決めようと思いました。この二人には一方ならぬお世話になっていたからです。ここで脱線になりますが、このお二方からいただいた有益な助言をご紹介します。ここでこれをご紹介するのはこのお二方に対する感謝の印のようなものです。自分の魅力を活用しようと思っている娘の手引きとして、これ以上確実なものはありません。

遊女への助言

成功したいと考える女は皆、商人のように、得になることや利益だけを考慮するべきである。

真の愛に対しては常に心を閉ざしなさい。本当に愛しているように見せかけて、相手の方が本当に愛するようになるように仕向けられればそれでいいのだ。

言い寄ってくる男の中では、いちばん払いがいい男を贔屓にするようにしなさい。

貴人とはできるだけ妥協しないようにしなさい。この手の人間はほとんど全員が尊大なペテン師だ。典型的な太った徴税請負人の方が確実で御しやすく、簡単な手管でものにできる。

賢明な女ならば情夫を追い返すべきだ。まず館に何の利益ももたらさない豚野郎であるだけでなく、館を支える上客を遠ざけることがよくある。

それでも客をとるいい機会があったら、不義理になるのではないかとやましく思うことはない。この仕事にはそういった臨時収入がよくある。

マドモワゼル・デュロシェ[052]のつましさをできるだけ真似することにして、よい一物を試すのはお金がかからないときだけにしなさい。

お金が入ってくるたびに貯金して資産をつくるようにしなさい。

もし外国人とフランス人が二人とも同じぐらい裕福で、この二人が自分をめぐるライバル関係にあるのなら、ためらうことなく外国人の方がいいと言いなさい。これは礼節上要求されることだが、それを別にしてもその方が得なのだ。とりわけこれがロンドンのシティ[053]から来たロードの場合はなおさらである。地は駄目な男だが、フランス人よりも自分の方が金持ちだと思わせようとして、プライドのために破滅することがあるのがこの手の人間なのだ。

自分の健康を考えて慎重を期し、アメリカ人、スペイン人、ナポリ人と知り合うのは避けるようにすること。「私はダナオスの子孫を恐れる、たとえ贈り物をもってきたとしても」[054]というラテン語の箴言があるだろう。

これで最後とするが、自分の性格をもってはならない。注意深く愛人の性格を研究して、まるでそれがもともとの自分の性格であったかのように、その性格を身にまとうことができるようにしなさい。

GMとアレクシ修道士が記す

この仕事をしている娘たちはみんなこの掟めいたものを深く記憶に刻み込んで、私のようにこれをうまく活用してください。

徴税請負人の次に来たカモは男爵で、ハンブルクの豪商の息子でした。これほど愚かで不愉快な豚野郎がかつてドイツからやってきたことがあるとはとても信じられません。身長が一トワーズ〔古い長さの単位で、六ピエに当たる。約一九五センチメートル〕の、内股の赤毛の男で、最低に頭が悪く、とんでもない酔っぱらいでした。この貴族の男は一族の夢と希望を一身に集めていて、生まれつき美点に恵まれているところに、旅をして上流社会と付き合うことでさらに美点を加えようというのでした。しかしパリの良家といえば銀行家の家しか知らず、この銀行家はこの男がほしがるお金を全て用立てるようにという命令を受けていました。付き合いはご機嫌とりの食客二、三人とラクロワ[055]のハレムのつまらない女数人に限られていました。

GM氏はいつも自分の利益と同様に私たちの利益のことも熱心に考えてくれているので、こんなにいいカモが鳥小屋に入ってこないのは残念だと考えて、この男にこう説きました。優れた生まれで一角の人物になれるあなたのような貴人が自分にふさわしい生き方をしていないのはとんでもないことですよ。いま立派な男の流行と言えばこれしかありません。若手女優を自分のものにすることほど名誉なことはないのですよ。早い話が、こういった付き合いによって今どきの若い貴人や一流の法曹は粋な物腰を学び、上流社会にふさわしいスタイルを身につけるものなのです。

男爵様はこのもっともらしい助言に喜び、実は前からオペラ座の誰かと関係をもちたかった、もしその相手がマルゴなら願ってもないことだとGM氏に言いました。

「おやおや」GM氏は答えて言いました「いい好みをしていらっしゃいますなあ。十年前からオペラ座のことをよくご存知なのではないかと思ってしまいますよ。だって実は覚えている限り、こんなに可愛い娘が舞台に立ったことはありませんでしたから。一カ月も身体が空いていることはないし、今やもう誰に色よい返事をしたらいいかもわからないと来ている。引っ張りだこなんですよ。でも私に任せてください。なんとかまとめてみせますから。うまくいかないと決まったものでもないですよ。期待がもてると思うのはなぜかと言いますと、ここだけの話ですが、あの娘は外国人には滅法弱いんです。もう一つ知っておいていただきたいのですが、あの娘は損得勘定に支配されるような女ではないんです。真面目な付き合いをする人のことを真剣に愛するのがこの女です。最前の愛人にどれほど彼女がご執心だったかはわからないでしょうなあ。確かにそれに値する男ではあった。あれほど立派で高貴な仕方で愛人の女に対して振る舞った男はいませんよ。あの娘は必要なものがあってもそれを口にしなかったんだが、そんな気遣いは無駄だった（おわかりでしょうが、美人というものは何にせよいつも何か必要なものがあるものなのです）。驚いたことにこの男は何が必要かを見抜いてしまうんですよ。一方は何もいらないと言い、他方は何でも気前よく差し出す。この二人のしのぎ合いほど感動的なものは他にありませんでしたなあ」

男爵はGM氏が私のことを褒めるのを聞いて感激し、どんなことをしてもいいからこの話をできるだけ早くまとめてほしい、金に糸目はつけないからと切に頼み込むのでした。この男の欲望をかき立てるために、私は絶対急がないことに決めて、数日たってからやっと色よい返事をしました。二人は《ジェフテ》056のリハーサルのときにオペラ座でようやく初めて落ち合いました。このときこの男は楽屋裏で私の手に口づける幸運に浴しました。リハーサルに会いに来たことに私は少しも腹を立てていませんでした。ふつう娘たちはリハーサルに出るときに豪華で見事な身なりをして自分が立派なご身分であることを示し、間抜けな愛人が自分のためにどれだけお金を浪費しているか、どんなに恥ずかしい弱みをもっている存在であるかを競い合って見せつけるものだからです。

私はまだ男を一人しか破産させていなかったものの、宝石と高価な衣装をかなり数多くもっていて、主な愛妾が並ぶ列に席を連ねることができました。この女たちのようにオーケストラのそばの椅子[057]に座り、無造作に足を組んでいました。この頃は寒い時期でしたが、私ほど豪華絢爛なネグリジェで舞台に出た人は他にありません。オコジョと黒貂（くろてん）の毛皮を軽く羽織り、真っ赤なビロードで覆った箱に足を入れていました。この箱の裏地は熊の毛皮で、熱湯を満たした錫（すず）のボールで温めるようになっていました。この堂々たるいでたちで、心ここにあらずといった風情で黄金の杼（ひ）を使って編み紐[058]をつくっていました。ときどき時計を見ては鳴らし、嗅ぎたばこ入れを全部順番に開け、ときおり見事な水晶の小瓶を鼻に近づけて、自分がもっていない香りを探していました。仲間の方に身を傾けて取るに足りないことを話しましたが、それは盗み見している好き者に私の手足がどんなにすらりとしているかを見定められるようにするためでした。つまり、私はこの晩にいたずらめいたことばかり繰り返していましたが、間抜けなお客たちはうっとりしてそれを見ていたのです。目が合うと深く礼儀正しい挨拶をしようとする人がいれば誰でも、気づかれないように小さく首を振って答えていましたが、それだけで本人にとって名誉なことと思われたものです。

こんな風にもてはやされていると、昔の自分がどれほどひどかったかを思い出すのはまず無理でした。身の回りにあるのは豪華なものばかり、口説いてくる男はみんな低劣で、そのおかげで昔の思い出がすっかり頭の中から消えてしまいました。私は自分が女神のような存在だと思っていました。だってどうしてそう思わずにいられるでしょう。ある意味で女神のように崇められていたのです。抜きん出た家柄の人々に盲目の崇拝を捧げられていたのですから。率直に言って、横柄で尊大だと言って私たちのことを責めるべきではなく、男たちが責められるべきなのです。男たちが卑屈になって服従し、おべっかを使ってお世辞ばかり言うので、私たちは惚（ほう）けてしまうのです。私たちが自制心を失うのも当然でしょう。だって男たちがその範を示し、自ら最初に自制心を失って見せているのです。どちらにとっても恥ずかしいことだけれども、こう言わざるを得ません。私たち女の美点は全部、女を崇拝する男たちのねじが外れた想像力と奇妙な趣味の中にしかないのです。思い切ってこんなにはっきり説明してしまいましたが、仲間のみんなは許してください。こんなにあけすけに話してしまったけれど、それがみんなの利益を損なうことはないでしょう。たとえ私にそのつもりがあったとしても無駄なことです。この世に男がいる限り、あなた方に引っかかるカモがいなくなることはありません。

　男爵の話に戻りましょう。うれしいことに、優しく対応すると男爵は我を忘れて恍惚としたような状態になってしまい、これでもうこの男の自由はなくなりました。リハーサルの最初から最後まで、大きな目を見開いて私のことを見る様子が猟犬と同じで、私の魅力を心の中で楽しんで、神に祝福された人の気分を味わっているようでした。オペラ座から出ると、馬車でお送りしましょうというのでその申し出を受け、夕食に招待してあげました。会の問題が何かあって遅れていたＧＭ氏は十五分後に合流しました。この人のおかげで男爵は私について好印象をもっていたので、それをないがしろにしたくない私は、その晩とても慎み深く振る舞いました。真心をもった娘の雰囲気をとても自然に演じたので、間抜けは哀れにも私が心から情熱的に人を愛することができる娘だと信じ込んでしまいました。

　自然というものは、間抜けを間抜けにしてしまった償いに、人よりも多くの自惚れを与えるのが習いです。滑稽で不愉快な間抜けほど、自分が優れていると信じるものです。それが我がヒーローの弱点でした。男は私の魅力に夢中でしたが、私の方でも同じぐらい自分の魅力に夢中なものと信じて疑わなかったのです。男爵がこの自惚れを持ち続けるように、私は食事中にあの手この手を使って気遣いを示しました。男爵が帰るときには、どう見ても愛がこもっているような目つきで見つめて、明朝十時から十一時の間にお待ちしておりますので、ショコラを飲みにいらっしゃってくださいと言いました（まさにこの時間に男爵がどれだけ気前がいいかを初めて試してみようと思っていたのです）。男爵は本当に時間ぴったりに来たので、到着が告げられたとき私はまだベッドに寝ていました。急いで部屋着を着ました。オペラ座の他の多くのマドモワゼルたちと変わらず、私も自然の代わりに技巧を用いることをせず、化粧で魅力を造りあげることをしなくても何も恐れることはありませんでした。全く簡素なネグリジェ姿で男爵を迎えましたが、このような場合につきものの不機嫌な表情と常套句は完全に踏襲しました。

「男爵様、こんな風に不意打ちをなさるとは結構なことですね。全く今は何時なんですか。きっとおもちの時計が進んでいるんでしょう。そんなに遅い時間のはずがないもの。まあ、どうしましょう。私ったら何という格好をしているの。自分で怖いくらいよ。正直におっしゃって。私は恐ろしくひどい身なりでしょう。こんなめちゃくちゃな状態なのにたたき起こされるとはいい迷惑だわ。一晩中まんじりともできなかったんですよ。今お話ししている間も偏頭痛がひどくてうんざりです。でも男爵とお会いできるのがうれしいので頭痛も消えてしまうのではないかしら。リゼット、急いでショコラを用意してちょうだい。私は薄いショコラが嫌いだということは忘れていないわよね」

指示はすぐ実行されました。この泡だった飲み物の心地よい香りで嗅覚と味覚を楽しませていると、宝石商が来てお目にかかりたいと言っているという知らせがありました。

「まあ、邪魔が入ってばかりね」私は大声を出しました「家にいるけど誰にも会いたくないということがわからないのかしら。使用人というのは変な生き物ね。いくら言って聞かせても自分の考えたようにしかしない。腹が立つわ……でも男爵様に許していただいて、どういう用事で来たのか聞きましょう。お通ししてちょうだい……これはこれはラ・フレネーさん[059]、いったい朝からどういうわけでこんなところにいらっしゃったのかしら。お仕事の方はどうですか。きっと何かお持ちになったものを見せてくださるのでしょう」

「マダム[060]、ぶしつけとは重々存知あげながらお邪魔したのはそのためでございます。近くに立ち寄りましたもので、ついでながら十字架のネックレスをご覧に入れてもご不興を買うことはあるまいと思いお持ちしました。これはヴァンドーム広場[061]の徴税請負人の奥様から注文があったものでございます。自慢ではありませんが、これほど見事なものはこの地で長らくつくられたことがありません」

「ラ・フレネーさんは本当に友人のことを忘れない礼節を心得たお方ですね。このお心遣いの印には痛み入ります。そこまでお気遣いくださるのですから、見てみましょうか。おやおや、男爵様、これは見事なものですね。つくりが素敵です。本当に見事な趣向を凝らした品物ですわ。宝石は素晴らしく、カットが完璧です。この宝石が発する輝きは驚くべきものだと思いませんか。今日日の鼻持ちならない徴税請負人の奥さんは世界一豪華なものを身につけるものなのね。正直なところ、こんな見事な品がその手の女のものになるなんて残念です。ところでこれはおいくらなのかしら」

「マダム」ラ・フレネーは答えました「八千フラン。それ以下では無理ですね」

「もし私のからだが銀でできていたら八千フラン分もっていかれても困らないでしょうに」

「マダム、私のもちものは何でもお役立てください。ちょっとその気になれば……」

「無理です。信用払いの習慣はありませんから」

予想通り、男爵は私を口説けるいい機会が見つかったと、喜んでこの十字架を手に取り、すぐに現金で六十ルイ渡し[062]、残りは翌日払いの手形で払いました。まず私は本気で怒っている娘がするようなことを全部やって見せました。自分の利益を考えない気高い娘のふりをしたのです。

「男爵様、本当にこれはいけません。気前よさにも限度があります。正直に言いますが、これは全然うれしくありません。確かに、いい人だと思っている方、惹かれている方からちょっとしたものをいただくことは禁止されていません。それでも正直なところこれはあんまりです。とてもいただくわけにはいきません」

私がこう言っている最中に、間抜けは首に十字架をかけてくれました。そこで私が心ここにあらずといった風情で自分の部屋に入ると、男は私について来ました。それ以上焦らすことはせずに、ベッドの足元で八千フランのお礼をしました。それでも表向きは自然な心の優しさから発した行いのように見せたので、この馬鹿はこう思い込んでしまいました。この女によくしてもらっているのは、さっきあげたプレゼントのお返しではなくて、自分が優れた人間で、この女はこういうことが好きだからなのだ。

堅気の紳士の財布からお金をしぼりとるつもりですよと前日に知らせていたので、ＧＭ氏は正午に二人に会いに来て、男爵から仲介料としてモーボワ風の黄金の小箱[063]をいただきました。この日はオペラがなかったので、一緒に昼食をとりました。三人それぞれに取引に満足する理由があったので、陽気さ満々で食事をしました。特に男爵様は実にいい気分で、ドイツ流の品のないわかりにくい冗談を言いながら喉を潤しているうちに、なけなしの良識さえなくしてしまい、ぐでんぐでんに酔っ払った状態で館に送ることになりました。この男の気前よさがどれほどのものかこうして試してみた後は、ちゃんとした取り決めをしないで情熱的な女性を演じ続けた方が自分の利益になりそうだと思いました。そうしてみたら期待以上にうまくいきました。ひと月も経たないうちに、豪華な食器皿一式をもらいました。たとえ人によくされても大方は無関心のままであって、その人を愛するようになったりはしないというのが不変の真理ですが、私は顰めっ面を見せつけているうちに本当に男爵様のことを好きになってしまいそうでした。

あえて言わせてもらうと、人は付き合っているうちに相手の欠点に慣れてしまい、そのうちなんとも思わなくなるものです。このハンブルク人は全く陰気で間抜けではあったけれど、前ほど不愉快だと思わないようになっていました。それなのにこの男がひどく無作法なことをしたもので、どうしようもない嫌悪感を抱くことになったのです。先ほどお話ししましたが、男爵には酒に酔っ払うというご立派な習慣がありました。残念なことに、そういう状態のときこそ男爵は愛を感じるのです。一日中あまり面白くない人々と顔を突き合せていた日の夜、ちょうど寝ようとしようとした頃に男爵がやってきました。この食いしん坊は部屋に入ってくるなりドアの敷居につまずき、バランスを失って床に倒れて鼻をぶつけました。この状態では転んでも大したことがないということがあるわけもなく、起こしてやってもほぼ動けず、顔が血だらけになっていました。もし私に気絶する暇があったら絶対にそうしていたと思いますが、急いで手当てをしなければならないので化粧室に飛んでいって、気付け薬が入った小瓶を数種類、三、四本もって戻ってきました。実際にはそれほどでもなかったのですけれど、私は男爵の怪我がかなり危険な状態だと思ったもので、顔を洗って消毒するだけではなくて、鉄砲傷にも効くという薬を一匙飲ませようとしました。ところが唇に薬を数滴垂らしたかどうかという頃合いで男爵はひどくしゃくり上げ、同時に夕食で食べたもののをほとんど全部私の口に向けてぶちまけたのです。この不愉快な場面がどんなものだったか描写しようとしても無理なことで、大雑把にすら説明できません。このことだけは知っておいてください。私は血を吐くほどに戻してしまい、全部着替えなければなりませんでした。四ルイ以上の価値があるエッセンスを使って全身に香りをつけて、口をすすがなければなりませんでした。

怒りに任せてこの男を外に叩き出し、私のところに二度と足を踏み入れないように言っておきなさいとおつきの者に命令しました。翌日目を覚ました男爵は顛末を詳しく聞き、私の意思を知って絶望しそうになりました。何通も手紙を書いてよこしましたが、私は受け取りませんでした。結局最後の頼みの綱のGM氏に頼むことになりました。これはまさに自分から狐の爪にかかりにいくようなものでした。このずる賢い女衒は男爵の懸念を和らげようともせずに、あなたは大変な過ちを犯した、これはとても取り返しがつけられるものではないと言ったのです。男爵は哀れにも悲嘆に暮れて泣き、呻き、叫び、どうしようもない馬鹿なことばかりしたので、最後にはこれはもしや首を吊ってしまうような男なのかもしれない、それでは元も子もないとGM氏は思い、トーンを変えなければならないと考えました。

「男爵がお付き合いしているのは世界一美しい心をもった寛大な娘です。今の状況を考えてみると、これは大変にいいことですよ。男爵の無礼な行いは全くひどいものでしたが、後悔と服従の印を示せば、そのうちあの娘の怒りが収まる望みがなしとはしません。そう思う根拠はですね、疑いなくあの娘は男爵にべた惚れなんですよ。つんつんして見せて、男爵に対する本当の気持ちを隠そうとしていますが、本心は顔に出てしまうもので、男爵のことが好きなのがいつもばれてしまっているんです。昨日だって……いやいや、無理におしゃべりさせないでくださいよ。いえ、昨日ね、私が男爵のことを話題にしたらもう涙が抑えられないというありさまで。実はこう言われたんですよ。こんなに好きになったのは男爵様しかいないと。確実に言えることは、あの娘はかわいそうに、男爵のことを邪険に扱って以来、毎日四時間も寝ていないんです。しかもどれだけ不運が重なっているかご存知ですか。男爵のせいで悲しみに圧し潰されているのに、やくざな内装職人が借金の形にと、家具一式をたったの二千エキュ〔一エキュは三リーヴルに当たる〕なんてはした金で買い取ると言っているんです」

「素晴らしい」男爵は叫んでＧＭ氏を抱きしめました「あなたはそういうつもりではなかっただろうが、これ以上ないような素敵な機会を見つけてくれたので、これで安らぎが取り戻せますよ。私が借金の肩代わりをしましょう。下衆野郎には明日すぐに払います。パリ中の金を全部集めてでも」

「これはこれは」ＧＭ氏が答えました「さすがに機転がお利きになる。単純そのものの思いつきと言えばそうですが、私には百年あっても思いつかなかったでしょう。彼女は間違いなく男爵のような貴族、敬意を浴びる素晴らしいお方にふさわしいと言えます。ええ、私も男爵と同じ意見です。それが思いつく限り、あの娘の嫌悪感を打ち負かすのにいちばん確実な方法でしょう。あれはとても優しい心の持ち主ですから、こんなに立派な行いに心を揺さぶられないわけがありません。ここはともかく急いでお金をつくって、またここに来てください。後のことは私に任せてもらって結構です」

このお人好しはやっとこさ頑張って、二十四時間後にぴかぴかの新しい二百五十ルイ金貨をもったこの男をGM氏が私のところに連れてきました。この現金が奏でるメロディーを聞いて、私の目からすぐに涙がほとばしり出ました。このありさまを見て男爵はほだされてわあわあ泣き出したので、この感動的な二人の和解を見た人は笑いすぎで気絶したかもしれません。

GM氏のように冷静な人でもないと、こんなに滑稽な場面を前にして真面目なふりを保つことはできなかったでしょう。この美しい和解の後、男爵は前にも増して愛と気前よさを振りまくようになったので、そろそろすっからかんになって追い出されるところまで行きそうでしたが、折よくお父様が途方もない浪費のことを聞きつけて、自らやってきて私の腕から男爵を引き離しました。こうしてホルシュタインからやってきたこの美青年アドニスと私の物語は終わりました。

敵国から多額の賠償金をせしめることができたのに味を占めて、早く財産をなすためにこれからは外交だけに身を捧げようと決心しました。私はいつまでもこの仕事を続けるような気性でもないからです。私の計算では、男爵のような間抜けがあと二、三人いれば、残りの人生は豪華な馬車を走らせて暮らすことができることになりそうでした。でもそんなにいい偶然がいつもそこらに転がっているものではなく、何もしないでいるわけにもいかないので、男爵様に代わる都合のいい人が折りよく見つかるまでの間、フランス人に手を出すことにしました。

私たち愛妾には決まった慣習があって、それは庇護者の男と別れたら公衆の面前に前よりも頻繁に姿を現すということです。こうすることで場所が空いています、お貸しできますよということをお客に知らせるのです。この賢明な習慣に従って、私は特に人通りが多い場所に姿を現しました。それでもテュイルリー庭園には行きませんでした。マドモワゼル・デュロシェの屈辱的な一件[064]以来、私たちのような女はあまり行きたくない場所だったからです。

パレ＝ロワイヤルはオペラ座と同じぐらい古くから、私たちの縄張りと決まっていたように思われるところです。この種の自由が約束されている庭園では、私たちは思うままに大物の女を演じ、豪奢な雰囲気と豪華な身なりを自慢げに見せつけても罰せられない権利があるのです。口うるさい批評家が、あそこにはいつも高利貸しとメッセンジャーボーイと娼婦しかいないじゃないかと言っても無駄なことです。意地悪な嫉妬からこんなことをほのめかしてみても詮ないことで、暇を持て余したパリの若者たち、流行を追う人々、軍人、法曹、生臭坊主は毎日ここに集まるのです。特に夜のオペラの開演前と終演後には多くの人が集まります。ありとあらゆるきれいな女性が群れをなして集まって、ここの主な装飾になるのです。広い並木道に沿った席に座った女たちがつくる人垣は人の目を驚かせます。この光景は豪勢なものであると同時に笑いを誘う楽しいもので、よりどりみどりの見事な女たちが並ぶ姿は筆舌に尽くしがたいものです。数え切れないほどの愛らしい女たちが雀のように連なって淫靡な香りを漂わせていますが、ここ以外でこの香りを嗅ぐことはできません。でもそれのどこが驚くべきことなのでしょう。確かに私たちのような女は快楽の真髄で、どこに行ってもみんな私たちについて来るものですが、それならば私たちが主役であるような場所が世界一楽しいところであるのは当然のことではないでしょうか。

実際私たちには周囲のもの全てを魅了して楽しくする奇蹟のような才能があって、この才能は私たちの存在と切り離せないものですが、そのためにたとえ聖なる場所にいたとしても、官能と色事が私たちについて来るのです。その証拠はカーンズ＝ヴァン教会〔サントノレ通りにあった教会。現在のカーンズ＝ヴァン地区とは違う場所〕です。私たちのような女には特権があって、パレ＝ロワイヤルやオペラ座の劇場と同様にこの教会でもはしたないことをしているのです。そういうわけで、日曜日や祝祭日には信心深い人が詰めかけます。そこで私たちは口々にお追従を言われ、挨拶され、オペラグラスで顔を覗き込まれます。それだけではありません。路地で流行っている歌を耳元で口ずさんでくれるのです[065]。こんな親切に対して私たちは陽気なふざけた言葉で答え、ときには馬鹿笑いで息が詰まりそうになり、扇で顔を隠さなければならなくなることもあります。その間にミサは終わっています。のろのろした司祭に気づくことはなく、司祭が祭壇に上ったかどうかも気にしないこともしょっちゅうです。こんな敬虔な行いの結果、最後には秘密の別荘での夕食会を取り決めたり、契約を取り付けたりことになるのでした。

　ある日この教会で男と契約を交わしたことがありますが、騙されてかなり屈辱的な目に遭いました。奸策にだけは長けている愛らしい騎士連がいます。お巡りの頭領[066]の許すべからざる職務怠慢によって、堅気の人から金を巻き上げてパリで話題になり、悪目立ちしている輩です。こういった詐欺師は豪奢な雰囲気で湯水のように金を使うので人を気後れさせるものですが、そんな輩の一人が秘密を見つけて私たちのお楽しみ会に紛れ込めるようになったのです。ブーローニュの森のパーティーだったかしら、それともグラシエール[067]での夕食会だったかしら。死にそうに退屈だったけれども、そこに騎士様がいてくれたのです。

　ここでついでに申しておきましょう。この種の軽蔑すべき人間との付き合いは危険なものですが、それはこういった人間はほとんどみんな人当たりがよくて愛想がいいからこそなのです。そればかりでなく、物腰が柔らかくてひときわ丁寧で魅力的であり、一言で言って、間違って好ましいものであると考えられている性質を山ほど備えています。さらに付け加えると、私が経験で学んだことは、一般的に言って丁寧の度が過ぎる人に対してはどんなに警戒しても警戒しすぎということはないということです。こういった人が正直な人間であることは滅多にありません。

さっきの山師の話に戻りましょう。私はかなり前からこの男が指にはめている見事なダイヤモンドを狙っていました。ペテン師が私に繰り返しよく言っていたのは、あなたがほんの少ししか好意を示してくれないのなら、大したものは捧げられないと思いますよということでした。私はこの男の言葉をちっとも信じていないふりをしていましたが、それでも自分の見た目については過ぎるほどの自信があったので、これが冗談だと思っていませんでした。よってそのうち指輪が自分のものになることを疑っていなかったのです。この指輪を手に入れる機会をしかうかがっていませんでしたが、ある日曜日カーンズ＝ヴァン教会のミサでその機会を見つけたと思いました。というわけで、この男が近づいてきて甘い言葉を滔々（とうとう）と語りだしたので、そんなお世辞を言われた私に鼻高々になってほしいのでしょうが、それが本心から出たものだとは私にはちょっと信じられませんと答えました。

「なんということだ」と男は叫んで溜め息をつきました。あまりに演技がうまいので、心からの言葉だと信じてしまったほどです。「あなたの鑑識眼には他人の長所しか見えないのですか。自分のよいところは頑として認めようとしないのですね」

「でも」私は答えました「私に何かいいところがあって、それを知らないわけではないとすると、それだからといって男性の愛の誓いを警戒する理由がなくなることになりますか。男性は毎日のように私よりも素敵な女性を騙していますよね。おやおや、それが本当の気持ちだという保証を要求したら、騎士様はきっととてもお困りになるのではないかしら」

「なんと」男は答えました「私のことを二心のある男だとお思いなのですか」

「騎士様は」私は口を挟みました「他のみんなのように、四つに三つは考えてもいないことを言って時間をつぶし、守るつもりもない約束をしてばかりなのではないかと思います。たとえば（少なくともこれはただのおふざけですが）、前に私にダイヤモンドをくださるとおっしゃいましたが、私が本気にしなくてほっとしていましたよね」

「マダム」むっとしたような顔をして男は答えました「人について悪く考えるよりも先にまずは、試してみるべきではないかと思いますよ」

「どうしてほしいと言うの」微笑んで答えました「善人は悪人のせいで苦しむものと決まっているんです。男というものはだいたいみんな嘘つきですから、他の男よりもましだと私に思われないからといって、それがそんなに騎士様にとって不公平だとは思いません。それでも絶対に判断を厳しくしなければならない理由もないので、騎士様のことは例外にして、よい方に考えてもかまいませんよ。騎士様には他の男性がもっているような欠点がなくて、男にとって立派だと考えられるような長所しかないとしましょうか。でもここでそんなことについて理窟をこねるのもぞっとしないので、うちにお食事にいらしてくださいよ。そのときにゆっくりお話ししましょう」

　裏切り者はそこで待っていました。この男が家に来て最初にしたことは、私の指に指輪をはめることでした。こんなに貴重な宝石が手に入れられてうっとりしてしまい、男の欲望が全く拒めませんでした。食事の前後に男の望み通りに感謝の印を捧げたのです。それでこのあざやかな取引で何をつかまされたと思いますか。ダイヤモンドは偽物だったのです。しかも家にあった黄金の小箱が一つなくなっていました。ペテン師がかすめ取ったのです。私のもうけと言えばあの身体の不調だけでした。聖コスマスに仕える殿方たちがふつう利尿、便通促進効果がある成分を配合した飲み薬を処方するあの病気です。

この事件で何よりもいたたまれないのは、この詐欺師の恥ずべき行いに仕返ししたり訴えたりすることには思いも及ばず、この一件を口外されるのではないかと思って私は震えていたということです。私は秘密を守らせるためにさらにこの男にお金を払いかねない女なのだと思います。そこで何も言わずに万全を期しておとなしく薬を飲み、ちょっとした食餌療法を始めました。煎じ薬の効果を高めるために、胸の痛みを休む口実にしました。これを聞いてテュレ氏は私に踊らなくてもいいと言いました。それでもオペラ座の公演は一度も欠かすことがありませんでした。いつも飾り気のない体で、深くかぶった帽子で顔を隠し、お忍びで桟敷席の中頃に座るようにしていました。

これはいったいどういうものでしょうね。私が耳にしたことをまとめて発表したら、間抜けな言葉のまたとない傑作集になることでしょう。おしゃべりな男が群れをなして、右から左からつまらない眠くなるようなことばかりしつこく耳元でささやいていました。男性がこんなにつまらないどうでもいいことばかりということがありうるのでしょうか。がつがつした女は味気ないお追従や下卑たへつらいを求めていて、男がこんなにどうしようもないことばかり話すのを聞いて喜ぶなんてことがありうるでしょうか。

食えない間抜けは本当にたくさんいましたが、その中に生っ白くて馬鹿でかい徴税請負人がいました。なんだかよくわからないが自信たっぷりで、これまで馬鹿な男の口から出た言葉の中でもいちばん馬鹿げたものであろう口説き文句をもごもご言ってきました。歯が欠けた年寄りの修道騎士は、うんざりして気絶するぐらいのお世辞を並べて、なんとかしてその皺の寄った可愛い目を好きにさせようとするのでした。それがまたあの小説『ラストレ』[068]から抜粋したかのような甘ったるい言葉のてんこ盛りなのです。こんな有力者を遠巻きにして、気後れがちに私に熱い視線を送ってくるきざな若者たちが話し合っているのですが、その声が小さすぎていらいらしてしまうのです。可愛いよね、すごい美人だ、天使以上だ、星よりも光り輝いている、なんてことを言っているようです。私が視線を投げかけようものなら、男たちは恥ずかしそうに目を伏せてこんなことを私に信じさせようとするのです。あなたの魅力について僕たちが言っていたことは本当ですよ。聞こえないような声で言っていたのだから、これはただのお世辞ではありません。

　どうしてこんなに愚かなことばかり聞こえてくるのかを考えると、私たちのような女の魅力が強烈すぎるのか、そうでなければ男というものは目が見えないうすのろなのかと考えたくもなります。いずれにせよ、フランスでは私たちのような女に対して人が激しく熱狂しすぎているのです。女優と関係をもつことの方が、生まれも人徳も王国中でひときわ優れているような女性と付き合うよりもふつう自慢になるくらいなのです。この種の狂気は虚栄心のせい、世間の話題になりたいという馬鹿げた欲望のせいだと考えられないでしょうか。実際私たちは愛人たちに存在意義を与えているようです。群れの中ではいつも他のみんなとごっちゃにされて誰でもなかったような男が、私たちの虜になった瞬間に、もう無視できない存在になるのです。いわば流行の男です。私たちのような女に横領や着服のことを知らせたばかりに有名になった唾棄すべき徴税請負人がどれほどいたことでしょう。私たちのおかげでこういう男たちは無名を脱して、私たちのためにとんでもない額のお金を使ったことで有名になるのです。ユリスの話が評判になったのはマドモワゼル・ペリシエ[069]のおかげではないでしょうか。評判といってもさまざまな評判があるものです。当代の年代記にこの高名なユダヤ人の名前を刻んだ張本人は、この比類なきセイレーンであることには異論の余地がありません。この女がかすめとったダイヤモンドとそれに続いた事件のおかげでこの男に関する記憶は永遠のものになりました。この男が存在したということ、とてつもない大金持ちだったということだけでなく、いわば破産して死んだということも忘れられることがありません。私たちのような女の網にかかった男が手にする素晴らしい栄光はこのようなものです。たとえ私たちのもとに通いつめて名誉を失って破産したとしても、少なくともその話が公になって評判になったり、世間で騒がれたりする喜びがその償いになるというものです。

私の話に戻りましょう。もう三週間も苺(いちご)の根、睡蓮(すいれん)、硝酸塩の煎じ薬で血を清めていましたが、そのときある服屋の女がしばらくの間どうかと言って、聖職者議員を客にすることを勧めてくれました。その頃はまあまあ具合がよくなっていましたが、まだ完全に治ったという状態ではありませんでした。私という薔薇に近づいても棘に刺される危険がないと確実には言えませんでした。

俗人相手に手を打つのであれば、その人が後になって後悔するような危険に遭わせるのは気が引けたことでしょう。それでも相手が坊主だと思うと、後々何が起こるかなどと心配せずに金をむしりとろうとしか考えませんでした。敵が攻めてきたら相手よりも積極的に攻めていかなければなりません。この種の職業の輩はいつでもどこでも偽善の仮面をつけてキリスト教の美徳と道徳を押しつけてきます。偽善者はよく人から一エキュもらって説教を垂れますが、自分の方では千エキュもらってもその説教の中身を実践するつもりがないのです。一言で言って、この腹黒い奴らは現世において人々を食い物にして私腹を肥やす人でなしで、人々を踏みつけにして笑うことしか考えていないのだから、たまたまこんな男が私のせいで嘆きの種を手にすることになったとしても、それはとがめられるべき行いであるよりも賞賛に値する行いだろうと考えたのです。そこでじっくり吟味した末に同意して、この男と会うことにしました。できるだけ早く僧服の飾り襟まで食い尽くそうと心に決めたのです。

リュカオン[070]のように毛深い牧神のような男を思い浮かべてください。蒼白な痩せこけた顔を見ただけで、途方もなく好色な血が流れていると予想がつきます。獣のような淫欲が、偽善に満ちた目の陰に透けて見えるようです……でもこの男の人となりの描写はここまでにしましょう。筆が滑って間違ったことを言うかもしれないし、頭のいい読者でも間違ったイメージをもってしまうかもしれません。初めて会ったときにこの男から贈り物をもらいましたが、僧服の男からこんな贈り物をもらえるとは期待もしていませんでした。それはジュリアン・ル・ロワ[071]のリピーター付き時計で、見事な趣味のギョーシェ彫りが施してあり、ダイヤモンドがちりばめられていました。この人の名誉のために本当のことを言いますが、坊主のようにけちん坊だということわざがあるけれど、この教会人がそのことわざのいちばんの反証です。その反対にこの男は愚かなほどに気前よく、二週間もしないうちに私のために千エキュの聖職禄を売り払ってしまいました。聖職者を全員私のために売ってしまいそうな勢いでしたが、私は不具合なものをこの男にうつしてしまったのです。それに気づくやいなやこの男の愛は激怒に変わり、怒りに任せて犯罪に走りそうなところでした。

このとき私は厚かましい破廉恥行為に及びました。この職業の女にはそんなことができるのです。しっかりした口調で次のように話したので男は動揺しました。そんなことを言って私のことを侮辱するとはずいぶんご立派なことですね。私には人を使ってあなたを窓から放り出すこともできますが、そうされてもしょうがないんですよ。もし私に落ち度があったとすれば、それはあなたに惹かれてしまったということです。よくわかりましたが、あなたの身分の人の多くが好色漢の放蕩者だと言われるのは全くの本当のことだったのですね。きっとどこかの恥ずかしい館でそんなことをなさっていたのではないかしら。さらに続けて言いました。もし私に少しでも信仰心が残っていたら、あなたを宗教裁判所に突き出すところです。私にも信用はあるので、あなたをしかるべきところに入れることもできるのですよ。そこでその不品行にふさわしい刑罰を与えてもらいましょうか。この短くも激しい譴責が期待以上の万全の効果を生みました。使徒はかわいそうに唖然として恥じ入ってしまい、一言も言わずに立ち去りました。この日以来何の知らせもありません。

この話が聖職者にとっての教訓になりますように。失脚して恥ずかしい目に遭い、軽蔑されることになったとしても、普通それは自分の破廉恥な行いの償いです。尊敬されたいなら、自分に対して敬意が払えるようにしてください。品行方正さは全く僧服につきものというわけではなくて、苦行服の下の情熱は世俗風の衣装の下の情熱と同様に激しいものだというのはわかりきったことです。でも世俗の人間なら見逃してもらえるようなことでも、聖職者は全く見逃してもらえません。俗人なら従わなくてもいいしきたりに聖職者は従わなければなりません。僧は一所懸命に外見を取り繕い、美徳に満ちた信心深い見かけの裏に悪徳と欲望を隠し、キリスト教の流儀で他者の目をうっとりさせる方法を主に研究すれば、それで義務を果たしたことになります。それ以上の要求は不可能を要求することになり、自然の意図に反することになります。奇蹟を起こしうるのは自然だけであり、自然によってつくられたものに奇蹟は起こせません。よって教会人は決して弱みを握られてはいけません。公の行いをするときには知恵のメッキが輝いていますように。一言で言うと、隣人を騙してくれればいいのです。そのためにお金をもらっているのですから。それさえしてくれるなら、あとは好きなように人生を楽しませてやりましょう。

私からの好意の記念として神父様にきつい置き土産をしてしまいましたが、そのために私の方でもこれまで以上に健康に気をつけるようになりました。医者の処方をおろそかにすることなく守ったので、まもなく新しい結婚の契りを結んでもいいような状態になりました。長い間待つことなく次の機会がやって来ました。

英国のロード、というよりも農奴のような感じでしたが、このロードがポンドの山とロンドンの暗い霧を従えて挨拶にやってきました。タイプとしては小太りなこの男は、全く太い親指のような体型で、鴨のようにぴょこぴょこ歩き、古代製鉄の長い剣を差していて、ぶら下がった大きな玉飾りがくるぶしのあたりで揺れていました。この男の精神に長所があるとしてもそれは身体の長所にぴったり見合っていて、それがよく調和がとれているような状態なので、この男の精神と身体のどちらの長所が好きかと言われても困ってしまうようなものでした。私の虜になったのがどうしようもないうすのろばかりだったことに驚いている人もいるのではないかと思います。でも考えてみてください。

優れた人間は、裕福だというわけではないし、私たちのような女との付き合いをしきりに求めるものでもありません。私たちのところにやってくるのは、お金の使い道に困った間抜け面と仏頂面ばかりなのです。それに知っておいていただきたいのですが、私たちは損得勘定しか考えていません。それが犬や猿だとしても、大きな財布をもってやってきたら、世界一素敵な伊達男よりも間違いなく歓迎されます。これが現金がもつ強烈な魅力で、たくさんもっている人は私たちの目には絶対に素敵な人に見えるものなのです。ギニー金貨のおかげでロードが別人に見え、私の目には素敵なセラドン[072]だったのです。このロードに給金をいただいている間、私はずいぶん変わった生活様式を体験することになりました。四回に三回は焼いた牛肉の薄切り、羊の肋肉（ばらにく）、バターソースが多過ぎの子牛のローストに、付け合わせは緑のキャベツの葉っぱで、小屋の家畜にくれてやるようなものでした。ときには（それがロードのいちばん好きな料理でしたが）りんごジャムを添えた豚肉です。お酒の趣味も似たり寄ったりでした。ブルゴーニュワインやフランスの上等なワインを飲むと胸焼けがするそうで、粗野な男が酒場で飲んで酔っ払うような、喉がひりひりする安ワインでなければならなかったのです。ご想像の通りポンチ[073]やパイプを忘れることもありませんでした。本物の英国人はそれがないと食事をした気がしないのです。そうしてこの混ぜ物をした酒を飲んで心ゆくまでパイプを吸ってしまうと、豚のようにげっぷをし、テーブルに足を乗せて眠り込むのです。

　こんな品のない暴飲暴食に喜んで付き合ったのは、そうすることでかなり得をすると見込んだからで、そうでもなければこんなことはまっぴら御免でした。ロードは全然気前よくなかったけれど、それでも私はいくらでも好きなだけ懐から引き出すことができました。私はただフランス人の悪口を言い、ジョージ王[074]に乾杯し、教皇と若僭王のことをこき下ろしていればよかったのです。こうしたちょっとしたお追従を言うだけで、思うままにロードのポケットの中身を空っぽにすることができました。ある日は二、三回乾杯しただけで、三百ルイ以上の価値がある品物を手に入れました。奇抜な部屋着のようなものをつくらせようと思っているのですが、ロードは大変趣味がよろしくていらっしゃるので、どこかサントノレ通り〔現在のパリ一区と八区にまたがる通り。テュイルリー庭園やルーヴル宮のすぐ北を通る〕のお店にでもご同伴いただけませんかとお願いしたのです。

「それはもちろん喜んで」ロードは答えました「とてもいい考えですね。イエス、イエス、ヴェリー・ウェル、素晴らしい考えです。エクストリームリー・グッド。きっとお役に立てると思いますよ。神かけて(バイ・ゴッド)、何が似合うか一目で決めてあげます[075]」

私が選んだささやかなものがどんなものだったか、きっとわからないと思います。三十オーヌ〔オーヌは古い長さの単位で、約一・一九メートル〕の長さの布地を二巻、一巻は部屋着の上着用の銀糸の織物で、もう一巻は飾り用の金糸の織物でした。

こんなものは何でもなくて、ひっきりなしに機会を見つけてはこの男にたんまりお金を無駄遣いさせていました。同業者の女のパトロンがどれだけ気前がいいのか、華々しい例をいくつか話して聞かせればいいのです。そうすればすぐに、負けてなるものかという嫉妬心から、必死でそれを上回ろうとするのです。大英帝国市民と比べられるほど豪勢な人間がいるという事実を認めるわけにはいかないからなのでした。この愚かなプライドは、私にとって四カ月で五千ポンドの価値があり、それだけの宝石と現金をもらいました。

こんな馬鹿が存在していていいものでしょうか。祖国の名誉のために娼婦相手に財産を食いつぶすのを競い合っているのです。どこかの国から来た誰かがとんでもない散財をしたからといって、その人の国の栄光に何か関係があるものでしょうか。ロードはあまり見た目の印象がいい人ではないけれど、自分ではその巨体が優れていると信じ込んでいました。ロードが言うには、自分の運動能力は優雅で力強く素早いけれど、フランス人は誰も自分に及ばないということでした。ジャンプ、格闘、剣術、舞踏、乗馬など何でもできて、それもただできるというだけでなく、得意だと信じていたのです。いずれにせよ、残念なことに現実はロードにとって有利に働かないのがいつものことでした。私のところでGM氏を相手に剣術の試合をするのをいつも楽しみにしていましたが、GM氏が厳しい突きを加えてもロードの方では当たっていないと主張するのです。そういうわけである日、無駄な反論を避けるためにと、二人は合意してフルーレの先に印をつけることにしました。そう決まったので、GM氏は小さな壺に煙突の煤（すす）を入れて、油で溶かしてポマードのようなものをつくり、二人とも剣の先にこの油を塗りました。すぐさま二人は長めの突きを交えましたが、ロードはちょうど胃の真ん中辺りに一発食らいました。これにはどうにも反論できませんでした。印が胸飾りにくっきりついていて、この目にも明らかな証拠のために否定しようがありませんでした。ロードは構えの手が低すぎたんだと言うにとどめました。それでもこんなにひどい屈辱を受けたためにはらわたが煮えくりかえるような思いで、口を大きく開けてさらに激しく斬りかかったのです。でもGM氏は少し後ろに下がって腕を伸ばし、フルーレを一尺ばかり口の中に突き刺したのです。この出来事でロードにとって最悪だったのは、ゴルゴン[076]のような顔で真っ黒い血を吐いたときに、いい歯が二本抜けてしまったことです。それなのに何があってもこの男の性根は変わらず、勇気をくじけさせることもできませんでした。自分が感嘆の的になれると思うと歯止めが利かないのです。そういうわけで、まもなくこれと同じくらい滑稽で突拍子もない場面をお目にかけてくれました。

　カップル二組でパーティーをしようと、幌を外した馬車でブーローニュの森に出かけました。ロードは自分がどれほど器用に馬車を操るかひけらかしたいという立派な志で胸を膨らませて馭者を後ろに座らせ、颯爽と馭者台に乗り込みました。道が広くて轍も障害物もないうちは快調でしたが、狭隘な道に入り込んだときに折悪しく駆け足で近づいてくる馬車に出会い、これを通してやる技術が必要になりました。このような緊急の場合には迅速な対応が要求されますが、そのために自分は英語で馬に話しかけていることを忘れてしまったのです。不幸なことに善良なリムーザン地方の馬はほとんど世間ずれしていないので外国語がわからず、言われたことの反対ばかりしたのです。馬鹿な動物は問題の馬車の方に突然飛びかかっていき、前輪が衝突しました。向こうの馭者はロードの顔を見て同業者のひよっこの見習いだと思い、挨拶もなしに鞭をロードの首に巻きつけて馬から引きずり下ろしました。我らが馭者は落馬したことが全く面白くない以上に、こんなあしらいを受けたことに腹を立て、かつらと上着をすぐ脱ぎ捨てると、この乱暴者に決闘を申し込みました。相手は力強く頑丈な体つきで、自ら進んでこの挑戦を受けました。その間に軍神マルスよりも勇敢なロードは、片足を後ろに引いて構えの姿勢をとり、前で両手首を交差させました。相手の方はその仕草に深い意味があることが読み取れず、拳固で頭に殴りかかろうとしました。ところがこれはかわされて鼻面に一発食らうことになりました。さらに同じように厳しい二発目、三発目をお見舞いされます。この手の武術にフランス人馭者は慣れていなかったので、頭がぐらぐらして支えを失い、後ろに倒れました。それでも鼻の軟骨を押さえて口髭をよく拭くと、立ち上がって仕返ししようとしました。英国の勇者は岩のように頑丈で、また顎をしたたか殴りつけ、片目でも両目でもあざをつくってやろうとしましたが、そのとき紫服の馭者氏がいきなりロードのおなかの真ん中を踵で蹴飛ばし、ロードは蛙のようにこの闘技場でひっくり返りました。ロードはかんかんに怒って立ち上がると、こんなやり口はありえないと叫び、剣を渡せと私たちに言うと、それで裏切り者の身体を突き刺そうとしました。私たちにはロードの不平が理にかなったものと思えませんでした。ロードはありえないと言うけれど、足で蹴っても問題ないと私たちには思えたからです。ようやくこの怒りの発作が少し治まると、この高貴な拳闘のルールではキックは厳禁なのだとロードが教えてくれました。それでもなんとかロードを落ち着かせることができました。フランスではそのルールは知られていないし、このような場合に両手両足を全部使うのが卑怯なことだとフランス人は考えたこともないのだと説明したのです。この説明に満足したロードは上機嫌で馭者席に戻りました。私たちの目の前でこんなにも輝かしい勝利を手にしたことの喜びが抑えられないという風情でした。確かにロードを見る人の目は感嘆で溢れていますが、これは英国人がもっている生まれつきの才能なのです。見事にパンチを食らわせる立派な武術において世界一であるという栄誉を英国人と争うことなどとても出来はしません。もしも負けたとしたら、これはまったくもってスキャンダラスな不正だと英国人はわめき立てるでしょうから。

　こんな武闘事件があってまもなく、家の事情でロードは英国に戻らなければならなくなりました。ロードは自分がいなくなると私が悲嘆に暮れることを疑ってもみなかったので、私の自尊心をくすぐって慰めようとして、パリを離れるのが残念な理由は君と闘牛だけだよと言うのでした。

　ロードが出発する頃に私はかなりの資産を蓄えていて、そのままの生活を豪勢にのんびり楽しく暮らすには十分でしたが、収入が増えるにつれて所有欲が増すということを経験によって知っていました。富を手にするとほぼ必ずそれと同時に貪欲になりけちくさくなるものなのです。もっと豊かになりたいという欲望、もっと完全な喜びが味わえるかもしれないという希望のせいで、喜びの実感が絶えず先送りにされるのです。資産が大きくなるにつれて必要が何倍にも増え、豪奢を極めているのに飢えることになるのです。私にはもう一万二千リーヴルの資産収入がありましたが、これを二万リーヴルにするまでは引退したくありませんでした。これは本当のことですが、私のように人気のある娘にとっては、この金額ですらとんでもない目標を神頼みで定めたということにはなりません。幸運がまた微笑んでくれたおかげで、私はもっと野心を抱いてもいいということが証明されました。事実、あの英国人がまだドーヴァーに着かないうちに、税務署アカデミー[077]のメンバーが現れて後釜に納まったのです。きっといい金庫をおもちでしょうから、格段の敬意を示してお迎えしました。それでもこの方からいただいた挨拶の品に我を忘れることなく、私は外交に身を捧げる身ですのでお申し出を受けるのにも条件があります、外国人の方がいらっしゃったらそのとき私たちの契約は無効になります、と言いました。男は同意し、契約を結びました。

　これは背が高い男で、まあまあ体格がよく顔色もまずまずでしたが、この職業の人の多くと同じく耐えがたい馬鹿でした。この男からすると、世界が自分のような人間にはふさわしくないということなのでしょう。全てを心の底から軽蔑していて、例外は自分自身だけなのです。あらゆることについて自分が天才だと思い、何を言うにも絶対的な口調です。自分では文句ばかり言い続けていますが、この男に文句を言った人は大変です。自分の言うことは聞いてほしいけれども、誰の言うことも聞きたくないのです。要するに、まともなことを言っている人の喉を足で踏みつけにしながら、私は喝采されていると主張する死刑執行人といった感じです。

この男が私のところに来てしたことの中でいちばんましなことは、ロードが台所に持ち込んだ悪趣味なものを一掃して、徴税吏の食事向けに豪勢で趣味がいいものにしたことでした。昼も夜も私の食卓の会食者は八人でしたが、そのうちの六人は必ず詩人、画家、音楽家で、この人たちは自分のおなかを満たすために、奴隷のようにお金目当てのお追従を我がクロイソス[078]に惜しむことなく振る舞うのです。私の家は裁判所で、ここで才能と芸術に対する審判が下されます。その審判はマダムT[079]の文学酒場と同様に有無を言わせぬものでした。マダムTのサロンと同じように、優れた作家はみな辛辣にこき下ろされ、容赦されるのはよくない作家だけです。駄目な作家がいちばん優れているとされることもよくあります。あの毒婦は不届きにも『グニードの神殿』の著者の比類なき『手紙』[080]をけなし、あのペルグラン師[081]を攻撃しました。その理由は、『ユダヤ人の手紙』[082]という本が、ベール[083]、ル・クレール[084]の『世界書誌』、『トルコの密偵』[085]からいただいた思想をごちゃ混ぜにしたものでしかなく、その思想も惨憺たる様相に歪められていて、一行ごとに田舎の臭いがすると師が主張したのが許せないからというのでした。このかわいそうな聖職者は大変に貧しくて不潔であることばかりが仇になっていましたが、身なりは汚くとも美しい魂をもっていました。師は哀れにも一生の間嘲笑の的でしたが、その嘲笑は不当なもので、優れた判断力をもっていました。師の名誉のために言っておかなければなりません。私に少しでも何がよいかを判断する審美眼があり、鼻につく流行性の教養の熱病から身を守ることができたのは、ひとえに師の教えのおかげなのです。師のおかげでわかりました。現代の詩人は一種の寄生虫、価値がない卑小な存在で、真の才能というものは清らかで神聖な炎なのです。これは人間が望んだからといって手に入れられるものではない天からの贈り物です。この聖なる炎という才能をもった幸運な天才を、軽蔑すべきあまたの「エスプリの人」と呼ばれるグロテスクな作家もどきとごっちゃにしてはいけません。「エスプリの人」などという呼び名は実直な人には一種の恥辱と見なされるものです。文人という職業は何よりも高貴なものだけれども、今の世の中で文学の教養を深めることはほぼ恥ずかしいことになってしまっています。それというのもこれらの寄生虫たちのせいで教養というものの評判が悪くなってしまったからなのです。

「どうしてパリがこの種の忌々しい輩に毒されているのかわからないでしょうね」師はある日こう言いました「それはこの職業には才気も才能も必要ないからなのですよ。嘘だと思うなら、『新語辞典』[086]に載っている単語を十個ばかり馭者に覚えさせて、一、二カ月ぐらいの間プロコップのカフェ[087]に送り込んでみなさい。間違いなくそこから戻ってきたときには他の『エスプリの人』たちと肩を並べる『エスプリの人』になっていますよ。全く何ということでしょう」深い溜め息をついて続けます「両親がひどい人間だったばかりに、私はずっと昔から貧困にさいなまれ、人に笑われているのです。ものを知らない両親は、物心もつかない頃の私を無理やり聖母マリア下僕会[088]に入れました。私は修道生活が嫌でしたが、それが年とともにひどくなっていきました。何年もの間僧服を着て苦しんでいたのです。絶望で死にそうなところでしたが、修道生活を終えて俗世に戻ることを認めてもらいました。それでも友人もお金もなく、何ももたない私にとっては、自由な身分がすぐに重荷になったのです。それまで縛りつけられていた哀れなしがらみを懐かしく思いかねないような状態でした。結局どうしたらいいかわからなくて、決心がつかないままこうなってしまいました。最初のうちはミサを書いたり、修道士だったときに書いた説教を托鉢修道会に売ったりして食いつないでいました。お金がなくて暇ばかりがあるので、あまり難しいことを言って、付き合う人を選ぶようなことはできませんでした。私はサン＝ジェルマンの市の近くの小さなたばこ屋に通っていました。ここには綱渡り師、人形使い、オペラ＝コミック座の役者が何人か集まっていましたが、その中にコラン氏がいました。コメディー座の有名な燭台係です。幸運にも私はこういった方々の厚意にあずかっていて、公演に入場させてもらっていたのです。するとすぐに駄文が書きたくてたまらなくなり、いくつかの場面の台本を手すさびで書いてみたのですが、これに本来の価値以上の値段を支払ってもらえたのです。できれば聖職と演劇を両立させて、教会からも毎日の収入を続けていられればよかったのですが、大司教はこのちょっとしたお小遣いをなくした方がいいと考え、私が聖職を続けることを禁止しました。一日十五スーの収入を失いました。これはミサの値段で、私の収入の中ではいちばんちゃんとしたものでした。この損失を埋めるために私は詩人の看板を掲げ、喜劇、悲劇、オペラをつくることにしました。これを兄弟の騎士の名前で上演させたり、どうしても作者になりたいという人がいたら、とやかく言わずにその人に売ったりしました。この他にも文才が必要とされるものであれば何でもつくって、卸売りでも小売りでも売っていました。恋愛詩、祝婚歌、讃美歌、四旬節の説教がご入り用ですか。当店では全種類お手頃価格でご用意しております。実を言いますと、ここだけの話ですが、旧態依然たるルーヴル宮の寄り合い[089]の著名会員が何人も、恥ずかしがることもせずに、入会演説の原稿を私に頼みに来たのですよ。こんなに手広く商売をしていたら今はもう左うちわで暮らしていてもおかしくないと思いませんか。でもこの姿をごらんになれば、この商売で得た稼ぎがどのぐらいだったかおわかりでしょう。五十年以上も前から何百万行もの詩句を書いていますが、キュロットもはけないのです」

ペルグランおじさんは素直に朴訥（ぼくとつ）と説明してくれましたが、そのためにこの世でいちばんつまらないいい加減な職業は「エスプリの人」だということが身にしみてわかりました。それと同時に、どんな仕事でも才能に恵まれた人がいるように、氏が本当に優れているので、文筆を生業とする人の中にも本物の才能が存在するということが実感できました。その一方で、才能よりも運気によって有名になった作家が星の数ほどいるのです。パリの有名人の中には偽者がたくさんいます。これまでにどれほど数多くの偽者を見てきたことでしょう。誰か宮廷人や信用あるあばずれの庇護がなければ決して話題にならなかった人のことです。権威の後押しによって最前列に座を占めているアポロンの弟子がいますが、その中に脳味噌が空っぽで、ペルグラン師の美文の百分の一もひねり出せないような人がたくさんいます。私自身これまでどれだけそのような人を見てきたことでしょう。醜悪な比較をしたくはありませんが、このかわいそうな人は縁日の道化師によく似ていました。みんなの笑いもので、同業者からは相も変わらずおもちゃにされていますが、実はこの男の方がずっと造詣が深いのです。このことからこう結論できます。才能があっても、運の支えがなければ全くの無駄です。運がなければ大成せず、もって生まれたものは成功の素地でしかありません。

　さっきの徴税の第一人者に話を戻しましょう。この人は会の選出を受けて視察旅行に行くことになりました。つまり、下っ端がちゃんと人民を抑圧して簒奪しているかどうか確認して、さらにうまく人民を踏みつけにする方法が考えられないかを検討することになったのです。そこで二人は友好的に契約を解消し、私は自由の身になりました。

　ずっとお答えしてきませんでしたが、読者の皆さんは間違いなく何度もこの疑問を感じてきたことでしょう。マルゴには生まれつきメッサリーナ[090]のような淫らな血が流れているのに、お金のためだけに人と付き合っていてどうして満足できるのだろうか。しかもそのほとんどは淫欲の功業においてはヘラクレスとほど遠いのに。

　この反論は全くもっともなので、お答えするのがいいでしょう。みなさんにお知らせしておくと、古き良き宮廷の公爵夫人や多くの同業者と同じように私にもお金で雇った……でもお願いですが、口外しないでくださいね。私は頑強な若い従僕をいつも一人雇っていて、これがとても都合がよいので、命がある限りはこの方法を変えるつもりがありません。この輩は無害であるばかりでなく、いつでもすぐに奉仕してくれて、堅気の人間と違ってがっかりさせられることがありません。少なくとも、結末が訪れるのは熱心な努力をしてくれた後のことなので、そうなったとしても責め立てるのは不公平で残酷だとも言えるのではないでしょうか。たとえ横柄な態度を示すようになったとしても、これは簡単に修正できます。棒で叩いてお仕置きをしたり、お金を払って首にしたりすればいいのです。全く造作のないことです。本当のことを言うと、私はそんな最終手段を用いなければならなくなったことはありません。最初から用心して全くの新人を雇うことにしているからです。全く百姓そのものといった体の心身をもっていて、才気豊かでエレガントなマリヴォー氏があんなにもリアルで楽しい筆致で描いた百姓[091]もかくやという人ばかりです。私は自ら労をとって教育し、私の気まぐれに従わせるようにしています。特に従僕が他の従僕と付き合いをもつのを禁じています。悪党どものせいで世間ずれして、悪い道に引きずり込まれないようにするためです。言ってみれば、私は従僕を任務から離れないようにしていたのです。また、衣食については足りないものがないようにしました。きちんと養い、かごの中の鶏のように食事を与えていました。もう少しはっきりたとえると、修道女のおめでたい監督のようにと言えるでしょうか。このような人は恭しく食べ物を消化してそれからどうするか以外に気を使うことがないのです。以上、みなさんが知りたいと言うので、淫欲の炎を抑えるために私が日々どういう方法を用いているかをお知らせしました。こんなに理にかなった方法を用いているので、私の快楽に苦汁が混じることはありません。私は平和に事を荒立てずに楽しんでいます。高圧的な愛人の気紛れや不機嫌を恐れることもありません。こういった愛人は女を奴隷のように扱うもので、優しくしてはくれるがたぶんその代わりに貯金を払わせて、いつか女は乞食をする羽目になりかねなません。私はその手合いの娼婦ではありません。美しい情熱とプラトニックな愛がほしい人はそこにこだわればいいと思いますが、私は霞など食べていられません。機微に富みすぎた清廉な恋愛感情という料理は私の身体に合わないのです。私にはもっとしっかりした食べ物が必要です。本当にプラトンさんは独特な愛し方をするおかしな人でした。もしこの安売り商人の空っぽの考えに従っていたら、今ごろ人類はどうなっていたでしょう。どうも見たところでは、たとえ自然がプラトンの考えに従ったことがあるしても、それは自ら去勢したとされるオリゲネス[092]ぐらいしか例がなく、その他はエロイーズの優しい愛人[093]のように少し割引をしたようです。少なくとも確かなことは、プラトンの師匠のソクラテスの方はローマ教皇になるのに絶対に必要になるあの確認書類[094]をもっていたので、プラトンにこの形而上学を教えたわけではないということです。ソクラテスは堂々と王道を歩みました。もとい、確かに道をそれたけれども、それは大したことではありません。話を戻しましょう。

私が独り身になったというニュースがパリに広まるやいなや、身分や階級を問わないあらゆる種類のカモが大量にうるさく言い寄ってきましたが、ちょうどよく特使が一人現れてみんな厄介払いしてくれました。このときは本当にうれしく感じているということを自分でもごまかせませんでした。こんな重要人物を自分のものにしたのですから。

この手の勝利は虚栄心を大いにくすぐるものです。こんな重要人物が思うままになったらどれほど満足なことかと想像していました。特使といえば、人心を操る狡知（こうち）、教養から来る知恵、支配者のさまざまな利得についての完全な知識によって、執務室にいながらしてヨーロッパの外交のあり方を変え、公共の利益や祖国の栄光にも貢献できるのですよ。特使に会う前には、こんな好意をもって人となりを想像していました。疑うこともなく、こういったたぐいまれなこの上ない才能ばかりでなく、数え切れないほどの美点を他にももっているものだと信じ切っていたのです。抜きん出た天才でもない人に、これほどの重要な仕事が務まるとは思ってもみませんでした。素晴らしい人に違いないという私の想像が間違いないという確信を特に強めたのは、私と交渉するときにこの人がとる変わった方法でした。二人の合意は協議によって形成されたのです。特使から密使が送られてくると、私の方でも密使を派遣しました。この密使同士が接触し、お互いの提案を聴取し、検討し、議論したのです。双方とも自分の利益を求めて、困難な事柄が増大しました。不都合が山積みでした。不都合がないところにもわざわざ新しい不都合をつくりだすという具合です。一点で合意ができても、別のところで相違が生じました。それでも数度にわたる会議の決裂と再開の後に、双方の全権大使が幸運なことに契約条項にサインして、双方の合意の下に相互契約が交わされることになりました。

きっと読者のみなさんは、いったい閣下はどのような人なのか知りたくてしびれを切らしているに違いないので、これ以上お待たせせずにその人となりをざっとお伝えしましょう。

大使閣下の顔はさえないと言ってもいい程のありきたりの顔で、そのためにこういう顔だとはっきり言うのがかなり難しい類の顔でした。普通よりは背が高くて、体格はよからず悪からずといったところです。足はいかにも貴人のもので、細くて肉がついていませんでした。高貴な雰囲気を醸し出していましたが、つまらない顔のせいでそう見えませんでした。頬を膨らませて頭を高く掲げ、ことあるごとに身につけている勲章に満足げな目を投げかけるのでした。その上、しかつめらしく物静かで内省的な顔つきなので、瞑想に深々と沈んで壮大な計画を目論んでいるものと信じてしまうことでしょう。口を利くことはほとんどありませんでしたが、そうすることでこうほのめかしているのでした。私はあれこれ考えていて、性格上熟慮を重ねて節度をもってお話ししなければならないと決めているのですよ。質問したとしましょう。閣下は軽くうなずいて答えます。謎めいた目つきで、気づかないほどのかすかな微笑みが浮かんでいます。信じられない話ですが、こんな変てこな外見と曖昧な様子のせいで、私も一カ月近く大使閣下に対する自分の先入観に騙されていたのですよ。そういうわけで、閣下が世界一優れた人間だと考えていたのですが、なんとかこの考えを脳味噌から取り除くことができました。親切にも閣下の秘書が本当はどういう人なのか教えてくれたからです。もう前にも言いましたが、いちばん厳しくて恐ろしい批評家は使用人なのです。無知な使用人の目にも雇い主の欠点が必ず見えてしまうものだとすれば、もし使用人が洞察力をもっていれば、その辛辣な批評から逃げられるわけがありません。この秘書は実に頭脳明晰（めいせき）なので、ご主人様の真面目くさった尊大な態度に目をくらまされなかったのです。ともかくこの秘書の所見は全く当たっていると思うので、これをお伝えすれば読者のみなさんにも喜んでいただけるのではないでしょうか。秘書はこう言いました。

「これからお話しすることを忘れないようにすれば、決して思い違いをすることはないでしょう。一般的に言って、偉大な人間が偉大であるのは、これを偉大だと考える人の卑小さによるものです。愚かしい先入見のために盲目的で臆病な敬意が生まれ、この敬意のために偉大に見えてしまうのです。思い切って正面から見てごらんなさい。こういった人たちは贋の輝きに包まれているものですが、これを取り払ってみると威光は消えてしまいます。そうするとすぐに相手の内面の価値がわかって、いつも威光や威厳だと思っていたものが思い上がりと愚かしさでしかなかったことに気づくでしょう。特にこの箴言を忘れてはいけません。人徳と役職の間に関係がないのは、馬の良し悪しと馬具の輝きの間に関係がないのと同じことです。駄馬がよく見えるように勒や鐙をつけて、どんなに豪華な馬車を引かせたところで、そんな飾りで変身させることはできません。駄馬は駄馬でしかないのです。この箴言を応用してみましょう。閣下のように偏狭な才気の持ち主は、慎み深さ、厳めしい気取った風貌、人を見下すような尊大な態度、こういったものだけが大臣をつくり、特徴づける気質だと想像するものです。私からすれば、こんなものは思い上がった馬鹿の特徴です。取り澄まして偉そうにして、ずっしりした任務の重みの下で威張ってみてもしょうがありません。いつだって無理とぎこちなさが透けて見えて、こんな弱腰では重荷が支えられないのがばれてしまっています。そういうわけで、人目がないとなるとすぐに私たちに仕事を投げてきます。私たちがあくせく書状を読み解いて返事をしている間に、閣下は何をしていると思いますか。使用人や猿や犬とふざけて遊んでいるだけなのです。切り抜きをしたり、鼻歌を歌ったり、笛を吹いたり。椅子に身を投げ出して寝そべり、あくびをして寝てしまうのです。それでも大臣がみんな揃いもそろってこんなひどいありさまだとは想像しないでくださいね。いくら褒めても褒めたりないほどの資質をもった大臣もいます。その地位についた人に要求される素質ばかりでなく、人々の敬意と愛を勝ち得る素質も持ち合わせた大臣を何人も知っています。名ばかりの大臣とは全く違って、執務室では集中し、世間では気晴らしする方法を知っているような人です。この点においてもまさに手管を心得た政治家です。外の世界では人を信頼した率直さを示すので、不信感を抱かせません。よって誰もこういう人の前では本心を隠そうと思わないのです」

この秘書は他にもたくさんいいことを言ったので、それをここに付け加えてもいいのかもしれません。でもどんな話でも最後には退屈になるものなので、読者のみなさんが嫌にならないうちにやめておきます。

私はそのときまで閣下に対する感嘆の念と尊敬の念をもっていましたが、その気持ちがまもなくしぼんでいって、軽蔑に変わってしまいました。閣下は気前よく豪勢に振る舞ってくれましたが、それでもこちらから痛罵して厄介払いしてもかまわないような気持ちになりました。ところが突然私の健康状態が悪くなり、これが双方にとってお別れの口実になりました。私は倦怠と憂鬱に沈み込みましたが、アスクレピオス[095]の名だたる弟子たちの知恵をもってしても、この異変が何によるものなのかわかりませんでした。私がどういった病魔に襲われているのかがどの名医にもはっきりわからず、みんな自分の想像で、あなたはこれこれの病気ですと言うのでした。難しげな理窟を使った証明を聞いて私は本気にしてしまい、医者たちがそれぞれに言う病気全てにかかっているものと信じ込んで、みんなからもらった薬を飲んだので、私の身体はさながら一軒の薬屋さんになってしまったかのようでした。それなのに私は目に見えて衰弱していき、かつての私の悲しい似姿、哀れな影になってしまいました。なんとかして以前の顔色、血色のよさ、豊かな身体つきを取り戻そうとしましたが、医術の秘策はまやかしで、どうにもなりませんでした。辰砂（しんしゃ）の顔料、クリーム、白粉、つけぼくろ、何を試しても鏡に映るのはあの可愛いマルゴの顔ではありません。二時間も身繕いに時間をかけて深く考え込み、一所懸命に検討を繰り返したけれど、昔の美しかった自分を思い出させるような名残はようやく一つ見つかるだけといった具合でした。

私はまるで舞台装飾のようで、遠近法の魔術によって遠くから見ると素晴らしいけれど、近くから見ると「うへぇ」と溜め息が出てしまうような代物でした。顔にごてごてと白粉を重ねていたので、遠くから見るとなんとか色つやがよく、目が輝いて見えました。でも近づいて見ると、ごちゃごちゃとおかしな仕方でさまざまな色が雑に重なっているのしか見えなくなってしまうのです。これはとてもまじまじと見られる代物ではなくて、かつてのマルゴと似ているところが見つけられるようなものではありません。ああ、何と悲しく気が沈むことでしょう。幸せだったときのことを思い出します。あの頃のマルゴは化粧のトリックや凝った化粧のことは何も知らず、自分自身という財産だけで豊かな存在で、その魅力は全て自分自身から引き出していたのです。憂鬱と医者の処方のせいで生きた心地もしないような状態で余生を送っていましたが、このときまなこ先生という渾名(あだな)で呼ばれている民間療法の医者の噂を聞きました。どのような病気なのかは目を見ればわかると豪語しているからこう呼ばれているのです。秘密めかした人に奇蹟が起こせるなど、あまり信じたことがありませんが、身体が弱っていたので自分でも気づかないうちに信じやすくなっていました。こうであってほしいと熱心に望むと、人はそれをいとも簡単に信じ込んでしまうものなので、このまなこ先生にうちに来てもらえるようにお願いしました。すぐに健康を取り戻してくれるだろうと考えて、それを疑ってもみませんでした。一目見ただけでその顔つきが気に入りました。オープンで、品がいい雰囲気で、額に恐ろしい性格が刻まれている大方の医者や治療師の類とは違いました。まず絶対に嘘をつかないで話してくださいねと私に言い、病気になる前にどんな生活を送っていたか、病気になってからどういう治療法を受けてきたかについて手短に告白してくださいと言いました。そうしてから、ぴくりと動くことも一言も発することもせずに私のことをじっと二、三分の間見つめていましたが、沈黙を破るとこう言いました。

「マドモワゼルがその医者たちに殺されなかったのは大変な幸運ですよ。医者たちにはこれがどういう病気か全くわからなかったようですが、これは身体の異変ではなくて、精神が嫌気を差してしまったのです。あまりに快適な生活をしすぎたからですよ。快楽と魂の関係はごちそうと胃の関係に等しいものです。どんなにおいしい料理でも、慣れてしまえば味気なくなってしまいます。最後にはうんざりしてしまって、消化不良を起こします。言ってみれば、快楽が過ぎたために心が飽和して、感情が麻痺してしまったのです。現在の生活条件がいかに心地よいものであっても、あなたにとっては全てが耐え難いものなのです。パーティーの最中でも心配事が頭をもたげないときはなく、快楽そのものがあなたにとっては責め苦なのです。これがあなたの病状です。私の意見を聞いてくださるのであれば、うるさい世間との付き合いを逃れることにしてください。健康によい、栄養がある食べ物だけを食べなさい。早寝早起きしましょう。運動しましょう。性格が合う人としか付き合わないようにしなさい。暇を持て余すことがないように、いつも何かすることがあるようにしなさい。特に薬は何も飲まないようにしてください。そうすれば、保証して言いますが、あなたはこれまでになかったほどに美しく若々しくなりますよ」

まなこ先生の言葉を聞いただけで不思議なほどに気分がよくなったので、もしも私に魔術を信じるような気持ちが少しでもあったら、魔法の棒に触れられたのだと思ったかもしれません。深い眠りから目覚めたように思いました。眠っている間病気の夢を見ていたのです。まなこ先生が死に神の手から引き離してくれたのだと信じて、首に飛びついて汲めども尽きぬ感謝を伝え、十二ルイの贈り物をして帰しました。

先生の処方をきちんと守ろうと決心した私は、手始めにオペラ座を辞めることを伝えに行きました。この手続きの後でもさらに六カ月続ける義務がありましたが、テュレ氏はその義務を免除してくれました。自由になって初めて、自分の頭でものを考えられるようになったような気がしました。両親の家から逃げ出した日以来、一度も両親のことを考えたことがなく、まるで両親は存在しなくて、自分は空から落ちてきたかのようにさえ思っていたのです。状況が変わって、両親のことを思い出しました。なんて不義理だったのだろうと悔やまれて、もし二人ともまだ生きているなら、できるだけ早く償いをしようと思いました。探してもなかなか見つかりませんでしたが、ようやく煎じ薬売りの老人が教えてくれたところによると、トランシュ＝モンターニュ氏はマルセイユのガレー船で櫂をこいで亡くなり、母は現在サルペトリエール病院[096]に収容されていて、軽いものとはいえ、そこに入る前にパリのおじさん[097]の手による公開懲罰が行われていました。

両親の不幸な境遇がひどく身にしみました。確かに自分自身の行いのためにそのような境遇に陥ったのですが、私にはその行いを責めることができず、心の中で両親を弁護せずにはいられませんでした。パトラン先生[098]の賢明な格言を思い出していたのです。先生は「極貧の者が堅気の人間になるのは実に難しいことだ」と言っていたではありませんか。実際、実直そのものだと思われている人の多くは、何も欠くことがない生活を送っているから実直でいられるのであって、もしも極貧の状態であったなら私の両親よりもひどいことをしたかもしれないではないですか。よく言われるように、この世には幸運と不運しかありません。絞首刑にされるのは不幸な人々です。それにたぶんもし絞首刑に値する人がみんな処刑されたとしたら、そのうち世界から人がいなくなってしまうかもしれません。

正しいのか間違っているのかはわかりませんが、こういう考えによって、私は使える限りの影響力を行使し、囚われの身の母を解放させました。生活条件が変われば、母もすぐに他の誰にも劣らぬ真面目な女になることを疑っていなかったのです。ありがたいことに私の考えは間違っていませんでした。母は今やなかなかお目にかかれないぐらいに分別のある人間の一人です。自分から私の家の家事をしてくれると言ってくれましたが、正直なところ、母の名誉のために言いますが、こんなに私の家がきちんとしていたことはありません。一言で言って、私が母の幸せに貢献したというのが事実だとしても、母も同じように私の幸せに貢献してくれたと言えます。優しい愛情を私に注いでくれて、下心のない熱心さで、私が何をしてほしいか言わなくてもすぐに先回りして望みのことをしてくれます。

町と田舎で時間を過ごし、少数の知り合い（友人というのは全くの幻ですから）と一緒にあらゆる種類の楽しいことをして人生を楽しんでいます。私の健康について言うと、今はとてもいい状態ですが、ちょっとした不眠症がありますす。それでもまなこ先生が薬を飲んではいけないとはっきり言ったので、毎晩催眠効果のある作品を断片的に読むことにしました。ダルジャン侯爵やムーイ騎士[099]など、この類の数々の優れた作家の作品を読むとぐっすり眠れます。私と似たような体調不良に悩んでいる人にはこの方法をお勧めします。絶対に体調がよくなりますよ。

最後になりますが、非難にお答えしなければなりません。私の描写は尾籠（びろう）に過ぎると眉を顰（ひそ）めている方々もたぶんいらっしゃるでしょう。当初からの私の原則はこうです。娼婦の害悪を告発するいちばん確実な手段は、娼婦をとても醜悪な存在として描き、中にも最低に恥ずべき仕事をする女の姿を見せることによって、娼婦とはこういうものだと思わせることだと私は思ったのです。また、読者のみなさんがこのことについてどう感じているかはわかりませんが、私はこの文章がうまく書けたと思います。確かにこの回想録の中には猥褻なくだりがありますが、それを相殺してくれるものがあるからです。社会生活に一歩を踏み出した若者は、娼婦の狡猾な処世術についての記述、娼婦と付き合うことが明らかに危険だとわかる論考を読んで得るものがあるでしょう。もしこの意図が功を奏するなら、それはいいことだと思いませんか。そうはうまくいかないとしても責任はとれませんが。

コスモポリット（世界市民）

居心地がよいところならどこでも私の祖国である[001]

キケロ『トゥスクルム荘対談集』第五巻三十七

世界とは一種の書物である。自分の国しか知らない人は、その書物の最初の一ページしか読んでいない。僕はこの本のページをかなりの枚数めくってみたが、どれも似たり寄ったりのひどさだった。この検分は全く無駄ではなかった。僕は祖国を憎んでいた。さまざまな国で暮らしてみたが、どの国でも人々は愚かしく、祖国と折り合いをつけることになった。度重なる旅行から得たものがこれだけだったとしても、お金をかけて旅行してくたびれ果てたことを悔やむことはないだろう。

かつて厄介事、心配事のためにパリを追われ、英国を訪ねてみようと思いたった。気難しい人の中に、英国人は素晴らしいという話を熱心に聞かせてくれた人がいたからだ。この誉れ高き島に行けば、ディオゲネス[002]のような哲学者が一人ならず数え切れないほどたくさんいると思ったのだ。ロンドンに到着した僕はこの甘い希望に酔っていた。最初の一目では、見るもの聞くものが、それまでに聞いたことからした想像を遥かに上回っているように思えた。英国人はみんな僕にとって神のような存在だった。どんなに無造作な行為や仕草でも全て良識と正しい理性に導かれているように見えていた。英国人が口を開いて話すと、何を言っているのか一言もわからないのに、えもいわれぬ気持ちでうっとりしてしまうのだ。それでも個人的事情でこの天国のような場所にとどまることがかなわなくなってこの地を去ることになり、強い心残りとともに旅立ったが、可能になったらすぐにここを我が家としようという望みを慰めとしていた。このとき初めて国を出たのだが、それ以来旅行が好きになったのだ。フランスに帰る前にぜひオランダ連合共和国を見ておきたいと思った。正直を言うと、見物しか好まない者にとって、これほどに目を満足させることができる場所は他にヨーロッパにない。好事家がこの国について何か述べるとすれば、ほぼ全てこの話題に関するものばかりである。オランダ人がどういう人かというと、いつも商売にかかずらっていて、人付き合いを全くしないように思われるからだ。聞くところでは、オランダ人にとっては利益が神、金儲けが快楽、けちくさい倹約が主要な美徳なのだ。

パリに戻った僕は全くジャック・ローストビーフ[003]という風情だったが、あの小さなかつらだけはつけなかった。身なりを改めるにしてもさすがにこれはまだ身に着ける気にならなかったが、脚光を浴びている数学者[004]がこの滑稽なものまでロンドンから持ち帰ったので、これに倣おうという誘惑はあった[005]。結局は英国贔屓が高まってフランスの何もかもが耐えられなくなり、フランスで吸う空気まで我慢ならなくなった。僕の目にはフランス人が哀れな存在で、人間の皮を着た一種の獣に見えていた。この頃の僕は心が真っ暗で、あわや英国かぶれの行為を犯すところだった。つまり首つり自殺か入水（じゅすい）自殺だ。それでも守護天使がささやいて、気晴らしに生活環境を変えてみたらどうかと言ってくれたのでそうせずに済んだ。いろいろ斟酌（しんしゃく）してみると、そう決心するのがいちばん理にかなっているように思われたので、この機会を利用した。

七、八カ月前にパリに来たオスマン帝国の大使がいて、遠からず帰国する予定だった。国を出るいい機会だと思って喜んだ僕は、ある朝先手を打つことにし、マルセイユに行って大使閣下を待った。大使が供の者を連れて乗ることになっている船のどれかに乗れるものと見込んでいたが、いくら頼み込んでも無駄で、貧相な商船で我慢しなければならなかった[006]。この船長が、未だかつてプロヴァンス生まれでここまでアラブ的でけちくさい船長はいなかっただろうと思わせるような代物だった。この人でなしは船旅の間ずっと厳しい断食生活を強い、そのために僕の身体は透き通るほど薄っぺらになってしまった。それでも新しい世界が見られるという喜びのために、僕はこの苦しみを耐え忍んだ。

ホメロスやウェルギリウスなどの神話について少し知識がある人なら、この旅の途中で出会うものに好奇心が刺激され呼び起こされる機会がたくさんあるだろう。僕は次々に現れるさまざまな土地を深い満足をもって観察した。これらはみな大昔に巧緻を極めた虚構作品の中でうたわれたものだ。目に見えるものはほぼ全て乾いた砂地や人気のない不毛な島ばかりだったが、畏敬と感嘆の念が抑えきれずに溢れてくるのだった。諸島にさしかかるところに見えたのは、かつてヴィーナスの息子が王宮をかまえていたという素晴らしいところ[007]だが、今はほとんど人が住んでいない。一方にはイタケー島とカリプソの島[008]があり、他方にはかつてローマの有名なライバル[009]であったが今はとてもそうとは見えない場所があった。さらに遠くに行くと、古代トロイの墓所があった[010]。ダーダネルスの城を見てレアンドロスとヘロ[011]の物語を思い出した。僕は考えていた。ここに愛の母であるあの優しい女神官が住んでいた、あそこに不幸な愛人が住んでいたと。寓話を知る者にとってとても面白いものを見た後に目に入ってきたのは、幻、魔法のような名前をもっていなくても十分お勧めできるもので、誰でも気に入るようなものだった。コンスタンチノープルの水路である。これはヨーロッパとアジアの境界で、左右の風光明媚(めいび)な丘陵がトラキアのボスポラスまで続いている。この地にあるビザンチウムが傲岸に両側の海を見下ろし、波が名誉を競い合ってこの都の城壁を濡らしているかのようだ。ここのように町からいくらか離れたところで、これよりも美しい景色が見られるとはとても想像できない。とはいえこの話題について微に入り細を穿(うが)つようなことはしないようにしよう。これまでに多くの旅行者が残した壮大な描写と競い合うつもりはないからだ。

　僕はサイード・エフェンディ[012]が到着する八日前に上陸し、クチュリエ氏[013]の家に泊めてもらった。この国には設備が整った旅館やホテルがないので、人のご厚意にあずかるより他にない。このときフランス大使だったカステラーヌ氏は都にいなかったが、大使が不在の間にパシャ・ボヌヴァル[014]と知り合う機会があった。才気に満ちた人物という評判だったが、その評判に違わない人物のように見えた。この人のように考えをうまく表現して上手に話す才能がある人とはほとんど会ったことがないが、それと同時にこの人には自分の話を聞いてほしいと思うという弱点があった。ある日どうしてターバンを身に着けなければならないと思ったのかについて上機嫌で話してくれたが、あれは制帽をナイトキャップと取り替えたようなものだよという説明だった。この告白を聞かなくても、きっとそんなことだろうと僕は思っていた。この頃にはもうしばらく前から『ボヌヴァル伯爵回想録』という題名の悪質な寄せ集めの本が世の中に流通していたが、この本についてどう思うか聞いてみると、我慢してこのひどい本を最初から最後まで読んでみたが、一言も本当のことは書いていなかったという答えだった。少なくともこのことは保証できるが、この人物を巡る色恋沙汰については全くの嘘であり、この本の著者はボヌヴァル氏のことを知っているはずがない。そんな色恋沙汰とは正反対の人物だからだ。何はともあれこの人は本当に愛すべき人物で、大変付き合いがよく、こんなに優れた人はなかなかいるものではない。宗教については何も言うことがないが、一つ言っておくと、この人の宗教は真面目な人間の宗教だったと思う。古い友人だという高名なルソー[015]についてもよく話してくれた。ルソーもまた嫉妬深い人々の怒りを買い、迫害されて国を去らねばならなかった。モルネー氏、ラムジー氏、マッカーシー神父[016]のことも話題に上った。この三人はパリで中傷を受け、債権者に追われてコンスタンチノープルにやって来て、マホメットの戒律に従うことにしたのだ。トルコ人はカトリック教徒と比べて信者を増やすことに熱心でないので、この行いについて全く無関心のように見えた。つまり、この人たちは誰からも援助が受けられず、なんとかして生きるために最低の仕事をしなければならず、結局それぞれに退散してしまったが、これに反対する人は誰もいなかった。聞いた話では、モルネーはリヴォルノで狂い死に、あるいは狂犬病で死んだということだ。ラムジーはロシアで殺され、マッカーシー師はイタリアをさまよった後、オランダに行き、学校の先生になったという。リスボン[017]で知ったが、ポルトガルでけちな仕事をしているそうだ。先の二人の最期について、迷信深い信心家は必ずやこれが神の報復の結果だと思うことだろう。でも僕は神の意思について判断するのははしたないことだと思うので、どんな死に方であっても、人が死ぬのはただ自然によることだとしか思わない。

ケーリュスとグランドヴェーズの二人が船長の王国船団は、コンスタンチノープルで申し分のない歓迎を受けた。

その理由は君主にとても高価な贈り物を持ってきたからで、このような振る舞いに対してここ以上に歓迎してくれる宮廷は他にない。

陛下は謁見の日に、この国流に見事に飾り立てた馬を、旅の一行のために二百頭用意してくださった。この騎馬隊のうちでいちばん目立っていたのは、威張り散らしている二人の不潔なカプチン会修道士だった。ぼろぼろの服から誇りが溢れ出ていて、誰が馬を優美にうまく乗りこなせるかを他のみんなと競い合っているようだった。たぶんこんなうすのろが一行に加わっていたことに驚かれるのではなかろうか。でもお知らせしておくと、フランス宮[018]にはカプチン会の館があり、この会の坊主が大使付きの司祭として礼拝堂における祭祀を担当することになっている。そこでせっかくなのでこの官職を活用しようと、ありがたくもカプチン会はこの旅行に二人の会員を随行させてくださったのだ。将校も海軍士官候補生も商人も、乗馬技術が尊師と似たり寄ったりだったので、一行が宮殿に到着したときには隊列がかなりばらばらだった。第一の庭で馬を下り、第二の庭に入った。みんなてんでばらばらだったもので、トルコ人の門番がむりやり押されたと思って数人の殿方に数発拳固をお見舞いしたが、こちらの方ではスルタンの手前敬意を払わなければならないので、反撃すべきと考えることはしなかった。

カステラーヌ氏は黒貂皮の裏をつけた金布のマントを着ていて、ケーリュス氏、グランドヴェーズ氏とそれぞれの副船長はオコジョ皮の裏をつけた羅紗のマントを着ていた。部下には二十着ばかりのトルコの礼服カフタンが配られた。僕は部下の一人に数えられていたが、僕にもカフタンを与えることは大変な名誉の印だと考えられた。もちろんカプチン会の先生方が忘れられることはなかった。キリスト教の宣教師の僧服の上にマホメットのお仕着せを重ね着している姿はグロテスクなものだった。

このカフタンが過度に素晴らしいものだと読者に思われても困るのでお知らせしておこう。これは大きな上っ張りで、だいたい教会のお手伝いの衣装のようなものだ。黄色が混ざった白地の綿の粗布を縫い合わせたもので、フランスだとだいたい十八リーヴル[019]ぐらいの価値のものである。ここに一言付け加えたのは、オスマン皇帝が特別の機会においてどれほど気前がいいかを示すためで、他意はない。

どんな旅行者にも嘘がつけるという特権があるが、この特権を利用して、僕は大使閣下に続いて謁見の間に入ったと言うこともできるだろう。でも事実をねじ曲げてまで読者を楽しませたいとは思わないので正直に言うと、前に名前を挙げた船長以外は誰も謁見を許されなかった。この間残党と僕はトルコの歩兵がよく食べるピラフ[020]を食べて気晴らしをしていたが、気晴らしと言ってもそんなに楽しいものではなく、餌を取り合う猟犬を見るのと大差なかった。

僕は正確にあるがままを書くが、これをありがたいと思ってくれる人がいることを期待している。借り物の言葉で好事家を騙すよりはましだろう。旅人というものはえてしてそういうことをしがちで、素晴らしい、素晴らしいと繰り返すうちに自分の方でも素晴らしくなってしまったかのように勘違いするものだ。タヴェルニエ[021]は競馬場の広場が見事だと言ったけれど、言わせてもらうとこれは牛市場としてはいい場所という程度のものだ。そこで見られる花崗岩（こうがん）のような大理石のオベリスクのことだが、正直なところこれを見て実に美しいと言う人はこれ以外のものを見たことがないのだと思う。

僕は思ったことを簡潔に言うけれど、それを好ましく思ってわざわざ読んでくださる方には安心していただきたい。

この回想録の最初から最後まで僕の性格は変わることがないだろう。それでも読者のみなさんにお知らせしておかなければならないが、僕の想像力は気ままで、整然とした秩序とは相容れないものだ。くだらない詳細の細心にわたる正確な記述は、他の旅人が勝手にやればいい。

陛下は我々一行が持参した贈り物にいたく満足されて、感謝の印にと馬を見に行く許可を与えてくださった。馬具はみな光り輝く宝石をちりばめられ、エメラルド、東洋の真珠、その他さまざまな貴石が使われていた。その後陛下から聖ソフィア大聖堂を見に行く許可をいただいた。今日町の中心のモスクになっているところである。これはローマのサンピエトロ教会に次いで、ヨーロッパで二番目に大きい見事な建物だ。入り口の横には螺旋階段があり、キリスト教徒の皇帝が地面に足を触れることなく階上に上ることができた。見たところその時代の総大司教はお祈りに馬が同行することを許していたようである。聖ソフィアを見てしまったら、好事家の興味の対象になるようなものはあまり残っていない。コンスタンチノープルの建物は一般につくりがよくない。トルコ人は散歩好きでないので、外国人が足を動かしたいとすると墓地でも訪れるしかない。墓地は広大で数多く存在する。

ある日いつもの習慣でこの快適な場所の一つを散歩していて、マホメット教徒の埋葬を見かけた。儀式の前半は迅速に静かに執り行われたが、墓穴を埋めるとすぐ司祭だかイマームだかが力の限りに叫びだしたので、死者に声を聞いてもらいたいのかと思ってしまった。たまたま大使が居合わせたので、この叫びにはどういう意味があるのか聞いてみた。大使はこう答えた。いったいあなたはどうしてこの世を去ったのか、この世にはコーヒー、パイプ、たばこがあり女もいる、一言で言って生活を楽しくしてくれるものが何でもあるのに、と聞いているのだと。この問いに死者は何も答えず、おばあさんが水差しで薔薇水を振り撒くと、参列者はみんな帰っていった。きっとキリスト教の聖水はこの薔薇水よりもずっと高価な品物であるのに違いない。キリスト教ではこんなに気前よく振り撒かないからだ。

マホメット教徒の中にも修道者がいる。僕が見たのは、ぐるぐる回る修行をすれば救われると信じ、汗だくになって疲れて倒れるまで修行を続ける修道者たちだ。まさに文字通りに汗水をたらして天国に行こうというのだろう。キリスト教徒の偽善者たちはこんなことをして天国に行けると信じるほど信じやすくはない。

ラマダンはトルコ人の断食で、キリスト教の断食もあるが、これと比べると断食を行う人にとってずっと厳しいものである。日の出から日の入りまで飲み食いが禁じられるのだ。でもトルコにおける断食と禁欲は、フランスと同じで下々の者だけのためのものである。庶民の上に立つ者も夜に食事をするが日中は寝ていてもいいので、預言者の掟に従いつつ休息と快楽の折り合いをつけることができる。これはキリスト教徒が神様と教会の掟に従いつつ自分の趣味と折り合いをつけているのと同じことだ。

トルコに行って嫌になったことの一つは、カトリック教徒が聖職者を妄信的に尊敬していることだ。若い娘たちが陰気で尊大な坊主に会いに駆けつけるのをよく見かけることがあった。坊主の方では娘がやってくるのが遥か彼方に見えるともう毛深い手を差し出していて、無邪気な娘たちはまるでこの手が聖なるものであるかのように口づけるのだ。なんということだろう。天国に行くためにはこんなに愚かなことをしなければならないのか。

トルコ人は動物に対してとても優しいので、犬猫がいつの日かコンスタンチノープルの主人になるだろう。町中で見かけるのは人間よりも犬の方が多い。これらの動物はみな人間からもらう施しものとくずで生きている。動物の集団はそれぞれ自分が生まれた地区にとどまり、地区を渡り歩くようなことはしない。あえてその危険を冒そうものなら大変な大騒ぎになる。とはいえこれは非常によくあることで、特に夜間の騒ぎが多い。この国生まれでこの手の音楽に慣れていない限り、眠りに就くことは難しいだろう。大変驚いたことがあって、きっと誰でも驚くと思うのだが、こんなに数多くさまよっているのに、動物間で狂犬病が感染しないのだそうだ。そんなことは一度も起きたことがないと太鼓判を押してもらった。信じるしかないのだが、もしそうだとすれば、イスラム教徒は賢いというよりむしろ運がいいと言えるだろう。これらの動物がコンスタンチノープルでペストを媒介しているのだと主張する人がたくさんいる。排泄物（はいせつぶつ）から空気を通して感染するのだそうだ。僕の考えでは、この国の人々が無精で不潔であるために流行が長く続くのだと単純に考えた方がいいように思われる。経験上明白なことだが、ペストの精気は毛織物に付着して柔らかい多孔質の物体の間隙に入り込み、その中に完全な形で保存されるものだ。しかるにトルコ人は、ペストが最後の踏ん張りを終えて収まった後、この毒がしみこんだ家具や服を焼くことをしないのだから、ときには流行が再燃し、また定着するとしても驚くべきことではない。

　まだ忘れないうちに、人の言うことを何でも信じてしまう人の思い違いを正しておくのは場違いではないだろう。数々の雑文家が、自分の想像をまるで本当のことであるかのように書いている。皇帝、パシャ、大金持ちがハレム[022]でいい思いをしているという。あの縄ばしごや、さらわれて処女を奪われるオダリスクは、腹を空かせたけちな作家がページを埋めて稼ぎを上げるためにでっち上げたお話なのだ。どうして間違ったことを書いた文章がこんなにたくさん生まれるかというと、それはみんな奇想天外な冒険譚が好きだからだ。それに、もしここがこういった耳に快いつくり話をする人の言う通りの場所だとすると、うっかりした人が信じ込んでしまって、下手をしたら手足を切られる罰を受けるかもしれないとしても、もしかしたら東洋の嫉妬と暴力の犠牲になっている不幸な女と関係がもてるかもしれないと夢見るかもしれない。でも事実はそれとほど遠い。言われているような美しい宮殿ではないし、ブラインドを下ろした素敵なバルコニーもない。美女がブラインドの陰にいて、自分では姿を見られることなくそこから外を覗いているということもない。バルコニーはまた簡単によじ登れるような素晴らしい空中庭園でもない。そうではなくて、そこにあるのは漆喰（しっくい）と木材でできた貧相な家で、閉め切っているので明かりといえば室内の光ばかりといった具合であり、とても多くの警備員が見張っている。こんなところで色恋沙汰を思い描けるのはフランス人ぐらいのものであり、それも色男気取りの男しかいないだろう。

トルコ人の才覚と習慣を見極めるのはなかなかに難しい。打ち解けることが少ない民族なので、トルコ人について三カ月でわからないことは二十年かけてもわからないだろう。トルコ人にとってはゲームも観劇も、いかなる種類の集会も問題にならない。トルコ人の娯楽と気晴らしは正式の妻や内縁の妻との私生活の喜びに限られている。トルコ人が強く人に勧めるものの一つが蒸し風呂である。興味があったので試してみたが、トルコ人か馬でもなければとても我慢ができないだろうと思った。部屋が暑すぎるので、少しでも長い間この中にいると、誰もが発汗で死ぬ危険を冒すことになりかねない。それでもソクラテス風恋愛[023]を好む人なら嫌がらないような決まりごとがあって、半裸の少年にもんだりこすったりされるのである。こうして触られるとくすぐったくて気持ちいいので、どんなに頑固な伝統主義者でももやもやした気持ちになるかもしれない。イスラム教徒は両法博士[024]、つまり両刀遣いであることが知られている。

　多くの人が言うには、東洋の衣服がいちばん身体にぴったり合うのだそうだが、僕は全くそう感じない。それでもこの衣服がおあつらえ向きで邪魔にならないとは思う。男女ともにとても楽な服装のように見えるが、それと同時にマントがゆったりしていてズボンも足から上がだぶだぶなので、どういう体型なのかが見極められない。自然が人間を今の形にしたのだが、その形が損なわれてしまっている。もしやこれが自然の意図にかなったことなのだろうか。僕にはどうもそう思えない。人間の手足は正確に釣り合いがとれていて、脚、肩、腰はいい具合の形になっているが、きっと自然がこのような飾りをつくったのは人間が隠すためではない。だから自然の意図にぴったり合っているように見える衣服の方がいいと決めたいと僕が思うからといって、その意見が偏見の産物だとは想像できない。トルコ人は美しい腰つきであることがいいことだと考えもせず、肉付きがよくて丸々とした女性がトルコ人好みなのだ。きっと英国人女性はこの国で成功できないだろうし、そもそも僕はそれに驚かない。過ぎたるは及ばざるがごとし[025]と言うように、あらゆるものには限度がある。英国人女性の細すぎる腰つきは多少自然に反していると言っても、彼女たちを傷つけることにはならないだろう。

　コンスタンチノープルでの僕の考察はさほど真剣なものでも重要なものでもないので、ずっとこうした考察を続けていたわけではないということは簡単に理解できるだろう。僕はいつもカステラーヌ氏のところか、スウェーデンの特使カルルソン氏のところにいた。前者は気持ちよく歓待してくれて、一国の代表者として自ら申し分のないもてなしをしてくれた。後者はフランスの苗字をもつ人をみんな友人として扱ってくれた。

ある日カルルソン氏が催したパーティーで、トルコ音楽を聴くという喜びに触れた。喜びといっても奇天烈なものに触れた喜びだ。楽器演奏も歌も全く心地よいと思えない奇天烈さだった。一種のヴァイオリン弾きは、陛下の余興の際に誰よりも才能を発揮する演奏家だということだが、荒っぽい弓使いで楽器をキイキイいわせ、みんな歯が浮きそうだった。その後でこれもまた第一級だという歌手が耐え難い鼻声でがなったが、それが滅多にないようなめそめそしたメロディーだった。トルコ生まれの観客の中にはこれを心の底から称える者があり、大歓声を上げてこの二人の素晴らしい才能を喝采していた。この喝采を聞いて僕は哀れに感じた。僕には考えも及ばないのだが、どうして耳障りな交響曲や鼻の奥から出てくる金切り声に支持者が見つけられるのだろうか。でもこれよりももっと驚かなければならないことがあった。これとは別の機会に同じ人々にフランス音楽を披露したところ、楽器演奏も歌も哄笑をもって迎えられたのだ。これは言語道断であり屈辱的な出来事だった。このとき僕は十人十色、蓼食う虫も好き好きということわざを思い出したのだ。実際ものの好みというものは恣意的なもので、自分の趣味に人を従わせるのは横暴だと言ってもいいだろう。フランス音楽がメロディーと穏やかさをことととするからといって、それが鋭いキンキンした音にはいいところがないということの証明にはならない。この世界では全てが、どのように育ったか、どのような習慣をもっているかによって変わってくる。フランス人はけたたましい音を不快に感じるけれど、これを耳に心地よいと感じる人が、同時にフランス人が好むような穏やかな音楽を聴いて気分を害するかもしれない。どういうものが気持ちよいのか、何が心地よいのかについて、決まった規則はない。鼻から声を出して歌うだなんて滑稽でとても耐えられない欠点だとフランス人は考えるが、こういう歌い方が好みの音楽愛好家はフランス人が喉を震わせて歌うのを聞いて肩をすくめて顰め面をする。誰が正しくて誰が間違っているのだろうか。どちらかに決めるのは難しいと思う。誰も自分が関わる問題を裁くことはできないのだから、マスタードが好きな人がジャムが好きな人よりも趣味が悪いと主張するとしたら、軽率とのそしりを免れないだろう。どの党派の心証も傷つけることなく言える最も理にかなったことは、現世においては何もかもが同様に滑稽であり、完璧なものが存在するとしたら、それは思い込みの中にしかないということだ。

　マルセイユでは王国船隊への乗船許可を得るのが難しかったが、コンスタンチノープルではそれほど難しくなかった。グランドヴェーズ騎士が自ら船長を務める船に僕を招いてくれたのだ。僕のトゥーロンまでの旅路を気遣ってくれた船長とその弟[026]の善意には感謝しかない。ここで感謝の言葉を繰り返しておきたいところだが、二人とも謙遜を旨とする方なので、その意に反することはしたくない。

　ずっと逆風だったので、曳航(えいこう)してもらって錨地(びょうち)を出るしかなかった。二日間の航海の後、そろそろ水路を出ようというところで風がなくなり、アジア沿岸に三、四日停泊することになった。ようやく弱風が吹き始めたので、ケーリュス氏は出発の号砲を撃った。船は碇を上げて出航した。この船は幸福丸という名前だったが、これほど似つかわしくない名前は他にない。このひどい川船（重量区分では川船に当たる船だった）は舵(かじ)が利かず、いくら正しい航路に向けようとしても水路の潮に流されて、ゆっくり陸地に向かっていた。座礁するのではないかという警戒感が乗組員の間に広がった。幸運なことにグランドヴェーズ氏は冷静さを失わずに小舟を海に導き、小さな碇がついた綱を水路の真ん中にもっていって、その綱で曳航してもらい、沖合に出ることができた。それでも船は相変わらず言うことを聞かず、ダーダネルス海峡を後戻りし、その状況で沿岸の城の挨拶を受けることになった。トルコ人諸氏はこの場所で砲弾で挨拶するのが習いである。許可なく前を通ったらただではおかないということを知らせるためだ。大砲の口径がどのぐらいなのかは見ればわかる。砲弾[027]はだいたい直径が一五プースから一八プース〔一プースは約二・七センチなので、四、五〇センチ程度の大きさ〕ぐらいだ。ときに砲弾が水上を二十回ぐらい跳ねて対岸に飛んでいくのが見えた。僕はスミルナに行く心積もりをしていたが、もしも行けたらこの旅行は楽しかっただろうなと思う。古代エフェソスの遺跡を見たいものだと期待していたのだ。そこは女性の貞節と軽薄さを同時に体現したいちばん有名な例であるあの寡婦[028]が暮らしていたところだ。そこでディアナの見事な神殿[029]がどのぐらいの大きさだったのかを確かめるつもりだった。莫大な費用をかけて建設されたが、有名な狂人[030]が自分のことを話題にしてほしいがためだけに燃やした神殿である。しかし船長は決意を翻し、寄り道せずにキオス島に停泊した。驚いたことに、詩人たちはこの島ではなくてチェリゴ島[031]の方を選んで、そこに美しい愛の女神の息子が屋敷の本館を建設したことにしたのである。これが諸島の中で一、二を競う快適なよい島であることには異論の余地がない。ヴィーナスを称える有名な詩人たちは名誉ある人々であり、間違ったことを言っていないと考えると、かつては魅力的な場所だったのだと信じなければならない。でもその時代から全てが劣化してしまい、今や地面までが以前と同じではない。キオス島の女性は愛らしいが奇妙な服装をしていると思った。キオスの女性にとっては丸くて釣り上がった肩が完璧な肩なのである。自然のままではこのこだわりを満足させることができないので、指四本分の厚さの詰め物をした上着のようなものを使って、人工的に欠点を補うのだ。スカートは脇の下からつながっていて、ぎりぎり膝を隠すくらいの長さだ。さらにまた、脚がまっすぐであることが美点だと思われていて、柱のような形の脚がよいとされる。脚が細いからといってそれを自慢したいフランス人の中にこの国で成功する人がいるだろうか。世界には相反する服装や行動様式が大変に数多くあるが、そこからどういう結論が引き出せるだろう。流行に乗ることが常に理にかなっていると考えられるということ以外にないように思われる。

キオス島を出発し、強い追い風に吹かれてマルタに向かった。そろそろ着きそうだというときに、哀れな我らが幸福丸は大いに苦しみ、ほとんど舵が利かなくなっていた。

きっとみなさんご期待の話題は、聖ヨハネ騎士団〔マルタ騎士団として有名な騎士団〕の僧兵で有名なこの島はどういう島か、島の城塞はどのようなもので、町がいかに美しいかなどだろう。同様にたぶん、敬虔に信仰を守る騎士団が罪のない娯楽をいかに楽しんでいるかについて少し話してほしいとご期待ではないだろうか。騎士団のオペラについて、つまりは素敵な歌姫たちについて。勲章をつけた指揮官たちが歌姫を囲い者にして、騎士たちがそのひもになっていると言われている。実際、この種の真面目な回想録にはこのような考察がそぐわないものだとは思わないけれども、残念ながらそういった考察をすることが全く無理なのだ。ご存知の通り、レヴァント地方〔レヴァント地方は地中海東岸地方のこと。広義ではトルコも含まれる〕から来た船はどれも、どこの港に着くにしても、検疫をしなければならなくて、入国を求める船にどのような疑いがかかり恐れられているかによって検疫期間がかなり長くなる。マルタ人に要求された検疫期間は長く、とても認めがたいと船長は判断した。そういうわけで舵を直すのに必要な間だけ入港して、その後すぐに島を出発したのだ。このとき英国の船艦が十八隻から二十隻ぐらいイエール諸島〔南仏地中海沿岸の諸島。トゥーロンの南東にある〕に停泊していた。この島の沿岸に近づいたとき、ケーリュス氏が戦闘合図を出した。フランスと英国の間の関係はまだ公式には破綻していなかったが[032]、しばらく前からこの二つの国の間には一種の不和があり、ときに小さな間違いが起こることがあったが、それは特に夜に出くわした場合のことだった。真っ暗闇なのをいいことに大砲をたっぷり撃ち合うが、日が昇るとお互い丁重に謝罪し、友好的にお別れするのだ。

僕は英国人を盲目的に愛していたし、戦いに勝つことにも全く無関心だったので、こういった前哨戦を大変不満な目で見ていた。必要なときには命を賭けろと言われてもそんな熱意は全くなく、その危険を冒さねばならないような状況にならないでほしいと心の底から願っていた。幸運なことに僕の願いはかなった。うまく風に乗れて、艦隊が見えても何の障害もなく通過できたのだ。頭が軽い軍人[033]は、この身分によくある偏見に満ちているものだから、こんなに正直な告白を聞いたら間違いなく僕のことを非難するだろう。でも僕にとっては理性的な人々が同意してくれれば十分で、同意しないことはないものと期待している。実際もし戦闘したとしたらどうなるだろう。他のみんなと同じように僕も銃をもって戦って、その結果手足がもげたり、片目がつぶれたり、顎が折れたとして、僕にとって何か得なことがあるのか教えてほしい。僕は乗客なのだから、王宮が僕の熱意を償ってくれることは期待できない。勲章や賞与は軍に関わる仕事をしている人だけのもので、僕がそういったものをいただけるわけがない。それでももし全く予想に反して軍人扱いされたとして、深紅の綬章をボタンホールに差したり、ちょっとした年金をもらったりしたところで、それで手足がなくなったことを忘れさせることなどできまい。さらに、二本の松葉杖をついてよろめく姿や、片手でしか鼻がかめない姿をひけらかすことの名誉が、しっかり二本足で立ち、気紛れで右手でも左手でも鼻がかめることの喜びと等しいということもあるまい。こんなものが本当の償いだと僕に信じさせることができるとは思わない。その反対に間違いないと思われるのは、栄誉ある名士の傷痍兵の中に、もしできることなら元の姿に戻りたい、そのためには軍神の月桂冠を全て犠牲にしてもいいと思わない人は一人もいないだろうということだ。僕は自分の身体に何も余計なものはないと思っているし、全体のバランスが好きなのだから、いくら栄誉が得られるといっても少しもためらうことはないだろう。

英国人はさっき言ったようにイエールの錨地から出られなかったので、我らが船隊は悠々とトゥーロンの錨地に入ることができた。検疫で錨地にとどまらなければならなかったのは八日間だけで、その間僕たちは二、三回検疫所に行っていい匂いの濡れた藁と古い靴を取ってきて、それに火をつけた。これはペストに対する確実な特効薬ではないとしても、少なくとも保証できるのは、これで間違いなくいい匂いを根絶できるということだ。

入国を許されるとすぐ、みなそれぞれに散らばっていった。かつてノアの方舟から下りた全ての生き物、動物、その他がそうしたように。翌日僕はパリに向かったが、到着していくらも経たないうちに高熱に見舞われた。きっとコンスタンチノープル滞在中に血中に忍び込んだペストの精気か何かのせいだろう。どうしてそう思うかというと、身体中にたくさん吹き出物ができて、特に脇の下がひどかったからだ。天使と議論しに行く羽目になるのではないかと怖かったことがあるとすればこのときのことで、病気がかつてないほどに苦しく、長く続いたのだ。ようやく生来の体質のおかげで、それとたぶん大学の冷血先生に飲まされた半樽ばかりの苦い煎じ薬のおかげで、死なずに済んだ。回復するとすぐに、どこに行くかを運任せで決めることにした。素晴らしきアルビオン[034]を再び訪れる前にできるだけ多くヨーロッパを旅してみたいと思っていたからだ。ひょんなことからイタリアに行くことになった。

忘れられたらいけないのでここで繰り返しておくが、僕はジャーナリストになる気も旅行作家になる気もないので、訪れたさまざまな場所の概略をぐずぐず描いたり、自分が出会った人々の風俗や習慣を長々と語ったりはしない。既にこの種の退屈な本は世の中に溢れている。わざわざ僕が模倣や繰り返しによってそのような本の数を増やす必要はないだろう。僕がしようと思っているのはただ、行き当たりばったりで思うままにあちこちに行って、散歩しながら考えたことを紙に書きつけることだけだ。思いついたことがあれば、正直な僕にはこれを書かずにいられない。たくさんのものを見聞きして、前よりもよい人間になったとは言えないが、それでも少しだけ愚かではなくなったはずだ。

海を渡る者の見上げる空は変わるとも心は変わらない[035]。

環境が変わろうとも性格が変わるものではない。生まれつき刻まれた性格がどこに行っても付いて回るものだ。英国人が国を出てヨーロッパのさまざまな国を回ってみても無駄なことで、国に帰れば相変わらず陰気で憂鬱で夢見がちで、多くの場合は人間嫌いのままだ。僕は生まれつき英国人とだいたい似たような気質なので、所用であろうとなかろうとこれまでにした旅行から得たいちばん大きな成果は、本能的に嫌っていたことを理性によって嫌うことを学んだということである。かつてはなぜ僕には人が醜悪に見えるのかがわからなかったが、経験によってその理由が分かった。僕が自ら身をもって理解したのは、たとえ人付き合いに温かさがあるとしても、それは全く人付き合いから生じる不愉快なことや腹立たしいことを埋め合わせてくれるようなものではないということだ。心の底から間違いないと思っているのだが、どこに行っても公明正大さや人間らしさというものは単なる合意による取り決めであり、結局のところは全く現実的な存在をもたない偽物なのだ。人は自分のためにしか生きていないし、自分のことしか好きではない。どんなに誠実に見える人でも、結局のところは上手な役者でしかなく、有無を言わせぬ正直さと公正さの仮面を着けているだけだ。それと反対の理由で、いちばん意地悪で軽蔑すべき人間は、本心を偽るのが誰よりも下手な人だということになる。名誉ある人と悪党の間に何か違いがあるとすれば、これこそがその違いだ。これは反論の余地がない主張だが、この意見に与する人がほとんどいないことに驚きはしない。意地悪で腐った人間にこそ自分をいい人に見せたいという固定観念があるものである。名誉は一種のおしろいのようなもので、これを使って自分の不正を人目から隠すのだ。僕には生まれつきこの不正を隠す才能が備わっていなくて、全く期待外れだ。もし僕にあと二つばかり悪徳があったら、つまり本心を隠したり偽ったりする悪徳があったとしたら、きっと人間とうまくやって行けただろうと思う。実際もし僕がもう少し意地悪だったとして、それでどういう不幸が生じるだろうか。世の紳士と共通のものをもった僕は、他のみんなのように、全くやましく思うことなく隣人を騙す特権を利用することだろう。

でもそれは空虚な望み、無駄な欲望でしかない。

率直であることこそが僕の宿命で、どうしようもなくまっすぐに人を憎むのが僕の性分だ。さっき僕は人のことを知らなくても本能によって憎むと明言したが、今ははっきり言える。僕は人を知っているからこそ憎むのだ。僕が自分を手加減しているのは、性格上自分のことを他人よりも簡単に許すからで、そうでもなければ例外扱いはしないだろう。よって正直に言わせてもらうが、あらゆる生き物の中で僕がいちばん好きなのは自分自身だが、だからといってとりたてて自分を評価することはしない。どんなことをしても僕は自分自身と生きなければならないので、自分に対しては甘くならなければならず、自分の弱さを耐えなければならない。人間について考えると、僕が自分自身と結びついているような強い結びつきは存在しないので、他の人間についても同じように甘くないとしてもそれが奇妙なことだと思うべきではない。ずるい人たちは互いに尊重し合って相手に媚びているが、僕はそこに加われない。習慣に合わせなければならないと僕に言っても無駄なことだ。退屈な変人の話を聞いたり、軽蔑している下衆野郎に愛想を振りまいたりしろと言われてもそんなことは願い下げだし、悪党にお追従を言うだなんてなおさらお断りだ。それは他の人間よりも僕の方に価値があると思うからではない。そんなことが僕の考えであってはならない。その反対に、全く正直に言わせてもらうと、僕には本当に何の価値もない。他のみんなと僕の間にある唯一の違いは、僕は思い切って仮面を外すことができるが、他のみんなはそうしようとしないと言うことだ。一言で言うと、教会の秘密を暴露したＢＭ神父[036]に倣って、僕は人間の秘密を暴露する。つまり厳密な意味で実直な人間など一人もいない。

「何と破廉恥な考えでしょう」と読者のみなさんの多くは叫ぶことだろう「こんなに向こう見ずな逆説を主張できるものでしょうか。実直な人間は一人もいないだなんて。では私たちは何だというのですか」

「その答えはもう言いました。繰り返さなければなりませんか」

「それは困りました」と読者のみなさんは言うだろう「そんな意見を認めなければならないのだとすれば、道徳原理はどうなるのですか」

「それにはこうお答えしましょう。それでも道徳原理は存在するし、道徳原理は必ず人間の意地悪さを契機としてつくられるものなのだから、存在しなくなることはありえません」

法律やよき規律の目的は、生まれつきの性質を変えることでも人間の心を作り直すことでもない。その意図はただ罪を犯しがちな性向に人間が従わないようにさせることだけなのだ。本性が悪いからといってその責任を負わされることはないが、ただ悪い行いの責任だけが問われるのだ。社会に害を及ぼすのは悪をなすことであり、悪をなそうとする密かな欲望をもつことではない。もしも評判や名声といった偏見に満ちたものや、罰せられることに対する恐怖がなかったら、人間は決して美徳というものを知ることがなかっただろう。この二つが人間を縛るのであり、これのおかげでお互いの安心が得られるのだ。

このように突拍子もない感覚をもっているのに、僕が喧噪に満ちた世界の中で生きていることに驚かれるかもしれない。知っておいていただきたいのだが、僕は生者の中にいながら孤立した存在だ。僕にとって世界は終わりのない見世物を提供してくれるところであり、それを僕は無料で楽しんでいる。僕は人間を道化師のようなものとして見ているのであり、ときには笑わせてくれるけれど、好きでもないし評価もしていない。そもそも永遠に一人でいることはできないものだ。よかれ悪しかれ少しは仲間がいた方が時間を過ごすのに役立つ。

僕が気づいたのは、人付き合いにおいて人生を快適なものにする唯一の方法は、表面的にだけ知り合い、いわば後味がよいうちに別れるということである。相手のことをよく知りすぎると、必ずその後に嫌悪感がついてくるからだ。

これこそが旅行者のいいところで、旅行者というものは誰にも執着することなく新しい人付き合いを始めることを繰り返すものだ。人の欠点に気づく時間もないし、人が自分の欠点に気づくのに十分な時間もない。みんな親切そうに見えるし、自分の方も親切に見せられる。僕のことをよく知らないからこそ高く評価してくれる人がいるが、でももし今このとき、本物の僕をゆっくり見る時間があったら、最低に屈辱的な言葉を吐いて僕を軽蔑して非難する人がその中にもきっとたくさんいることだろう。同様に外見が立派なので僕の方で大変に高く評価した人がいるが、もしあとほんの数日長く付き合ったら、ただの下衆野郎にしか見えなくなったというような人もたくさんいることだろう。人間はみな一般的に言って布きれによく似ている。最初の一目はきれいに見えて気に入るが、長く使うと目も当てられないものになってしまう。恥ずかしいことだが、僕もしばしば屈辱的な経験をした。さまざまな場所でさまざまな人が熱心に僕と知り合おうとした。ありがたいことに多少のよい評判があったからだ。最初の数回は会って話すと大変会話が盛り上がり、楽しいものだ。そのとき僕は魅力的で素敵な人間で、僕が話すことは何でも素晴らしい言葉に聞こえる。どんなに当たり前のことでも僕の口から出るとまるでうまいことを言ったように聞こえるといった具合だ。ところが最終的にはどうなったか。幻想が消え、よいところが秤（はかり）にかけられ、僕はまた独りになった。もし会って話すことが二度ほど少なかったら、評判を保つことができたかもしれない。繰り返すが、よい人付き合いがしたいというのなら、表面的にしか付き合わないのがいい。付き合いが長きにわたると、布きれのように使い古されて、関心の対象から外れてしまう。

初めてのことだが、人間の心についてずいぶん哲学的なことを述べてしまった。読者のみなさんには一息ついてもらい、教皇狂いの国にご案内することにしよう。

くたくたになってひと月を過ごし、ようやくあの名高き町に到着した。以前は世界の首都で、今日もまだキリスト教世界全体の首都である町である。皇帝の座に座っているのは一種の魔術師で、かつては詐欺まがいのことをしてほぼヨーロッパ中の人々に対する絶対的な権威を手中にし、各国の君主を自分の家来にして、誰を王位につけるかも自らの思うままにしていた。しかし暴政があまりに目に余る状態になったので、信者の多くも事実に目を開き、今やこの魔術師の信頼は衰えてしまい、今日この男がもっている権威はかつての権威の影のようなものでしかない。今やお守りを売って、信仰心さえあればこのお守りでどんな病気でも治りますよとのたまうというていたらくだ。この魔術師はこの種の不思議な秘密を他にも知っているが、中にも特に染み取り石の効能を自慢している。この石を使えばどんな魂の汚れも取り除けるというのだ。それはともかくとして、約二百年前に二人の治療師が現れたが、一人はマルチン、もう一人はジャンという名前だった[037]。同業者ならではの嫉妬から、この二人はこの魔術師の薬を非難して自分の薬を配ったが、これが大成功を収め、魔術師の顧客の半分を奪ってしまった。この分裂が起きてよかったことといえば、以前は無理やりだろうと自ら進んでだろうと魔術師の包みをつかまされなければならなかったのに、今は選ぶことができるということに尽きる。

この魔術師にはとても変わった癖があり、人前に現れるときには必ずある仕草をする。繰り返し二本指で空を切り何かを追い払うようにするのだが、うるさい蝿（はえ）にまとわりつかれているかのようである。それでもこんな癖があるとそのうち滑稽だと思われるようになるのではないかと見越して人々にほのめかしたのは、自分は闇の悪霊を嫌っているのであって、蠅を追い払っているのではないということだった。この説明で俄然この仕草の信用が高まり、魔術師が少しでも動くとみんなひれ伏すようになった。

同様に預言者マホメットが持病の癲癇を利用して馬鹿なイスラム教徒に信じ込ませたのは、発作に襲われたときに自分の身体を揺り動かしているのはガブリエル天使だということだった。有力者はこのようにして庶民の信じやすさを利用するもので、弱点さえも崇拝させる。ローマに着いて数日後、この国の貴族だという人と知り合った。フランスとヨーロッパのさまざまな場所を旅行したことがあるのだという。二人の知り合い方はフランス風だった。つまり最初に会ったときから、とても短い時間をコーヒーを飲むのに使ったのである。この貴族というか紳士はB伯爵と呼ばれていたが、この伯爵というのは中身のない称号で、イタリアには伯爵が溢れている。ドイツに男爵が溢れているのと同様だ。それに余談だが、この伯爵は実はとある枢機卿と小間使いの間の所業の産物で、気持ちよく付き合える青年であり、素敵な放蕩者の称号にぴったりであるような人物だった。貴人のもつ美点を全て備えていたのである。酔っ払っては女性を辱め、賭博ではペテンをし、その言葉の中に真実は一つもなかった。一言で言うと、金を借りるが決して返さないような男だった。父親の枢機卿は亡くなるときにローマの通貨で二千エキュばかりを一括で遺贈していた。この額から得られる収入は大したものではないので、これを使って世界を見た方がいいと思い、そうするうちに運試ししようとしたのだ。この計画はうまく行かなかった。三年間留守にした祖国に戻って来たが、教養とマナーは身に着けていたものの、一文なしになっていた。それでもこの男の生まれを随員たちは忘れていなかったので、その中で大変に慈悲深い者たちが、というよりはむしろ義理堅い者たちが毎年特別手当を支給した。これを使って伯爵はなんとか体面を保ち、誇りをもって伯爵領の名誉を保っていたが、その誇りたるやまるでピエール・ド・プロヴァンス[038]の子孫ではないかと思うほどだった。

伯爵と僕はとてもよい友人になったので、伯爵は優しい愛の対象をためらうこともなく僕に紹介してくれた。そこまで親切にしてくれなかった方がもっと感謝の気持ちが大きかったのではないかとも思うのだが、その辺はよくわからない。疑いようがないのは、そのせいでひどくたちが悪い病気にかかってしまったということで、それ以来僕は旅行中にこの病気を広めている。そうすれば何度も同じところに戻らなくてもいいという倹約の精神からそうしているのだ。このちょっとした事故の他に、この素敵な放蕩仲間には四十ゼッキーノ〔ヴェネツィアの金貨。一七七〇年頃には一ゼッキーノがフランスでは二十二リーヴルに相当したとされる〕ぐらいちょろまかされていたということもあり、二人のいい関係は断ち切られることになった。二人はさっさと別れたが、それは出会ったときと同じぐらいの素早さだった。

このときまで時間の使い方がよくなかったと後悔しなければならない理由があったので、残っている時間をちゃんと活用することに決めた。古代の建造物の貴重な遺跡や世界中で賛嘆されている芸術作品を全部見てやろうと思ったのである。

どうして僕には高名な文学者の高級な趣味、完全な知識、素晴らしい描写の才能がないのだろう。直接見たわけでもないものを、借り物の言葉をいくつか使ってこの上なく華麗なイメージで描き出す稀有な秘密の才能が僕にもあればよかったのに[039]。きっと安っぽい天才として名を上げるいい機会になるだろう。アーキトレーヴ、フリーズ、柱頭、浅浮き彫り。構想、構成、配色法、反射。こういった用語を賢そうにしかも多用せずに文章にちりばめると、見事に文章が薫り高くなり、作者の価値を大変に高めるものなのかもしれない。でも僕には才能が足りないのでそんな試みができない。このように断固たる調子で語るのは僕には似合わないのだから、せいぜいのところ僕に言えるのは、あらゆる種類の偉大な作品を目にしたということだ。しかし正直なところ、美しさは理解できたとしても、それほど心を動かされることがなかった。本職の作家の秘技の手ほどきを受けていないからだろう。それでもここで一言言わせていただきたいのだが、みんな古代人についての思い込みがあまりに強すぎると思う。何事においても古代人が優れていたということにしたがるのは一種の狂信であり偶像崇拝だ。古代人の業績は模倣できないと主張するのは間違いだし、古代人とは比肩できないとするのはさらに間違いだ。そもそも僕は自分の能力が及ばないことについては深入りしていないと言っているのだから、ただ人と反対のことばかりを言っているという滑稽な印象を与えたくはないが、例を挙げて説明しよう（ここで僕が言うことは通人の言っていることの繰り返しでしかない）。現代人は古代人に劣らないと言えることが数限りなくあり、古代人を凌駕（りょうが）している場合すらたくさんあるのだ。たとえば、聖ピエトロ大聖堂[040]の建築様式と壮麗さ、規模、均整、格調高さにおいて並びうる建造物が他にあるだろうか。あの見事なルーヴル宮の列柱[041]と比べうるものがあるだろうか。あの列柱は何も知らない馬鹿な人間も賢明な識者も魅了するものだ。それにピュジェ[042]のものよりも優れた彫刻がどれぐらいあるだろうか。というよりも、ピュジェの彫刻の隣に置けるようなものですら見つかるだろうか。これらの傑作に足りないものは古さでしかない。古さというものが盲目的に崇拝されるのは先入見によるものだが、そのために全くありふれた作品ですら、それが時代を刻印されたものであればとてつもない値段がつくのだ。

モザイク画というものは確かにとても古い技法だが、過去のモザイク画は今のものと比べて何と粗雑なのだろう。数年前からこの種の絵を実に上手く細やかに制作する秘訣（ひけつ）があり、筆で描いた絵と見間違うこともある。初めて聖ピエトロ寺院のモザイク画を見たとき、実際に僕は見間違えたが、それと知らされて一度目よりも注意してよく見て初めて自分の間違いに気がついた。

このことだけでもわかっていただけると思うが、古いものでなければ何でも批判し、ものが優れているかどうかをそれがどれだけ古いかによってしか判断しないようなひたむきな人がいるけれど、僕はそのような人間ではない。この滑稽なこだわりで損をしている人がたくさんいるではないか。ローマで紹介された古物商に、オト皇帝043時代の金貨なるものを二百ゼッキーノで買った人がいたが、これが全くそれと見てわからない代物で、緑青で覆われていた。この金貨を売りつけたのは彫刻家だった。この彫刻家はとても器用な人間だが、近代人であるという欠点があった。この理由だけで作品が軽視されるのに十分なのだ。そういうわけで、才能が溢れているのに、哀れな男は飢え死にしそうだった。必要性から思いついたのは、この世間から受けている不正に仕返しして、愚か者を馬鹿にできるような方法だった。骨董品を偽造することにしたのだが、それも完璧に上手くつくったので、この種の吟味に長じている名だたる人々すら騙されてしまった。この巧みな詐欺から生まれたよい結果が二つあり、両方とも実体をもつものだ。一つは、それまで食うに困っていた優れた芸術家が飯の種を手にしたということ。もう一つは、頑固な狂人と呼んでもいいような数多くの人々がこの詐欺によって痛い思いをし、さらにこの狂気から立ち直った人もきっといただろうということ。これからは全財産を注ぎ込んでつまらないがらくたの山をつくらなくても済む。

かつての英国人はこの趣味に金をかけるという悪癖が実に目立っていたが、これを正してやった結果、少しまともになってきた。今や英国人の多くは駅馬車で欧州旅行をすることで満足していて、旅行の間は細心の注意を払って、馬を交換する場所や上等のワインが飲める場所についてメモをとっている。二、三年も見かけないと思っていると、どこかが欠けたブロンズ像やぼろぼろになった絵画を国に持ち帰っていたことがわかる。それによって時間を上手く使ったとわかり、英国人は申し分のない教育を受けているということになる。

それはともかく僕の話に戻ろう。伯爵様と仲違いして以来、僕はまるで聖職禄を求める坊主のように朝から晩までローマ中を駆け回り、名所や名品を見てはテストーネ銀貨[044]をばらまいていた。正直に白状しても恥ずかしくないが、美しいものを数多く目にしたけれども、その中に他の人から聞いたことによって美しいと思ったものがたくさんあった。自分自身の目で見て美しいと感じたわけではない。僕は自分が無知だと正直に告白したが、これが慎みをもたない長広舌を振るう人たちの薬になったらいいと思う。こういった人たちは自分でも理解していないことをいつでもあだこうだと決めつけたがり、マスカリーユ侯爵[045]のように何も学んだことがないくせに全てを知っているつもりだ。デリケートな耳の持ち主にとっては残念なことだが、この種の鼻持ちならない人間が世の中には多すぎる。恥ずかしいことだが告白せねばなるまい。僕自身がそう呼ばれてもしょうがないことがよくあった。それにほとんどの旅行者が同じ穴の狢（むじな）だ。人が話し好きなのは普通のことで、愚か者は喜んで話を聞く。そのせいで話し手はその気になってしまう。喝采されるとうれしいものだし、会話の主役になっているという喜びに引きずられてしまい、すぐそれに慣れてしまう。そのうち理性的な人に対しても馬鹿な人に対しても同じように自惚れた話し方をするようになり、結局は社会の疫病神、嫌悪の対象になってしまう。このことから結論を言うと、旅行というものには一般的に言ってよいことよりも悪いことの方が多いということになる。自然というのはけちくさいもので、自らが選んだ者にしかバランスがとれた素質を与えないものだが、そういう人でもなければ、旅立ちのときよりも少し滑稽な状態になって国に帰ってくるということもままあることなのだ。愚か者が地球の裏側に行ったとしよう。出発前にはみんななんとかこの人のことを我慢していた。その愚かしさは哀れみの対象だったが、帰ってきたらもうたまらない。これはただの化け物で、こんなうすのろは門前払いなのだ。

秩序を守る真面目で冷静な人、首尾一貫した考え方の方を好むみなさんは、たとえその考えの意味が空虚なものであっても、とりとめのない論考よりもそういう考え方の方を好むものだ。僕の論考はとりとめのないもので、とはいえたぶんかなり優れたものだと思うが、それでもそういったみなさんはわざわざ貴重な時間を使って僕の文章を読まないでほしい。お知らせしておくが、僕の精神はあえて規則を無視し、りすのように枝から枝へと跳び移り、どの枝にも長居はしない。このことを覚えていてほしい。左右対称に並べたからといって、そのために料理が極上になるわけではないし、秩序が行き届いた宴会でのごちそうがいちばんおいしいわけではない。思考が調和しているかどうかは問題ではなく、正しくて理にかなってさえすればいいのであり、大切なのはそれだけだ。それでも読者のみなさんは僕がローマでどういうことに気づいたのかを知りたいというのだろう。ただただ素晴らしいことばかりだ。これぞ本物の楽園である。ローマで人は好きなように暮らし、大いに楽しんで生きている。そこそこ熱心に神様にお祈りをしている。そして何よりも、他のどこで暮らすよりも容易に救いが得られるのだ。この場所が許しの源であり、直接許しを手に入れられるのだから。このことについては、罪人の便宜を図った慣行が聖ピエトロ寺院で定められているということが実に示唆的である。教皇に従う人々がみな同様の特典を手にできるようにした方がいいのではないかと思う。霊的指導者がある時間になると告解室に待ち構えていて、長い棒を手にもっているのだが、これで前にひれ伏す信者の頭を叩くのである。聞くところによると、この棒には確かに小さな罪であれば消し去ることができる魔法のような力があり、たとえ数え切れないほどの罪を犯していたとしても問題ないのだそうだ。いったいどうして同様に大罪も取り除くことができないのだろう。それでもどんなことにも釣り合いがなければならないので、大罪の重さを考えると、これを根こぎにするためには棍棒を使わなければならない。これは辛い荒療治になるだろう。おそらくそういうわけでこの治療法を用いないのではないか。

　他にまだ僕に聞きたいことがあるのではないだろうか。たぶんあの見事なスリッパ、この世で神様を代表している人のすごい部屋履きに僕が口づけしたかどうか、それが知りたいのではないかと思う。僕はそんなことはしなかった。自分がフランソワ先生[046]よりもその行為をするのにふさわしいとは思っていないからだ。震えながら教皇様のありがたいお尻に口づけするだけでも僕にとっては名誉が過ぎるし、それが重厚で純潔な睾丸（こうがん）でも余りある光栄だ。それでも幸運なことに鉄砲で撃てばすぐ当たるような距離で何度か教皇の祝福にあずかったことがある。つまるところ、遠くても近くてもありがたさに変わりはない。聞いた話では、死に際にこの素晴らしい恩寵を賜った人は、どんな人間であっても魂が打ち上げ花火のように天国に直行するのだという。どんなひどい罪に汚れた魂でもそうだというのだから驚きだ。こんなに安上がりなら、僕も最期に罪の許しを得たいものだ。もちろん今すぐというわけにはいかないが。ああ、あれはなんと美しい光景だろう。あのペトロ[047]の祝福されし後継者の足元に枢機卿たちがひれ伏して表敬し、まるでそれが聖遺物であるかのように、手袋をしていない右手に口づけるのである。これほど数多くの聖なる魂の持ち主が恭順を示すこの由緒正しい行いこそ、教皇という人間がとてつもなく優れているということを雄弁に証明しているのではないだろうか。自らの目でこんなに宗教的な儀式を見ていながら、教皇の不謬性を疑ったりしようものなら、有無を言わさずこの世界から地獄に落とされるのではないか。

ローマについては読者のみなさんにお話しするような特に面白いことをもうこれ以上知らないので、みなさんさえ同意してくれるならば今度はナポリにお連れしよう。みなさんにとっても僕にとっても、これで退屈が逃れられるというものだ。確か「スペクテイター」[048]に書いてあるのを読んだと思うのだが、ロンドンのなにがしがカイロ地方に旅行に行ったが、その目的はただピラミッドの寸法と高さを測るためだったという。では僕にはこの狂人の本の第二巻を飾る栄誉があるだろう。ただヴェスヴィオ山に登るという目的だけで僕はナポリ行きを決めたのだ。汗水垂らして火山の山頂に到着したが、そのとき僕の目に見えたのはただの大きな穴と一面の煙だけだったのだから、僕の好奇心がどの程度満足したのかは簡単にわかるだろう。目的にたどり着くまでにこのようにとんでもない努力をしなければならないことがあるが、これは世間の日常についても比喩的な意味で当てはまる。地位や肩書き、名誉などは大変にいいものだという幻想を人は抱き、上りつめるために全てを犠牲にする。ところが目的に到着してみるとこの幻が消えてしまう。何も手に入れなかった、少なくとも大したものは手に入れられなかったことに気づくのだ。このような文章がきっかけになって、誰かお坊さんが重い口を開いて声を上げ、人は幻を追って時間を無駄にしているけれども、その時間の使い方はよろしくないと言って叱責してくれないものだろうか。ヴェスヴィオ山の煙の話題から、この限りある人生においては全てが無常であり虚無であるということについての多くのたとえ話が思いつくのではないだろうか。この雄弁な説教師はきっと伝道之書[049]の伝道者とともにこう叫ぶだろう。「空の空なる哉都て空なり」[050]この説教師の言うことは正しい。僕もこの人と唱和して、日時計に書いてあったこの見事な格言を繰り返そう。「世界の栄光は影のように通り過ぎる」[051]大きな者も小さな者も栄光とともに消え去り、ヨブ書の言葉のように、塵に返って永遠に何の違いもなくなるだろう[052]。でも僕のなけなしの理窟がかような悲しき思想の深淵に落ちて紛れてしまってはいけないので、道徳はお休みにして話題を変えよう。

火山は見た目が醜くて気に食わないところがあり、嫌な気分になったのだが、一方でナポリの町とその周辺地方は大変気に入った。異教の神話[053]についていくらか知識がある人はバイア〔バイアとクマエは現在ナポリ県の町バーコリの領域内にある〕の方に楽しみの種がたくさん見つけられるだろう。そこでは地獄の湖とも呼ばれるアヴェルノ湖[054]が見られる。湖の水は汚く、寂れた場所で、これについては詩人たちの記述とかなり合致していると言える。かつては有害な蒸気が立ち上っていて、飛ぶ鳥がそのために死んだというが、今はもうそんなことはない。雀、つぐみ、かささぎその他のあらゆる鳥が全く突然死の危険を冒すことなく気ままに湖上を飛ぶことができる。

湖のそばにはかつて太陽神アポロに捧げて建てられた神殿の廃墟が今も残っている。そこでシビュラ[055]がアポロにたっぷり愛をふりまいたと言われている。そのためにシビュラは神殿まで続く地下道を通ったというが、この地下道は今も部分的に残っており、その頃からクマエのシビュラの洞窟[056]と呼ばれていて、今日も名前を変えていない。今も残っているものはとても美しく、上手に掘削されているように見えた。好奇心から限界まで行ってみよう、つまり行けるところまで行ってみようと思った。見せてもらったのは、洞窟と別の小さな空間にある、シビュラがいつも水浴していたという泉だった。このことについては他の誰よりも僕の方が詳しいはずだ。この泉にばったり倒れ込んで、鼻を使って深さを測ったからである。そうなったのは明かりをともしていた人のせいだ。水はほんの少ししかないが石はたくさんあったので、溺れる前に不具になりそうなところだった。運がいいことに、顎の軽い打ち傷と大量の水しぶきだけで済み、これのおかげで肌が多少涼しくなった。こんな話よりも本来の形に近いシビュラの物語はこのようなものである。聞くところによるとこれは上品ぶった女で、人に知られずにアポロの神官に抱かれるためにこの洞窟を掘らせたということだ。洞窟はこの愛人の家まで続いていたという。クマエの住民にはうまいことを言って、暗くて狭苦しい場所に閉じこもっているのは、よりしっかり心を落ち着けて瞑想の邪魔をされないためだと信じ込ませたのだ。この計略は上手く行った。見たところではがちがちに品行方正なので、町の人々は心の底から信用していたからだ。シビュラはしょっちゅういなくなるけれど、それは神様が洞窟に現れて神秘を顕しているからだと、庶民は気づかぬうちに信じ込んでいた。人は愛によって、いつの世もこのようにあの手この手で濡れ事を隠す手立てを仕立てあげるものである。迷信深くて無知な人々は、不思議なことならいつでも歓迎で、全く世俗のやり口についてすら宗教的な解釈をすることがよくあるのだ。今日の世界にも今もなお、身が固いと見せかけている女がどれほどいることだろう。このシビュラと同じように、人に尊敬されて評価を保ったままなのに、愛の方は全く犠牲にしないのだ。僧服を着た偽善者がどれほどいることだろう。このシビュラのように敬虔さを装ったいかめしいベールで色欲を隠し、ありとあらゆる放蕩に溺れながら評判を落とすことがない。快楽というものをいくらかでも知っている人ならば誰でも、こういった真面目な人々が味わう快楽は、世の喧噪の中に生きている人々の快楽よりも甘美なものだということに同意するだろう。礼節を保って賢くあらねばならないという義務が、自ら選んだ身分に分かちがたく結びついていて、これがブレーキとなってかえって欲望を駆り立てることになり、言ってみればこのために欲望で絶えずはあはあ言っているのである。この欲望を解消してくれるものが何もないので、いつも愛の対象で頭がいっぱいなのだ。このような人たちにとっては神秘と義務こそが、あえてこういう表現を使うが、快楽のスパイスでありソースなのだ。信仰でがちがちの善男善女は自己犠牲を見せかけているけれど、これが性愛に関してはえもいわれぬ刺激になる。愛の喜びを禁じられた果実にすることでより美味のものにし、人目を忍んでこの果実が摘めるようになったときにさらにおいしく味わえるようにするのである。隠者は男女共こんなに賢い方策で天にも昇るような喜びを味わっているのに、世俗の人々は無気力で倦怠していて、快楽の最中においてさえ退屈で死にそうなのだ。

ここでお話ししないわけにいかないのは、どれほど激しい欲望の炎が修道服の下に隠れているかを示す一例で、僕が実際にフランドル地方で体験した出来事である。ある日SからBに向かう馬車で僕は二人の修道女と乗り合わせることになった。一人はほぼ目が見えないしなびたお婆さんで、ぶつぶつお祈りを唱えたり居眠りしたりを繰り返していた。もう一人は十八歳か二十歳ぐらいの若い娘で、かわいらしい顔をしていたが、尼さんにふつう備わっているあらゆる魅力を備えていた。つまり、薔薇色と百合色が入り交じった、若々しく潑剌とした顔色で、肉付きがよすぎもせず悪すぎもしない。とても美しい目からはときとして生き生きした熱い視線が覗き、努力して慎み深い目つきにしようとしているのにそれがかなわない。それだけではない。双子の球体が小刻みに揺れ続け、胸飾りの締めつけに逆らおうとしているようだ。ああ、今でも思い出せる。何と真っ白で真ん丸で、触ってみると硬くてなめらかだったことだろう。こう言えるのは、実際に僕はこの見事な乳房に触り、口づけして、舐めたからだ。こんなに都合がいいシチュエーションはありえなかった。雨風をしのぐために窓の革のシェードを下ろさなければならなかった。この暗闇のおかげで僕は大胆になった。手袋を落としたことにして、探し回るふりをし、このかわいい娘の服の中に片手を滑り込ませた。このとき娘は身震いし、これで僕は何をしてもいいとわかった。娘を両腕に抱き、燃えるような唇に僕の唇を合わせ、恋人同士のように舌を絡めて口づけをした。この素晴らしい口づけで二人に火がついた。一言で言うと、燃えるように興奮した二人の魂は溶けて液体になり、滴るかのように思った。キリスト教徒の淑女はなんとおいしい生き物なのだろう。こんな女たちの純潔の誓いを破らせるのはなんと心地よいことだろう。

パルテノペ[057]の墓とマントヴァの詩人[058]の墓があるところに話を戻そう。無知な人は口を揃えてそれはナポリのことだと言うだろうが、教養人はそんなに単純な話し方をするものではない。知っていることの証拠が挙げられないなら、知っていても無駄ということになるだろう。人間の知識と精神の関係は衣装と身体の関係に等しい。もしも人との付き合いを永遠にすっぱり断って閉じこもってしまったとしたら、精神も身体もきれいに飾りたてたいとは思わないだろう。人の目が人間の競争心と虚栄心を養うのだ。まさに人の賛同を得たいがために、想像力がしばしば逸脱し、馬鹿げた話を思いつかせる。

ナポリの名勝の中では、ポッツォーリの洞窟[059]が見事だ。これは一種の一枚岩を掘った七、八百歩ばかりの長さの通路だ。とはいえ、このような建造物を初めて見たときは驚くけれども、つい近くから見るようなことになるとその驚きが半減してしまう。堅固な岩だと思っていたのに、目に見えるのは粘土や砂を固めた土ばかりなのだ。パリからフォンテーヌブローまでの短い道でも平坦にするのにもう少し手間がかかったのではないだろうか。自然の驚異については、ソルファターラ[060]が誰にとっても好奇心に値するものである。いったいどれほど多くの硫黄の煙がこの山から絶えず蒸気になって発散しているか想像もつかない。いつかこの国が滅んで廃墟になるのではないかと恐れる人がいたとしても驚かない。可燃性物質が絶えず揺動してせめぎ合っているために、国があちこちから蝕まれていると考えるとしてもおかしくないからだ。

「犬の洞窟」[061]は狭いところだがとても暑く、長い間ここにいると足にやけどをしてしまうだろう。ここで哀れな犬が、誰か外国人がやってきたとき、いつも必ず主人のために瀕死の苦しみを味わわなければならない。ジャン・ド・ニヴェルの哀れな奴隷[062]をここに寝かせると、一分以内に目が飛び出し、舌を出して身体を膨らませ、恐ろしいひきつけを起こす。僕は隣人が苦しむのを見るのが全然好きではないので、まずはこの非道な実験をやめさせて、被験者を解放してやったが、犬はもうひどく酩酊していて、立って歩くのもおぼつかなかった。

その近辺には自然にできた室もあるが、この室には血を浄化する力があり、性病の病原のせいで凝固したリンパも治すことができると言われている。もしそれが本当の話なら、この国で聖コスマス[063]の弟子は膏薬をたっぷり使わなくてもいいだろう。興味深い話のついでに、古代キリスト教徒の迫害に関する貴重な遺物の話をここで付け加えよう。カタコンベの名で知られる巨大な地下回廊のことだ。ここに信者たちがみな家族と逃げ込み、野蛮な異教徒から隠れたのだという。ほとんどの信者がここに埋葬されたために、今日カタコンベは聖遺物の宝庫で、ここで拾ったものを教皇が教会に配っている。中にはこんなことをほのめかそうとする悪質な異教徒もいた。真面目な信徒に混じって多くの悪党もいたので、このありがたい採掘場から掘り出した遺骨は聖人のものと思われているけれど、それが絞首刑になった人のものということもよくあるのではないか。確かに間違いもあろうが、結局のところ信仰があれば問題ないのではなかろうか。教皇がうっかり車刑や絞首刑になった人の骸骨を祝福してしまったとしても、だからといって祝福が無効というわけではないし、崇拝に値しないというわけではないだろう。教皇には操り人形や石ころや棒切れだって聖別する権利があるというのが本当のことで疑いようがないのだとすれば、ぼろぼろの骨を聖化して聖遺物にする権利に誰も文句がつけられないだろう。確かにこういったものを聖化するのは難しいが、いずれにせよ難しさは大差ないと僕には思える。

ここで見られるさらに驚くべきものに聖ジェンナーロの血[064]があり、この血はふつう頭を近づけると沸き立つと言われている。しかしながらこの血はときに機嫌が悪く、いくらお祈りをしようともびくともしないことがあるが、こんなことがあると凶事の前兆だと解釈しないわけにはいかない。名門の新教徒[065]がその場に居合わせたときにこの事件が起きたことがあるが、群衆がそれを自分のせいにしているのに気づき、おとなしくそこから姿を消した。すると本当にこの男が背を向けるか向けないかのうちに奇蹟が起きたのだ。この奇蹟は聖職者のまやかしだと言う口うるさい人がきっといることだろうが、それは僕の問題ではない。僕は何を信じるべきか自分で知っている。

大部分のイタリアの町では、教会と同様に、劇場にも聖人やら何やらの名前をつけている。ナポリの聖カルロ劇場は現在目にすることができるうちで最大級の劇場の一つであり、また実に見事なもので、桟敷席が六列ある。この劇場で国王夫妻列席のもとオペラを観たことがある。その日はちょうど国王記念日だった。王宮はお祝いムードで大変華やかだった。美しい出し物に目は満足したけれども、よく聞こえなかったので耳の方は歌声にさほど満足できなかった。叫ぶように声を張り上げることなく歌う国では、大きすぎない会場が最適であるように僕には思われる。こういうことを言うのは、パリのオペラ座の会場が狭すぎるという不満を絶えず耳にするけれども、それも故なきことではないからだ。事実、どんな物事にも釣り合いが必要だ。フランスのように、歌うよりも大声で叫ぶ方が自慢になると思い、大きな音を出して聴衆を電撃ショックで呆然とさせるのがよいことだとされている国では、この手の轟音（ごうおん）に向いた場所はどんなに広くても広すぎるということはないだろう。フランス人諸氏には許していただきたいが、失礼は承知で僕は気兼ねなく説明したい。あなたがたの金切り声といったら不機嫌な上に退屈なものなのだ。僕はこう説明することに決めたが、その決心は不公平や偏見によるものではないのかと疑われるようなものではない。美しいメロディーで人をうるさがらせるこの技術を僕はかつて誰よりも高く買っていたからだ。鼻で笑われ、他の国で歌を聴いて初めて、このことに関するフランス中にはびこる偏見を捨てることができた。

　異論の余地なく、喉の使い方を心得ているのはイタリア人だけだが、これは疑いなくイタリア語の優しい響きによるものだろう。イタリア人が生まれつき歌に秀でていて、他の民族にはそのセンスがないと考えるのは馬鹿げているからだ。センスも知性もフランス人に欠けてはいないが、それでもフランス人は全く歌えない。実際に言語に欠点があり、その欠点のためにこんなことになっているのだと考えざるを得ないだろう。絶対間違いないことは、ヨーロッパのあらゆる国民の中で、フランス人が歌うときにいちばん大きな音を出し、いちばん心を打たないということだ。

幸いにもフランス人は自ら事足れりという態度で、他の国の人に喝采されるかどうかはほとんど気にしない。有名なマドモワゼル・ル・モール[066]は間違いなく世界一美しい声の持ち主だったが、特に激しく喝采されるのは力一杯叫んだときで、その歌声を聞いた人は「完璧だ」、「うっとりする」、「天使のようだ」、「見事だ」と形容したのである。高名なファリネッリ[067]はある日その歌を聞き、これは見事なダイヤだが台座が鉛製だと言った。パリの野次馬連中にとってこのたとえはずいぶん屈辱的なものにちがいない。なにしろこの歌手のことを世界一の歌手だと思っているのだから。とはいえファリネッリが感じたことは外国人がみんな感じていることなのだ。マドモワゼル・ル・モールは見事な声をもっているけれど、フランス以外のどこに行っても聴衆に野次られただろう。フランス語のせいで歌のセンスがもう少しよくなれないのは実際残念なことだ。もしもこの欠点がなかったとしたら、フランスのオペラはイタリアのオペラに劣るとまでは言わない。ちゃんと僕の話を聞いてもらえば、僕は何も無理なことを主張していないということがたぶんわかってもらえるだろう。フランス語とイタリア語のオペラの歌詞を読み比べた結果、フランス語の方がいいと言わない人は誰もいない。確かにキノー[068]を始め多くの近代作家がこのジャンルの傑作をつくっている。《アルミード》、《ファエトン》、《アティス》、《イセ》、《優雅なヨーロッパ》、《四大元素》は[069]、場面と場面のつながり、対話の美しさ、恋愛詩のたおやかさについては、イタリアのどんなに見事なオペラ作品とも比べられないほどに勝っている。音楽については、優れた音楽というものの本質が、情熱を自然に表現する雄弁術にあり、言葉の意味を正確に伝えること、一言で言って考えを描写することにあるというのが本当だとすれば、偉大なリュリにこの素晴らしい才能があるということを否定できるだろうか。リュリを越えるとは言わないまでも、肩を並べることができる音楽家はヨーロッパに何人いるだろう。ラモー[070]のように和声をよく知っている音楽家を何人見つけられるだろう。しかしアルプスの向こう[071]からやって来る音楽以外にいい音楽はないというのが一般に受け入れられている偏見であり、そうは感じないなどと言おうものなら、みんなの趣味にけちをつけるということにもなろう。それでもイタリア人が優れていると頑固に言い張る支持者のみなさんにお聞きしたいのは、造詣が深く優美な音楽をつくるヘンデル[072]についてはどう思うのかということだ。たとえこういった方々に先入観があるとしても、ヘンデルが優れた音楽家の中でも抜きん出た存在であるということを否定しはしないと思うが、それでもヘンデルはドイツ人なのだ。

正直に言わなければならないが、イタリアはさまざまな芸術において見事な評価を手にしているけれども、この名声を支えているものはもはや古い伝統でしかない。以前はイタリアの地において偉大な画家や彫刻家、最も優れた建築家が生まれたという強みがあったが、その頃からすると時代が変わってしまった。今日ローマのアカデミーで才能を発揮しているのは外国人である。ローマの学校はかつての輝きを失い、今ではパリの学校が、まだまだ完璧にはほど遠いけれども、最良の学校だとされている。イタリア音楽が必ずしも人が想像するほどうっとりするような素晴らしいものではないということを証明することが他にもある。レチタティーヴォの間はみんな舞台に背を向けていつまでもおしゃべりをする始末で、舞台上の馬鹿者どもの人となりを貶して耳を楽しませるというおかしなことをしているのだが、このおしゃべりはその中の誰かがいつ終わるともしれないアリアをころころと歌い出すときまで続くのだ。このアリアもまたアナロジーが豊かというよりも、がちがちにテーマに寄り添ったものであることが多い。オペラには今までに述べた以外の魅力もあるが、それについてもフランスのオペラの方がよいという答えが自ずから決まっていると僕は思う。半分くらい時間が短いということを別にしても、出し物に変化があって舞台の退屈が避けられる。趣向に富んだ優雅なバレエがあり、舞台装置が頻繁に変わり、機械仕掛けについても実に操作がうまい。

僕の本の読者のみなさんは（偏見をもった人を除いて）この意見に異を唱えないものと期待したい。少なくとも僕は全く党派性からものを言っているのではなく、自分の国を愛するがあまりに目がくらんでいるわけではないということぐらいはちゃんと信じてもらえるものと見込んでいる。ナポリで十分に好奇心を満たした後はローマに戻り、そこから今度はロレートの道[073]を通ってヴェネツィアに旅立った。この旅では一石二鳥を狙っていた。つまり道すがら、あらかじめ罪をたっぷり許していただいて、まっさらの状態でやましく感じることなくカーニバル中に罪が犯せるようにしたかったのである。

ロレートでは、誰もが知っているように、聖母マリアが生まれた本物の家が見られる。ヨセフと結婚したとき、この家が持参金の一部になった。この家は全く平穏な状態で十三世紀末までナザレの地にあったが、事情が変わって天使がダルマチアに運んだのだという。それから天使はこの家に数度の旅を強いたが、結局天使もきっと家をあちこち連れ回すことに疲れたのだろう、今日この家がある場所に落ち着かせたのである。見たところではずっとこの場所にとどまり続けるようだ。イエスキリストに仕える聖職者の領地よりもいい場所はないだろうから。信者はこの見事な遺物を崇拝しているので、この崇拝によって特にサンタ・カーザ（聖なる家）という名前を与えた。この建物は素朴なものなので、天の女王がここで生まれたとは容易に信じがたいが、神の子が厩（うまや）で生まれたということを知っているのでさもありなんと思わないでもない。この聖なる住まいを構成するのは四枚の煉瓦（れんが）壁だけで、この壁が長方形をつくっている。今我々が家を建てるのに使う煉瓦とよく似ているので、煉瓦造りの優れた技術は現代の発明ではなくて、ヘロデの時代の人間は既に見事な秘訣を心得ていたと信じなければならないようであり、そう考えるしかない。そうでもなければ、この奇蹟が本当かどうかも、この建物が本当にそんなに古いのかどうかも、疑わなければならないことになってしまう。でも煉瓦がその頃使われていたという事実を想定すると、いくばくの信仰があれば、何の困難もなくそれ以外のことも信じられる。この不思議な物語を信用することに不都合があるとは思えない。名前は忘れたが、ある聖人が石臼に乗って大洋を渡ったという話が信じられるならば、これと似たようなものである。それでもこれは全く本当の話であり、それは今も保存されている臼がちゃんと証明している。これを見たら口やかましい人も疑い深い人も口を閉じざるを得ない。

サンタ・カーザに今ある聖母像は聖ルカの手になるものだと言われる[074]。これが事実かどうかは別としても、像が豪華絢爛たる飾りつけに覆われているので、彫刻の良し悪しを見分けるのは容易ではない。思うに、軽々しく聖ルカの才能がどのようなものかを決めつけることはしないけれども、よい福音書を書いたが彫刻は下手だっただろうと思う。

この聖なる彫像に熱い信仰を捧げる気にはならなかったが、それでも高価な衣装を見てとても優しい気持ちになった。この聖母を盗むことはしなかったけれども、もしも僕の強欲な目に磁石のようにものを引きつける力があったとしたら、きっと気持ちがこらえられなかっただろう。

聞くところによると、宝飾品に目がないトルコ人が、数度にわたってロレートの宝物を略奪しようとしたということだ。しかし侵入するたびに奇蹟が起きて幻覚に襲われたので、そのときからもう二度とここに足を踏み入れる気にならなかったという。そういうあなたも自分の欲望に対する罰を少しは受けたのではないかと聞かれたら、そんなことはなかったと断言できないかもしれない。このありがたい宝飾品を物欲しそうに見つめていたまさにそのとき、突然めまいと恐ろしい偏頭痛に襲われたからだ。

　これは教皇に服属する君主たちが数世紀前から聖母のところに送ってきた贈り物の宝庫のようなもので、大変見事な宝物だと言われるが、僕の意見では少し称揚の度が過ぎると思う。確かにここには高価な品物があるけれど、これを素晴らしいというのはこれよりも見事なものを見たことがない人だけだろう。トスカーナ大公のコレクションには今日もなお見事なものが収蔵されており、それはロレートの高価な宝物の山やありがたい金銀細工を全て集めても買い取ることができないようなものだ。熱心な信者ではない通人や趣味人の多くは、生まれたままの姿のメディチ家のヴィーナス[075]の方が、美しさを極めた装飾品を身に着けて着飾った聖母よりも好きだろう。何しろこの比ぶもののないヴィーナス像はどんなことをしても聖ルカ[076]の作品ではありえないのだから。

　ロレートを離れる前に、祝福の数珠、ロザリオ、神の子羊のメダル、その他の似たような小物を入手した。信じられないかもしれないが、こういった信者向けのがらくたが友人をつくるのにとても役立つことがある。こんな二束三文の代物のおかげで、色恋沙汰に困難があっても、それが減じることがよくあった。涙を流して愛をささやいても、お金を積んでもなびかなかったおぼこ娘が、数珠や奇蹟の絵を見て心をほだされることがよくあった。僧服を着た偽善者はこのようにして何も知らない若い娘をたぶらかし、甘くとろけるような喜びを手に入れるのだ。

僕は信仰を示す品物をロマーニャ地方のあちこちの町で配って、ずいぶんいい目にあずかったが、ボローニャだけは別で、聖母のメダルをあげた小間使いにお返しに疥癬（かいせん）をうつされてしまった。それでもこの不運な出来事の中にも慰めになることがあった。その娘はかわいかったし、これほどの安値で疥癬が買えることはなかなかないだろう。

せっかく女をものにした話をしているのだから、陽気な読者のみなさんもたぶん嫌がらないだろうと思うのでお話ししよう。これはフェラーラからヴェネツィアに向かう乗合船の中で起きた出来事だ。わざわざ言わなくてもいいだろうが、この種の乗り物で乗り合わせる客が選りすぐりというわけではないということは周知の事実だ。このときの客もあらゆる種類の旅人がごちゃごちゃ入り交じっていた。カプチン会修道士、占い師、役者、治療師、詐欺師など、みなそれぞれ自分なりに真面目な人々が、ヴェネツィアに行ってそれぞれの役割を果たそうとしていた。このような場面で人と出会うときにはあまり難しいことを言ってはいけないし、我関せずという態度をとってはならない。僕は自ら進んで旅の一行のみなさまと打ち解けることにした。同じテーブルで食事をし、みんな平等扱いをしたのだ。かなり魅力的なかわいい鼻ぺちゃ娘のことが最初から気に入っていたが、この娘は小間使い役でサンタンジェロ劇場[077]の舞台に立って、才能があるかどうか試してみようというのだった。僕のなけなしの信用を使ってデビューの支援をしようと約束してやったので、僕は何時間もしないうちにお気に入りの打ち明け相手になった。見ている人の顰蹙を買わないように、娘は世間体を保ったままで僕に対してほんの少しずつ気安さの印を見せようとするのだった。とはいえときにはお互いに片手を使って戦いを挑んでいたけれど、とてもうまいことをやったのでどんなに目が利く人でも何も気づかなかった。この小舟で夜を過ごさなければならないが、それに必要な設備が整っているわけではないので、みんななんとかして間に合わせていた。櫃（ひつ）、トランク、長椅子、床など、ところ選ばず寝転がっていた。要するに、客はみんなごちゃ混ぜで、窮屈で居心地が悪かった。

かわいい女優さんがどこに陣取ったかは確認していたので、こやつらが寝静まるのをやきもきして待っていた。明るいうちは気兼ねしてできなかったことの取り返しをつけようと考えていたのだ。そろそろ勝負に出られると思って、手探りでこっそり僕にとっての主役女優の妙なる寝床まで忍んで行った。もう例の身震いを感じていた。いつも快楽の前触れとして訪れるあの戦慄、快楽を期待して舌なめずりするのが、快楽そのものよりも楽しいことがよくある、あの鳥肌が立つ感覚だ。心臓が高鳴り、よだれが出てきた。ようやくお待ちかねのときがやってきたぞと、少なくとも僕は思っていた。これが熱く望んでいるものだと思い込んで僕はすぐ近くで膝をつき、我慢できずに片手をスカートの下に迷わせた。勘弁してくれよ！　スカート違いだ！　絶対に忘れられない、それはカプチン会の神父様の小汚いコティヨン[078]だったのだ。つい五本指を奥まで突っ込んでいたので、忌まわしい修道士は目を覚まして飛び上がり、よく響く声で「泥棒（ラドローネ）！　泥棒（ラドローネ）！」と叫んだのだ。想像できるなら想像してみてほしい。この勘違いのせいでどれほど困ったことになり、あたふたしてしまったか。恐ろしいやら恥ずかしいやらですっかりしょんぼりしてしまい、自分の寝床に戻ろうとしたが、どうも動きがぎこちなくなってしまい、そこら中の旅仲間にけつまずいたので、みんな修道士と一緒に叫び出すことになってしまった。それでもみんなが怒鳴りだしたのをいいことに、少し冷静さが戻ってきたので、「この騒ぎはいったいどうしたことですか」と声に出して聞いてみた。するとひげのお坊さんが「泥棒に盗まれそうになったんですよ」と答えた。「神父様、あなたが標的になったと言うんですか」僕は大声で聞いた「神父様からものが盗めるというんですか。たとえそうだとしても、神父様のような身分の方が、ここにいる堅気の人々にそんなに不当な疑いをかけるのがいいことだと思いますか。何ということですか！　神父様、キリスト教の慈悲の精神をどこにやられたのですか。ご自身の説教では隣人愛を勧めているのに、それではどこに隣人愛があるのですか。自分で説教する美徳を自らは実行しなくてもいいのですか」この激越な叱責の効果は見事なものだった。僕の熱意が賞賛され、それと同時にカプチン会修道士の軽薄さが非難された。結局先生は悪い夢を見たということになった。

こんな出来事が起きた後となっては、もう一度同じことを試してみようとは思わなかった。夜が明けるまで何も言わずに静かにしていたが、恋の病もすっかり治ってしまって、本当に起きたことに誰も気づかなかったことを心の中で密かに喝采していた。翌日みんなが哀れな坊主に突っかかり、ヴェネツィアに着くまで冷たい嘲笑の的にしていたが、その日の夕方に船はヴェネツィアに到着した。

この町はとても美しく、他に比ぶもののない唯一無二の存在だと言える。オランダと同様に水上につくられた町だが、そのオランダにも、ヴェネツィアの陸上領土テッラフェルマにも似ていない。大変に便利なことの一つは、徒歩かゴンゴラでどこの家にも行けることだ。

ヴェネツィアのカーニバルがどのようなものかというと、一種の縁日であり、そこではあらゆる快楽が手に入ると言わねばならないだろう。カーニバルの仮装は、マントと一種のかつらを身に着け、顔に白い仮面を着けて帽子をかぶるというもので、男女とも同じ格好をする。この手の画一的で代わり映えがしない衣装は、つまるところそれほど面白いものではない。しかしその一方で、これほど都合のよいものもない。これほど安い衣装はない上に、人前で身元を隠していられるという利点があるのだ。

冬のカーニバル、昇天祭のカーニバル、特別な祝祭日の仮装を合わせると、ヴェネツィアでは少なくとも一年の半分はしわくちゃの仮面を着けていると言える[079]。そのためにこの期間中は美しい顔も醜い顔も同等なのだ。

みんなが一堂に会する場所はサンマルコ広場だが、この広場は二つの部分に分かれていて、L字形のようになっている。海に面した側はたいてい数え切れないほどのペテン師で一杯で、みんな負けず劣らず堅気の手口で好事家のお金をせしめようとしている。これほど奇天烈な光景は他で見られないもので、正確にはどのようなものなのか想像するのは難しく、実際に目にした人にしかわからないだろう。こっちではいんちき薬屋が、三、四段の足場に上って、秘薬が一杯に入った小瓶を見物客に見せている。この薬には不思議な力があり、命の糸を切るという運命の女神アトロポス[080]の鋏(はさみ)の刃を鈍らせ、死者をよみがえらせるのだという。その目と鼻の先では同業者が肩をすくめて皮肉な眼差しを投げかけ、「こんなにひどい毒を売っている人は他に見たことがありませんよ」と親切心からか見物客に教えてやっている。こう言うのと同時に見せる小箱には万能薬が入っているのだ。男が言うには、この膏薬は内服しても患部に塗っても奇蹟のように効くのだという。卒中、めまい、痛風、リウマチ、腫瘍、しつこい潰瘍、毒蛇などに咬(か)まれた傷、不治の傷、この中でこの特効薬の効き目がすぐに出ないものは一つもありません。そうぺらぺらまくしたてた果てに、嘘偽りを申していない証明はこれでございと、歯がない蝮(まむし)にわざと自分を咬ませて、あっという間に治りましたと言って見物客をびっくりさせるのだ。

そこから少し先に行くと地元出身のボヘミアン女がいて、もし占い師というものが存在するならば占い師なのだろうが、誰でもお人好しを捕まえては耳に長い管をつないで、深淵にして曖昧模糊たる無意味な言葉を謎めかして並べ立てている。もしも（よくあることだが）この発見とやらが哀れな間抜けの人生でこれまでにあった境遇に合致しているように思われたら、占い師は「ほら、シニョーレ、本当でしょう」と叫ぶのだ。そしてみんな、この女は何でも知っているのかと思って喝采するのである。

他方では歯の治療師が、自分の医術がいかに高貴なものであるかについては太っちょのトマ[081]と同様に自信満々の様子で、みなさまが見ている前で巧みな技術をもっていることを証明しましょうと言う。これからこの従卒の歯を抜きますが、全然痛くはありませんと言うのだ。この従卒はすぐさま、本当だった、パドアの聖アントニオと煉獄の魂にかけて痛くなかったよと言うのだ。こんな見事なものを見せられたら、この後でこの堅気なお医者さんがどれだけ多くの患者の顎をがちがち言わせたか、想像してみてほしい。全くの喜劇だった。みんなこうやって痛めつけられて、顔を顰めて身をよじるのだ。

こっちには熊使いが、あっちには道化師がいて大騒ぎだ。さらに向こうに行くと綱渡り師や軽業師がいる。反対側には大道芸人の女歌手たちが声がかれるほど大声で叫んでいるが、それでも誰にも聞こえない。ミソン[082]の著作の註釈によると、この大騒ぎの最中に群衆の中に足を踏み入れて、放蕩を叱責した説教師がいたそうだ。これは今や昔の話だろう。今日ではこの手の道化は他と一線を画して、他のみんなと入り交じることがない。この種の茶番は誰も仮装していない日にだけ行われる。特に説教で強調されるのが、天国と地獄の間に閉じ込められている魂に対する慈悲心だ。こういった魂を早く解放するにはどうしたらいいのかはわかっている。お祈りとミサを繰り返せばいいのだ。同時に偽善者どもはお祈りやミサを無料では執り行わないことも知られている。そこで善きイスラエルの子[083]が金を出さなければならないのである。お金を集めるために鉤（かぎ）がついた長い竿（さお）をもって、いつも男が一人聴衆の間を歩き回る。この竿の先には袋がぶら下がっていて、この袋をみんなの鼻先で振るのだ。このおかしな人物は釣り人によく似ているが、違うところはこの男にはだいたい釣り人よりも確実に釣りの収穫があるということだ。

忘れたらいけないので、野次馬見物で見かけた一風変わった出来事がどんなものだったか、ここで書いておこう。人はいろいろなことに驚いたり好奇心を感じたりするが、この出来事によってその理由が説明できるだろう。こういうことがあった。馭者の扮装をした若者がサンマルコ広場に集まっていて、誰がいちばん鞭を鳴らすのが上手かを競い合っている。いつも周囲に群衆がひしめいていて、この耳障りが悪い音に真面目な顔で耳を傾けているが、その姿を見ているとまるでメロディーやハーモニーが聞こえているかのようだ。最初は奇妙に見えるが、実はこれほど当然のことはない。ヴェネツィアでは車も馬も全く役に立たないので、普通の住民はそれがどういうものなのかあまりよくわかっていない。誇張するわけではないが、馬も馬車も見たことがないヴェネツィア人がたくさんいる。だから、鞭の音もヴェネツィア人の耳には全く聞き覚えがないものなので、耳新しさがあると感じたとしても驚くには当たらない。これが人間の精神の弱さだ。どんなに単純なものでも、慣れ親しんでいないものには衝撃を感じて感嘆するのに、どんなに素晴らしいものでも、慣れてしまえば無関心や嫌悪の対象にしかならないということがよくある。こんなことを言ったのは、愚かしい好奇心というのは、だいたい愚か者の欠点というよりも、経験がない人間の欠点だということをわかってほしかったからだ。驚くか驚かないかは、世の中でどういうことが行われているのかについての無知の度合いによる。こういうわけで、どんな人間にもどこか野次馬根性があるものなのだ。

ヴェネツィアの性的放縦（ほうしょう）は度を超したもので、人々はおぞましいはちゃめちゃの状態で淫蕩に溺れているというのが、昔から通念になっている。僕はヴェネツィアの人が他よりも性的にだらしないということには気づかなかった。それどころか、パリやロンドンのような風紀が乱れきった状態とはほど遠いと思った。ヴェネツィア人は疑い深く怒りっぽく、あらゆる社会の敵であると言われるけれど、これもまたこの国の人の性格や習慣をよく知っている人の意見だとは思えない。以前はそうだったということについて異論を唱えるつもりはないが、流行と同様に性格も変わるものだということに注意しなければならないだろう。二百年前に行われていたことが今はもう行われていないということがありうる。人間というものは絶えず熱心に模倣し合うもので、お互い猿真似をするものだ。ここでフランス人が自惚れから使うようになった表現を用いると、ヨーロッパ中がフランス流になったと言える。僕はヴェネツィア人貴族と付き合う機会がよくあったが、みな話し好きで、付き合いがよく、礼儀正しかった。要するに、フランス人だけがもっているものだとフランス人が主張しているあの洗練された礼儀作法を身に着けているのだ。いろいろなことが言われているようだが、知り合いであってもよそ者なら家に入れないということもない。確かにヴェネツィア人はフランス人よりも誰と付き合うかを選ぶときに慎重で控えめである。先ほどの箴言が当を得ないものなのかどうかはみなさんに決めていただきたい。他にもかなり間違った偏見があるが、それはヴェネツィアで政治のことを話したり、他国の王侯がここで得ている利益を俎上に上げたりするのは危険だという思い込みである。世界の他のどことも変わらずに自由にそんな話ができるということを僕自身が実際にそういう会話を聞いて知っている。それでも共和国政府の舵取りについて口を出したりしたら政府の機嫌を損ねる危険があるので、それについては責任がとれない。結局もしそうだとしても、それの何がそんなにおかしいだろうか。そこまで勝手なことを言われたら、ヴェネツィア政府でなくても気を悪くするだろう。確かに言えることは、奴隷制度のことや専制主義下の暮らしは心地よいということを自慢げに話して英国人の機嫌をとろうとしても駄目だということだ。たぶん民主主義や恣意的権力の撤廃をフランス人に説いても、それよりもいい反応は得られないだろう。どこの国であろうと、国家権力は常に何としても自らの政体を守ろうとするものであり、これに対する批判はなかなか我慢がならないものだ。国の基本原則に直接関わらないことなら、誰でも感じたことが言えるし、ヴェネツィア人はそうすることを誰にも禁じていない。からかいに対してもかなりの理解を示すほどだ。ゴンドラの船頭に自由が許されていることに腹を立てるというのではないが、このことを非難する人をよく見た。これは社会の害虫のようなもので、パリの従僕連中と同じくらい無礼だが、手を焼かせることについては上回っている。このごろつき連中にはどんな劇場にも無料で入る権利があり、とんでもない無礼なことをしでかす。客がいないと知っている桟敷席でふんぞり返り、そこから口笛を吹いて野次ったり喝采したりしては、客の風貌を侮辱して誰がいちばんうまいことを言うかを競い合って楽しむのだ。当然元老院はこんな悪習がどれほど破廉恥で滑稽なものかを身にしみて感じているに違いない。それなのに、苦情や建言が多数であるにもかかわらずこれを罰しないところを見ると、この共和国にはこれを大目に見るもっともな理由があるのだと考えなければならない。ならず者どもがけしからぬことにドゥカーレ宮殿を私物化しても我慢しているのだから、見たところその理由はかなり堅固なもののようである。異論を唱える人はいないだろうが、見事な大理石の階段がいつもごみで一杯なのは全くもって不愉快なことだ[084]。でもよく考えてみると、どこの国に行っても下層民は上層の人間の善意を濫用しているのではないか。このちょっとした規律の緩みを別とすると、ヴェネツィアは異論の余地なく世界でいちばん快適な生活を送ることができる場所だろう。この素敵な場所にはよいことがたくさんあるが、中でも都合がよくて僕がとても高く買っているのが、仮面とマントを着けていれば、洗濯料とひげそり料をごまかしても体面を損なわずに済むと言うことである。

たぶん不思議に思われるだろうが、こんなに魅力的な町に滞在していたのに、読者のみなさんの楽しみになるような愛の成果の物語が一つもない。でも実際フランス人ならこの手の話題の面白い話が余るほどあるはずなのに、そんなことがありうるだろうか。女性に取り入るのはフランス人男性の専売特許で、この技術を争おうなどとする他の国の人間がいるだろうか。フランス人がわざわざ本気で口説いているのにそこから逃げられるような女性がいるだろうか。フランス人の激しく燃える愛、優しい愛の言葉、一言で言ってフランス人の優雅な物腰に抵抗できる人が誰かいるだろうか。もちろん誰にも抵抗できはしない。ミルト[085]を摘むのはフランス人に定められた役割であり、他のみんなは残り物にあずかるだけでも幸せなのだ。これはみんな全く正しいが、正直に恥ずかしいことを告白しよう。祖国の名誉のために嘘をつかなければならないというのならまた別の話だが、語る価値があるこれこれの出来事があったと心から自慢できるようなことが全く身に降りかからなかったのだ。だったらこの人でなしめ、お前はどうして嘘をつかないんだ、とフランスの路地の伊達男たちが叫ぶだろう。このことについて嘘をついたとして、そんなことをするのはお前が最初で最後だとでも思っているのか。そんなことについてやましく思って引け目を感じるなんて、それはまたいかにもフランス人らしいというものじゃないか。まさか知らないわけはないよなあ。フランス人はどうして他に比べて勝っているのか。フランス人のいいところは何によるものなのか。それは虚栄心と厚かましさじゃないか。この二つの至高の美徳をフランス人はとことん極めているから、どこに行ってもフランス人に対する贔屓は揺るがず、地上のいたるところにフランス人の評判を響かせているのだ[086]。確かにこういう言葉には気をそそられるので、聞いているとおしゃべりしたいという気持ちを感じずにいられなくなりそうだ。こんな理窟でせかせられたら乗せられてしまいそうなので、さっさとヴェネツィアからエトルリア[087]に逃げ出そうと思う。読者のみなさんは、その気があるなら、フィレンツェについて来てほしい。

この町の地の利、建物の豪華さ、気候の穏やかさ、土地の食べ物のおいしさなどを考えてみると、どうしてメディチ家時代[088]にここが色事の牙城であり、あらゆる快楽が居合わせていたのかが易々と実感できるだろう。もしも君主がここに住んでいたら、おそらく今もまだ昔と同様の存在だったのではないかと思われる。

町に入るとすぐに見事な景色に驚いたが、フィレンツェのかつての壮麗さと比べたらこれはぼんやりした素描のようなものでしかないと断言された。輝く見事な馬車を数え切れないほどたくさん見たが、その中には趣味がよい豪華な衣装を着た婦人と同伴者の男性が乗っている。この豪華な馬車の行列が交通の邪魔だったので、通過できるようになるまで一時間以上待たなければならなかった。大きなお祝いか何かがあるのでこんなにがやがやしているのだと思い、宿に着いたら何があるのか早く教えてもらおうと思っていた。ところが聞いて驚いたことには、地元の名士が修道士になることにしたというのがこれほどの仰々しい騒ぎの原因だというのだ。愚かにも堅気の人々との付き合いをやめて、唾棄すべき怠け者の一団に加わろうと決めた人の挨拶に押しかけていたのだ。つまり使徒の奴らは、社会に負担がかかる全く唾棄すべき生き方が高貴なものだということにして、敬意を抱かせるようにする秘訣を見つけたのだ。

同様に奇妙な風習が他にもあり、これもまた聖職に関わるものだ。スポーセ・モナーケと呼ばれる、聖職に身を捧げるために選ばれた娘のことである。全く優雅な服を着て、浮世の贅沢品で身を飾ったこの女たちを見事な馬車に乗せて、町の中をゆっくり連れ歩き、物珍しいものばかりを見せるのだ。劇場やさまざまな舞踏会、一般人が集まるものから壮麗な舞踏会まで連れて回るのである。つまり言ってみれば、世俗の喜びを浴びせるように与えることでうんざりさせようというのだ。こんなやり方に効果があるとは思えない。少なくとも間違いないのは、もしもその間に誰かよい花婿候補が現れたら、神との結婚が運命づけられたフィアンセがイエス様との約束を守り通すことはまずないということだ。

興味があったので、両親の強欲さの犠牲になった哀れな娘の着衣式という儀式に立ち会ってみた。悲しそうな目をしているので、心の底からこの道を選びたいと思っているわけではないことがわかりすぎるほどよくわかった。それでもひどい母親が脅しつけるような目でにらみ、同意の言葉を無理やり言わせた。なんとか無理をして動揺を隠そうとしているが、それでも心では同意をしていないことが目に見えてわかる。こんなにも残酷な儀式を見て感じた苦しみと憤慨はとても言葉で言い表せない。僕はハンカチで顔を隠して教会から逃げ出し、そのハンカチを涙で濡らした。

このように有無を言わせずに人を従わせる恥ずべき悪習を憎んで、監獄には犯罪者しか収容しない国の人々を僕は繰り返し称えた。

フランス人は世界のどの国の人よりも偏見に満ちているので、イタリア人、特にフィレンツェの人はあらゆる人間の中でいちばん嫉妬深くて復讐心が強いものだと考えている。先ほど言ったように、今日の習慣はかつての習慣とは違うということにフランス人は注意を払わないが、このことをどう考えるだろう。現在のフランスにはびこる大いなる自由、というよりも放蕩三昧は、前世紀以前の人がそれを見たら、どんなに寛大な人でも眉を顰めたようなものだ。かつては劇場や遊興のようなものが全く存在しなかった。この種の余興はヨーロッパ中に風紀の乱れをもたらしたけれども、その頃の人はまだこれを知らなかったと言っても間違いではないのではないか。かつてフランス人は他の国々の人と同様に、嫉妬深いと言って差し支えないものだった。妻が家を空けて、オペラ、舞踏会、秘密のお楽しみ会などのために、夫の稼ぎや蓄えを浪費したりすることがあれば、それがいいことだとは思わなかっただろうが、今はそのようなことが行われている。フランス人はかつて自分のお金をもっと有益なことに使っていた。賢くて慎み深い妻はただ夫にだけ気に入られようとし、夫のためだけに美しくありたいと望んでいた。なんと時代は変わったことだろう。フランスだけではない、他のいたるところで変わってしまった。贅沢、遊興、劇場、おしゃれ、こういったものがいわば世界の表面を変えたのだ。

フィレンツェ人の話に戻ると、フィレンツェ人はほとんど嫉妬の気がなく、妻にはほぼ例外なく愛人がいて、騎士と呼ばれている。フィレンツェ人は裏切り者で嫉妬深いと言われているが、こういった非難の根拠もまた弱いと思われる。ある無遠慮なフランス人がフィレンツェ人を侮辱してひどいことを言って挑発するところを何度も見た。他の国ではそんなことをしたら疑いなく鼻をへし折られるところだろうが、この男は何ごともなくフィレンツェから帰って行った。また、もしイタリア人が一般に復讐心が強い裏切り者だとしても、それはイタリア人自身の心持ちが悪いせいでそうなったというわけではない。教会や特権者の家に逃げ込むと罪が罰せられないと考えると、安心して罪が犯せるからなのだ。こういうわけでよその国よりも復讐が容易で危険が少ないものだと考えられて、広く行われるようになったのだが、もし他の国でも同じような免罪特権があったら、そこでも疑いなく復讐が広く行われるだろう。さまざまな意見があろうが僕としては、名誉を汚された人が人を使って仇敵を殺させることが、自らの手で殺すことよりもずっと罪深いという考え方をしない。この男は正当な報復をしたのであり、それが形式にかなっていないだけの話である。とはいえ僕はどちらの復讐も承認しないし、そんなことがあってほしくない。僕には十戒の教えさえあれば満足だ。「汝殺すなかれ」などと言うではないか。

戦車競走を見て、この人たちは確かに昔のエトルリア人の子孫なのだと思った。ホラチウス[089]が第一の頌歌で描いたものそのものなのだ。広場の両端に埋めた二個の標石の間を戦車が三回行ったり来たりするのだが、とても速度が速いので、巧みな技術がなかったら馭者は闘技場に手足を落とす羽目になるかもしれないと思われた。

バルブ馬[090]の競馬もまた面白いものだ。燕麦にありつけるという期待が勝利欲と結びつき、熱くなった馬が走り出すと一瞬のうちに見えなくなってしまう。聞くところによると四分以内に一リユも走ってしまうそうだ。珍しいのは、競争心があまりに強いので、途中で馬がお互いに噛みつかないことが滅多にないということだ。

フィレンツェからピサに行った。これは美しい大きな町だが、かつてに比べると今日はほとんど人が住んでいないと言っていい。一方向にかなり傾いているあの有名な塔を見た。かなり多くの人が全方向に傾いているものだと信じているけれども、そんなことはなかった。

カンポサントと呼ばれる大きな墓地は好事家の注目に値する。この墓地はむかし異教徒の埋葬に使われていて、大きな石棺が同様の蓋で閉じられていた。カトリック教徒は、神に見放された哀れな人々の遺灰と一緒に、自分の大切な遺体をこの世俗の地に埋めることを拒否した。聖水が全てを清らかにするというのは本当のことだ。

リヴォルノについては、大変きれいな開けた小さな町で、自由港があるのに皇帝に大金を支払っているということ以外には何も言わないでおこう[091]。

ルッカで時間を無駄にしたくないと思ったら、城壁の外を回って通り過ぎることだ。

ジェノヴァには豪華で高貴な宮殿があり、異論の余地なく壮麗と呼ぶにふさわしい町だろう。コンスタンチノープルとナポリを見た後では、ある程度離れた場所にある町でこれ以上に美しい町はなかなかない。ジェノヴァでは二つの門閥の殿方[092]に会った。少しもったいぶって、貴族であることを鼻にかけて取り澄ましているが、これはいつでも小君主気取りでいたい共和国の指導者にかなり普通に見られる欠点だ。フランス軍とスペイン軍が共和国に滞在したときは、大洪水時代にさかのぼるほど古い年代からの家系図が提出できなければならなかった。そうでなくとも、少なくとも代理官の称号をもっていなければ、床屋の古い椅子に座って隣り合わせる栄誉にあずかることもできない。

ジェノヴァの貴婦人はフィレンツェ同様に山程の愛人たちに取り巻かれている。この愚か者たちが自発的隷従に身を捧げているのは大変不思議である。徒刑囚の仕事の方がずっと辛くない。女の気紛れやわがままに盲従していて、誰に対してもいそいそとご機嫌取りに励んでいる。相手が信心深い女だとしようか。この場合この男たちはいつも教会について行き、愛を語るにも必ず敬虔な調子で手にロザリオをもってする。気晴らし、見物、散策好きの女だとしよう。今度この男たちは一日中休むことなく輿の隣を小走りでついて行く。黙想が好きな女だとしよう。今度は男の方も孤独を好むようになる。要するに、この男たちは要求されたらいかにでも形を変えるプローテウス[093]であり、こんなに熱心に媚びへつらっても、その代償としてはせいぜい崇拝の対象のおつきの人という悲しい栄誉にあずかるだけで、それ以上のものは何も手にできないということがよくある。

イタリアから帰ってすぐ権利金の支払いを済ませると、かつてないほどにどこかに飛び出して行きたくてたまらなくなり、ブランデンブルクに向かうことにした。ずっと前からこの旅行の計画を立てていたのだ。すぐにも北国のソロモン王[094]がどれほど優れた人なのかを知りたいと思っていた。評判によるとさまざま素晴らしいことが言われているけれど、それを現地で目の当たりにしてみたいと思ったのだ。ベルリンに着いたときはこの過大な甘い期待で一杯だった。確かな筋からこの人なら間違いないと太鼓判を押されたV氏[095]は僕を歓待し、何軒も町の名家に案内してくれて、僕はそこでも歓迎を受けた。外国人とは新人役者のようなものだ。ふだんは欠点も大目に見られ、いいところがあるものと推測されるのだが、実はそれが買いかぶりでしかないということがよくある。僕に対する人の判断はあまりに好意的すぎて、推測どころの話でなくなってしまった。不幸なことに、これは機知に富んだ人物だということでほぼ全員の意見が決まってしまった。不幸というのは、このために人の嫉妬が目を覚まし、さまよえるユダヤ人[096]

が騒ぎ立てて人を煽ることになったからなのだ。これは自称物書きで、宮廷の施しで暮らしている。よく知られていることだが、ドイツの君主の多くは金を払って道化を雇うことにしている。プロシア王は誰のどこが優れているかを見極めることに誰よりも長けているが、このけちな売文屋には道化役を立派にこなすのに必要なものが全てあると考えた。そういうわけでこの男を日々の余興の際のトリヴラン[097]にした。少しリラックスして真面目な仕事から逃れたいようなときには、偉大なラ・フォンテーヌ[098]が縁日の客寄せ芝居を見て楽しんだように、この男のおしゃべりを聞いて楽しむのである。ところがこの男が僕のことを見くびるあまり、僕がこの栄誉と生計の手段を共にしたいと思っているのだと思い込み、僕に対する悪口をきゃんきゃんわめきだしたのである。この男はもっとひどいこともした。考えたこともないような宮廷批判を僕が言ったことにし、この主張の揺るがしがたい証拠として、二人の影の王女様[099]の決定的な証言を提出したのである。このような重みのある証言が効果を生まないということはありえない。僕は有罪ということになってしまい、申し開きもできなかった。V氏はそのときまで僕の味方をしていてくれていたが、そろそろ潮時だと考え、機を見るに敏な政治家よろしく、弱者を見捨てて強者の側についた。結局は一味にせっつかれて言うことを聞き、僕に手紙を送ってきたが、その中で通告することには、貴殿に対して王は大変にご立腹なので、逆鱗に触れた結果どうなるか、覚悟しておきなさいと言うのだ。気のいいピカルディー人の僕はまんまと策略にかかってしまった。急いで荷物をまとめると、確たる証拠に追い詰められたかのように慌てて退散したのだ。全く恥ずかしいことだが、このときの僕の行動は全くうすのろの間抜けのようだったと言わなければならない。僕のような一人のつまらない人間がもし何か述べたからといって、大君主がそれを気にすることがありうるなど、思考能力がある人ならそんなことが当然だと考えることがあるだろうか。僕がついうっかり場違いな表現をしたとして、それで君主が傷つくと信じるのが普通のことだろうか。それでも僕は愚かにもそう信じてしまったのだ。この間違いを思い込んだまま死なずに済んだのは、事情に通じた、信用に値する人が誤りを正してくれたからだ。王は僕が引っかかった策略のことをほぼ聞いたことがなかったたし、僕の存在すらも知らなかったというのだ。このように、君主に関して不当な言辞がささやかれるのはよくあることであり、君主の名において不正が行われているのに、実は君主自身はそれと全く関わっていないということがある。思うに、もしもこの地球の支配者たちに人の心を透視する力があったら、今信頼を置いている人々は化け物だとわかって、こういう人たちは支配者の憎悪と軽蔑の対象になってしまうのではないだろうか。

ベルリンにはあまり長い間滞在しなかったので、時間をかけて熟知した人のような調子でこの都市について話すことはできないが、このことだけは言っておこう。この町はまもなく世界で指折りの栄えた町になるに違いない。王が芸術、産業、人材に対して公然の庇護をしているからだ。

プロシア軍がありうる限り最も見事なものであることには異論の余地がない。優れた規律が優れた兵士をつくるというのが本当だとすれば、プロシア軍は最も優れた軍であるとも言えると思う。

ベルリンではありとあらゆるものが軍と戦争の雰囲気をもっている。英雄を数多く目にするので、王宮というよりも軍神の宮殿なのではないかと思ってしまうほどだ。それでも、軍隊と政府の舵取りが仕事の中心であるとはいえ、王は全く快楽を敵視しておらず、臣民たちはどこの大都市にもあるような娯楽を全て楽しんでいる。

このときちょうどフランス王太子がザクセン王女と結婚したので[100]、ドレスデンに行きたいという気持ちが芽生えた。ちょっとした不興を買ったばかりなので貴族と付き合うのには全くうんざりしてしまい、改めて顔見せすることはせず、いつも群衆の中にお忍びでいることにしたが、こうすることで意地悪な嫉妬深い人のことは恐れずに済むのがうれしかった。

ザクセンの宮廷はかねてよりヨーロッパで指折りの輝かしいものとされてきた。そのときいつもよりも豪華にしていたのかどうかは知らないが、少なくとも確かに言えることは、これほど絢爛にして優雅なものを僕は見たことがなかったということだ。同胞のフランス人たちは無駄骨だった。ピンクと空色の衣装の効果を期待していたが、全く誰も驚かず感嘆の声も上がらなかった。こんなことは初めてだが、フランス人が謙虚になって衣装については自分の負けだと認めたのだ。これについては絶対に負けないと思っていただけに、この敗北を認めるのは大変な屈辱だった。ザクセン人は饗宴を催すのに長けているが、素敵なものにしようと考えても結果的には見るも無惨な宴しか開けないフランス人とはそこが違う。この理由はフランス人には段取りができないということだ。マダム・プルミエールの結婚のときに催された饗宴のことを覚えている[101]。準備段階では見事な出来栄えで、これを依頼した偉大な君主に全くふさわしいものだった。このときは想像できる限りの豪華で華やかな祭典になることが期待されていた。ところがこれがどういうものになったかはみなさまご存知の通りだ。ヘラクレスの間[102]で催されたあの着飾った舞踏会が、パリから好奇心で引き寄せられてやってきた婦人たちの不用意な失敗でおじゃんになり、おそらく名誉を汚されたのである。ご存じない方のために何があったのかお知らせしよう。故ラ・トレモイユ公爵[103]は、魅力的な顔つきと優れた心持ちを備えた立派な紳士だったが、部屋付きの第一侍従として案内係を任されていた。いつも自分のことをちやほやしてくれていた女性に対する礼儀と親切さが過ぎて、不愉快な思いをさせることができなかったのだ。美人がやって来ようものならもちろん席に案内された。困ったことに美人がたくさんやってきたので、貴族の婦人方がやってきたときには席がほぼ全部埋まっていた。公爵夫人、侯爵夫人、伯爵夫人ら、ルーヴル宮の部屋を長い裾を引きずって歩く特権をもった女性がこのときどれほど憤懣（ふんまん）やるかたない思いをしたかはご想像にお任せしたい。こんなに高貴な生まれの人々が、自分が座るはずの席に小市民の女が座っているのを見てどんなにはらわたが煮えくりかえるような思いをしたことか。しかもそれが、身分を除いたら饗宴の彩りとしては遜色ないかもしれないような女性ばかりだったのだ。この貴婦人たちが我慢しておとなしく立っていられるとはどう見てもありえそうになかったが、平民女の一団の方はゆったり腰掛けて貴婦人を鼻であしらい、自らの勝利を称えて気持ちよく扇を揺らすなどということもありえたかもしれない。ところがそうは問屋が卸さなかった。女たちはこの場を明け渡し、パリにとんぼ返りするべしということがその場で決定されたのだ。しかしどうやって立ち退かせたらいいのだろうか。女たちはみんなシャンパーニュ連隊の兵士のように命令に従おうとしなかった[104]。聞くところでは、ずいぶん肝が太い女がいて、うせやがれと怒鳴りつけてN氏[105]の敬虔な耳を汚したという。本当のところは、お願いしても、控えめに忠告しても、脅しつけても、女たちは頑としてそれを聞かなかったので、親衛隊を呼ばなければならなくなったのである。この親衛隊を批判するのはやめよう。全身全霊で王に仕えているとはいえ、この命令の執行には全く乗り気でなかったのだ。それでも義務を果たさなければならないので、寛容や憐憫（れんびん）という高貴な感情に心が動かされていながらも、それを圧し潰ぶしてあっという間にサロンを空っぽにした[106]。この出来事には多くの噂や混乱した不確かな情報がつきまとい、サビニの女たちの略奪にまるでそっくりだった[107]。それでも違いは、サビニの女たちに対しても暴力が振るわれたが、そこにはまだ女の自己愛をくすぐるような動機があったということだ。同意してもらえるだろうが、美女にとってはさらわれることの方がまだ追い払われるよりは名誉なことだからだ。結局パリジェンヌたちはかわいそうに見せびらかすことができなくなって、デュシャプト[108]の房飾りも、借りてきた宝飾品も、恥の上塗りにしかならなかった。

王太子様の結婚の祝賀行事もこれよりうまく行ったわけではなかった。王をはじめとする多くの貴人が市役所の舞踏会で息も詰まる思いをした。こういった豪華な集まりでいつも奇妙に思われることは、主人の方が従僕よりも会場に入るのに苦労するということだ。

脇道はここまでにして、ザクセンに戻ろう。僕が目にしたドレスデンの祝宴のことを細かく書いて読者のみなさんにあくびをさせるようなことはするまい。この話題については何も新しい情報を提供できないだろう。みなさんは当時の新聞で何度もこれについての記事を読んだだろうし、M騎士[109]の手によるエレガントな物語も読んだだろう。ブリュール伯爵[110]の壮麗な衣装が褒めそやされていたけれど、実際の姿はそれを遥かに超えていたということだけ付け加えておこう。よく言われるようにポーランド王の威光は寵臣のおかげだというのが本当だとしたら、この寵臣の言行は君主の思し召しに見事にかなっていて、君主の名誉をなしていると言えるだろう。

ザクセン人がドイツのガスコーニュ人という異名を取っていることに根拠がないわけではない[111]。実際ザクセン人はドイツの他のどの民族よりもすばしこい。世界のどの町と比べてもパリこそがすりの大学と呼ばれるのにふさわしいとはいえ、間違いなくこのカテゴリーでパリに次ぐ素晴らしい学校はドレスデンとライプツィヒだ。この二つの町は、太古の昔からさいころの小細工とトランプのすり替えの技に秀でた人物を数多く生んできたトリノと、このタイトルが競える存在である。

ドレスデンの緑の丸天井博物館[112]は、目にすることができるうちでは屈指の豊かで美しい宝物のコレクションを蔵している。ここで見られるとても大きな緑のダイヤモンド[113]はヨーロッパ唯一のものと言われていて、どんな貴重な宝石よりも優れているとされている。僕は宝石商ではないし、自分でわからないことについては決して断定しないことにしているので、この賛辞が大袈裟かそうでないかは決められない。

オランダ宮[114]も素晴らしいところだと言われているが、ここはザクセンと日本の磁器の逸品を集めた一種の宝物殿である。これほど美しいものになかなかお目にかかれないのは確かなことだが、この手の代物がいかに壊れやすいものであるかを考えると、これほどの高値をつけられているのはかなり驚くべきことだと思われるに違いない。多くの人が虚栄心からこの金がかかる見事な小物に実費を注ぎ込んでいるが、これは使用人がちょっとへまをしたら一瞬で壊れてしまうようなものだ。堅固なものを称えようではないか。このことについて僕は先人のように考えている。僕は昔ながらのパリの銀食器の方に敬意を表したい。日本やザクセンのどんなに稀少な器も、かけらになったら何の価値もない。

オペラ座では有名なファウスティーナ[115]が歌うのを聞いた。昔日の才能と高い名声のために、比ぶもののないファリネッリと競い合っていた頃と同様の喝采を受けていた。過去の実績を評価するのは、故人を回想して追悼の賛辞を振りまくのに似ているのではないかと僕には思われた。

ザクセンから帰ってきて間もなく、退屈を紛らすためにスペインの方に足を向けようと決心した。だいたい悪いことしか聞かない国だが、実際にどういうところか自分で確かめてみたいと思ったのだ。モンペリエ[116]に通りかかったとき、この機会に聖コスマスのプールで身体を浄めてもらおうかと思いついたが、この養生は六、七週間の隔離を要することを考えると、この計画が実に理にかなったものだとはいえここは諦めて、ペルピニャンまで旅を続けた。ここで馬車を宿[117]に置かなければならなくなった。山が続くので、急ぎの旅は続けられなくなったのである。ある紳士[118]にこの馬車を託したが、この人は僕の利益のことを考えるあまり、気を使って僕がいないときにできるだけこの馬車を賃貸しようとした。預けられている間に駄目になることを恐れたのだろうか、このおかげで馬車はちっとも錆びることがなかった。旅するものはこの教訓を覚えておいてほしい。この手のごろつきにものを預けるなら、なくしてもいいものだけを預けるようにしたまえ。

バルセロナには聖体の祝日[119]の前日に着いた。フランスでもフランドル地方の馬鹿者どもが、スペイン人がやっているような迷信じみた儀式を今も大切に執り行っている。そうでもなければこのカタルーニャの首都で目にした聖体の秘蹟を祝う行列がどんなに腹立たしい馬鹿げたものであるか、読者のみなさんにお知らせしたいところだが、カンブレーやヴァランシエンヌなどフランドル地方の大部分の町で行われる行列を見たことがあれば、これがどういうものなのか、知るべきことはみんなわかっていることだろう。

ここで僕の意見を述べずにいられない。フランスの聖職者が異教徒に対して激怒するのはいかに破廉恥なことかという問題についてだ。異教徒が想像上の神を盲信していることを責め、異教徒の宗教儀式を馬鹿にするのは筋がよくないのではないか。だって自分たち自身が、偶像崇拝と迷信まみれのとんでもない行いで、至高の存在をおとしめ汚しているではないか。こんなことでは宇宙を司る存在がちんけなものだと考えているのだと思わざるを得ない。仮装行列と馬鹿げたどたばたを見た神が願いを聞き届けてくれて、その奉納を受け入れてくれるものと期待しているのだとしたら、そう考えざるを得なくなってしまう。預言者ダヴィデ王の例[120]を引き合いに出しても無駄なことだ。ダヴィデは神の聖櫃の前で踊ったというが、度外れた歓喜を見せて飛んだり跳ねたりしたという話はこの預言者の物語の中で些細なものでしかない。

山賊がいるので、スペインで一人旅をするのは賢明ではない。何台もの馬車が先にマドリードに旅立つのを待ってから旅路を再開することとした。この間、暇な時間を使って、散歩して好奇心を満たすことにした。ある日、バルコニーで涼んでいる美女たちを検分していると、大柄な黒髪の娘が僕に合図をして家に入ってくるように言った。僕以外の人間であれば、こんな出会いに際して、なんて僕はもてるんだと心の中で密かに喜ぶものなのかもしれないが、僕はこれまで生きてきて幸運に恵まれたことがほとんどないので、そんな考えはこれっぽっちも浮かばなかった。せいぜいこの淑女は自分の魅力を生計手段とする女神の一人なのだろうと思っただけだった。前からこういった手軽なお楽しみには目がなかったので、こんなにいい機会を逃すつもりはなかった。僕はこの女の部屋に飛んでいった。ところがこの見知らぬ可愛い女性が僕の名前を呼んで飛びついてきたので、とてもびっくりしてしまった。こんなにも手厚く歓迎されるとは思ってもみなかったので、僕は何も言えずにいた……

「困った様子からすると、私のことがわからないのね」とその女は言った「無理もないわ。もともと長い間覚えてもらえるような顔はしていないし、それを別にしても、あなたみたいな人が会った女を全部覚えているにはものすごい記憶力が必要でしょうからね。だってあなたほど評判が悪い館に通い詰めていた罰当たりの好色漢（二人の間だけでこう呼ばせてもらうけど）はあまりいないもの……」

「なるほどよくわかった」僕は口を挟んだ「確かに僕のことをよく知っているようだね。それじゃあどこで会ったのか思い出させてくれないか。フロランスのところか、パリスのところか、ラクロワのところか。それともカルリエのところかな[121]」

「そうそう、カルリエのところであなたにひどいことをされたのよ」と女は言った。「あの頃は自分の部屋を使っていたの。部屋には槍をもった親衛隊やかつらを着けた法曹など、重厚な人しか入れなかったのよ。頭がいかれたような男は入れなかった。あなたは長いこと会いに来る許可を求めていたけれど、生活がだらしなさすぎるし、年が若すぎたのよ。そこで絶対に私のことを放っておかない嫉妬深い愛人がいると信じさせることにしたの。そういうわけで会えないのよと作り話をすると、熱が冷めるどころかますます激しくなってしまった。たまたまあなたはカルリエに話をすることがあったけど、私はカルリエのところでこっそりお客を取っていて……」

「後は覚えているよ」僕は慌てて言った。

「覚えているのね」女は笑って言葉を継いだ「金貨で二ルイくれると約束したのに、一エキュで私のことを厄介払いしたわよね[122]」

「確かにけちくさい贈り物だったと認めなければならないね」僕は答えて言った「でも、財政状況が芳しくなくてそれ以上出せなかったのを別にしても、どこの女将の館でも節約のために定額制にしてもらっていたんだよ。それに正直に言うと、たとえ国庫を任されていたとしても、愚かにもお金を振りまいて美人のみなさんの友情と評価を失うような真似をしたいとは思わなかっただろう。みなさんはいいカモのことを全く鼻にかけないほど馬鹿にしているものと僕は信じているからね。でも教えてくれないかな。いったいどういう強運のおかげで君はこんなところにやってきたんだい。見たところではずいぶん羽振りがいいようだが」

「じゃあ座って話しましょうか」女は答えた「手短にわけをお話ししましょう。長話は気分が悪くなるから」

「私はモンターニュ・サント＝ジュヌヴィエーヴ[123]の洗濯女の娘なの。父方については何も聞いたことがないわ。モベール広場のカルメル会修道者に最初の愛の手ほどきを受けたの[124]。こんな先生に教育していただけるのというのだから、それを活用するしかなかった。そういうわけで私はあっという間に優秀な生徒になったの。でもあちこちから客人が来るので、あまり私のところに通って来なくなったの。それでも私はこのときこそこのお坊さんのことを必要としていたのよ。それで私はある女将に導かれてお披露目されることになった。このとき以来、この大きな学校とも言える社会の中で、私は修道士に教えてもらったことを活用し、この稼業を始めて間もないうちにパリでも指折りの有名な娼婦という名声を手に入れたのよ。ここに来るまでの間に、私がどういう人間かを聞きつけた警察が、私を大きな館[125]に送って、そこで半年過ごさなければならないことがあった。一年くらい前に出られたんだけど、その頃あなたが私の名前をリストに加えようと思いたって、吝嗇の罪で私を罰することになったのよ。その少し後にワロン近衛兵の士官[126]が私に恋をして、スペインについて来ないかと言ったの。この人は気前よい金持ちなので私は言うことを聞くことにして、二人でここにやって来たのよ。どこかで目にした表現を使って一言で言うと、二人のミルトは三週間後に糸杉に変わってしまいました[127]。その人はかわいそうに天然痘で亡くなってしまったの。この人の死を私は心から嘆いたわ。外国にいて、財産も支えもないのだからなおさらよ。でも幸運のおかげで恐怖に苛(さいな)まれずに済んだわ。法王庁審問官が悲しみを慰めてくれたの。この人の愛のおかげで、ご覧の通り今は幸福な境遇にあるというわけなのよ」

「勘弁してくれよ」僕は叫んだ「もしそんな男にここにいるところを見られたら、僕は牢屋(ろうや)にぶち込まれてしまうじゃないか」

「それについては心配しなくてもいいのよ」女は言った「あなたが会うことはないから。仕事でジローナ〔バルセロナの北東一〇〇キロほどのところにあるカタルーニャの町〕に行って、二週間後でなければ帰って来ないの」

「それはよかった」僕は答えた「正直言って、絶対にその手合いの輩とは関わり合いになりたくないからね。でも審問官様はずいぶん羽振りがいいようだな。調度品がものすごく豪華じゃないか」

「家具なんて全然なんてことないわよ。一年半前からこの男と一緒に暮らしているけど、もう千五百ピストル金貨ぐらい使ったわ」

「何だって、じゃあ大金持ちなんじゃないか」

「ああいう人は好きなだけお金が稼げるのではないかしら」女は答えた「ああいう人たちの権力に圧し潰されるの

が怖くて、みんな震え上がっているのよ。私たちがどうやっていい思いをしているのか説明しなければならないわね。誰かがお金をもっているとわかったら、『あなたがこっそりユダヤ教に改宗したと法王庁に告発した人がいる』とそれとなくほのめかしてやるの。それだけでいいのよ。無実かどうかなんて関係ない、この人はもう恐ろしくなってしまうから、私たちはいくらでも搾り上げられるというわけ」

「なんだって」僕は口を挟んだ「そんな手口で荒稼ぎするだなんて、心が痛まないのか」

「しょうがないわねえ。あなたが繊細な心をもっているだなんて誰が信じるの。まあ、いいわ。私のように長い間お坊さんの稼ぎで食べている人は、そんなにしゃちこばった良心は捨ててしまうものなのよ。良心の呵責（かしゃく）の声なんてどうでもよくなって、他人の財産をものにするのがいけないことだなんて思わなくなるのよ」

　こんなにおぞましい処世訓を述べた上で、その支えにひどい理窟を長々と付け加えた。その理窟は審問官に教え込まれた道徳原則にかなったものだった。それを聞いて僕は憤懣やるかたなかったが、ちょうどそのときもう食事の準備ができているという知らせが来た。大変楽しくごちそうをいただき、二人が別れたのは夜も遅くなった頃だった。法王庁審問官の額にはあらかじめ羽根飾りをつけておいた。結局さらに四、五日バルセロナに滞在している間、僕が宿で食事をするのをこの女は望まなかった。別れのときに何よりも心を打たれたのは、この女が自分の財布からたっぷり恵んでくれたということだ。確かにこれは大変気前がいい行いだが、遊女をよく知る者は誰もこれに驚かないだろう。こういう女たちはだいたい優しく思いやりがあるものだ。こういった女たちとの付き合いが僕にはとても大切だが、たぶんこれこそがその大きな理由の一つだろう。

バルセロナからアラゴンの首都サラゴサに行き、そこで有名なピラールの聖母[128]を見た。いったいどうやったのかはわからないが、聖母が柱のようなものの上に乗っていたということで知られている。信者が信仰によって聖母のために教会を建てたが、この教会ではときどき大変見事な奇蹟が起こる。僕はまた素晴らしい聖遺物のコレクションをある修道院に見に行った。いろいろ珍しいものを見せてもらったが、その中に小さなとげがあった。これが救世主の冠の本物のとげだというのである。ゴルゴタの丘の近くの茨の中で奇跡的に見つかったのだ。しかしよき宗教者たちが何よりも高く評価しているのは、聖なる殉教者たちの骨がたくさん入っている井戸の形をした穴である。信心深そうなスペイン人が居合わせて、その貴重な宝物が見たいと言ったが、これは君主にしか見せられないものだというしかつめらしい返事があった。一団の中には君主がいなかったが、残念だとは思わなかった。

スペイン旅行でどんなに嫌な思いをするかは、実際に自分で体験してみないと、正確に想像するのはなかなか難しいだろう。二週間歩いてマドリードに着いたときには、疲労困憊(こんぱい)した上に飢えかけていて、日焼けで火傷しかけてのみやしらみがたかっていた。目に見えたのは美しい開けた大都市だが、街路は耐えられないほどに不潔だった。雨が多いときにはごみの中を泳いでいるようなもので、天気がいいと不潔なほこりで息が詰まるようで、ときにはこのほこりのせいで視界が曇るほどだ。悪臭はペストに対する確実な予防法だと主張する人がいる。そうだとすればスペイン人とポルトガル人はこの病気について恐れなくてもよい。汚さのおかげでこの恐ろしい災厄から逃れられるのだ。

スペインはあらゆる国の中で最も誇り高い国だが、どこの国と比べても誇りをもてるような理由がない。信心深さというか信者気取り、怠惰、不潔さが誇りをもつ資格になりうるというのなら話は別だが。

とはいえこの尊大で気高い民族が大変勇壮であることは否定できないだろう。それでもこの勇壮さを人間性によって抑制してほしいと思われる。このことを考えると必ずおぞましく感じ憤激せざるを得ないが、スペイン人は新世界の征服において残虐極まりない数々の行為におよび、かの地に血の川を流した。悪魔と僧侶だけがこれほどの蛮行に人を駆り立てることができる。それでもこの真面目な人々の言うことを信じるとすれば、あの忌まわしい遠征の動機はまったく慈愛によるものだったということになる。あれは信仰を広めるためだった、不幸な人々を殺したが、その人たちの永遠の救済のためにそうしたのだと。何という破廉恥さだろう。このように宗教を冒瀆的に濫用する人がいて、そのために宗教が邪悪極まる不正の口実になることがよくある。邪悪な人間はときに神を自らの犯罪の共犯者に仕立ててしまうことがある。

スペインでは信心深さを見せかけることが大いに推奨されているので、どんな悪党であっても、肩衣と数珠さえ身に着けていれば、優れたキリスト教徒だということになるし、どんなに美徳をもった人であっても、このようながくたを身に着けることを怠れば、破門された罰当たりだと見なされる。これが迷信と無知の産物だ。

マドリードまでの旅に満足する理由はなかったし、この先に行ったらまだましだろうと期待するようなこともなかったが、それでも好奇心からリスボンまで足を進めてみようと思った。

この町はテージョ川沿いに段をなしてつくられているが、この川はこの町のところで非常に広く深くなっており、第一級の艦船も王宮の壁から錨索半分の距離のところに停泊できる。高いところからの見晴らしは最高だ。ポルトガル人は黒人とムラートが入り交じっており、ほぼ全員が心ではユダヤ教徒だが、形式上はキリスト教徒だ。ポルトガルは聖職者と修道士が権力者として支配しており、この権力が家族の中にも及んで人々を震え上がらせている。全くけしからぬことだが、丸々と太った健康そのものの聖水販売員たちが、民衆の貧困を嘲るかのように、二頭の見事な驟馬（らば）に引かれて馬車に乗っているのをよく目にする。この坊主たちはどこへ行くとお思いか。美女のところに赴いて告解を聞き、夫を笑いものにするのである。

この国の女性は教会に行くとき以外にはほとんど外出しないが、宗教儀式や祭典、行列、説教などがたくさんあるので、外出する口実には事欠かない。もしも夫がこれをよろしからぬことだと思うとしたら不幸が約束されることになる。聖なる異端審問はそんな人間を容赦しない。こういうわけで哀れな男たちは何も言わずに苦しみを耐えている。ポルトガルは聖職者と女性にとって地上の天国だと言える。

僕はずっと前から疑念を抱いていたのだが、特に偽善者が女性のことを敬虔な性と呼ぶけれど、女性は教会の秘密に守られていて、女性の敬虔さは全くの見せかけでしかないのではないだろうか。それは聖職者においても同じことではないのか。この疑いが実は本当なのだと考える理由はたくさんあるが、リスボンではこれまでになくそう感じた。女性の偽善的な物腰にはどこか物々しさがあって、誰もがまるで聖女という趣だが、それでも善良な人々が実は人生を謳歌しているということはよく知られている。それにここの女性もよその女性がしていることと同じことしかしていない。女性の言動というものはどこに行っても嘘と欺瞞だけである。

このことに関する話だが、僕は世界一正直な女性と会ったことがある。ある日この女性はこう言った。

「女性はいつも本心を隠していると責められるけれど、それが誰のせいかというと、男性のせいだとしか言えませんよね。男たちは私たちが従わなければならない掟を押しつけているけれど、これ以上に不当で滑稽なものが他にあるでしょうか。礼節、慎み、控えめさ、こういったことに関する細々とした決まりに女性は従わなければならないと言われているけれど、実際こういった規則を全部守ることができるでしょうか。もし女性が男性と同じ素地でできているというのが本当なら、これが本当だというのは女性がもっている情熱や欲望からも明らかだけど、それなら生まれつきの本性を打ち負かしなさいと女性に無理強いするのはずいぶんおかしなことではないかしら。だって男性自身がいつもどうやっても本性を抑えつけることができないのですから。私たちはこういう境遇に置かれているのですから、暴君のような男性の言うことを聞く気が全くないとすると、女性は人を欺いたり本心を隠したりするしかなくなるわけです。こうすれば男女両方とも落ち着いていられます。女性が慎み深く控えめで、清純で敬虔な教徒であることを男性は望んでいます。だから女性はその仮面を着けるのです。そうすれば男性は満足だし、女性の方も満足です。私たちは女性の義務と呼ばれるものを楽しみに変えているのです。女性を監督する男性の目をごまかすために工夫を凝らしていますが、ここには女性にしか真価がわからない喜び、女性にしか感じられない喜びがあるのです。ご主人様を大事にするふりをしながら、実は首を絞め上げているのです。この凝りに凝った復讐法を知っているのは、宮廷人、聖職者、そして女性だけです。本当のことを言いましょうか。実は宗教というものも女性にとっては時間を快適に過ごすのにいい種の一つなのです。教会で女性はあの手この手で大切にされます。告解室で霊的指導者の足元にひれ伏した女性を見て、この人は本心から改悛していて、罪を許してほしいと乞うているのだと想像するかも知れません。でも違うんです。この告解室というところが女性にとってどれほど素敵なところかを知ったら、あなたも私たちの境遇をうらやましく思うことでしょう。ちょっと想像してみてください。尼さんを相手に告解することを考えたら、どうして私たちがこれを楽しみに思っているかがわかるかもしれません。と言うか、女性と同様に異性に対して告解できるという特典があったら、男性はすっかり敬虔な教徒になってしまうことでしょう」

この秘密を知らせてくれた女性には人に言わないようにとお願いされなかったので、読者のみなさんはお好きなようにこの知識を使ってください。

リスボンに滞在していてもあまり面白くないし、法王庁の手先に捕まるかもしれないという心配が絶えないので、できるだけ早くここを出ようと心を決めた。まもなくその機会が見つかった。英国艦隊が母国に向かって旅立とうとしていたので、この機会を利用するに如くはないと考えた。この意図をフランス大使のシャヴィニー氏[129]に伝えた。フランスが英国と交戦状態であることをお忘れですか[130]と氏に聞かれた。そういうわけではないが、僕は世界市民であり、交戦中である二大勢力に対して僕は全くの中立を保っているのですと答えた。シャヴィニー氏は僕の理窟が全く気に入らなかったが、それでも願いを聞き入れてくれた。通行許可証を一通くれた上に、英国王特使であるキーン氏[131]にもう一通お願いしてくれた。キーン氏は大使に対する敬意から出し渋ることはしなかった。許可証を二枚手にした僕は聖ルイ王の祝日[132]から船上で寝起きすることになったが、出発前に大使と祝日を祝った。

一カ月の航海の後、一度通り過ぎたポーツマスに悪天候のせいで寄港しなければならなくなり、ここで船を下りた。船旅に飽きてはいたが、それを差し引いてもいいほどに、素晴らしいエデンの園よりも好きかも知れない国に再び来られたことに喜んでいた。

駅馬車に乗って首都に行き、ローストビーフ好きなよき友人たちに会った。

最初のうちはこの友人たちと一緒にいて、何といい人たちだと思って夢中になって暮らしていた。愛の喜びを知った最初の数日の間、男が愛人の素晴らしい魅力に夢中になるのと同じことだ。しかし、この最初のうちは激しく燃えていた愛の炎が消えたとき、男が崇拝の対象のうちに多くの欠点を見出すことがままある。欠点すらも愛に恍惚としている間は神懸かったような完璧なものに見えていたのだ。これと同様に、この殿方連との心躍る付き合いになんだか飽きてきた。以前は偏見のベールがかかっていた目から鱗が落ちると、崇拝するのをやめてしまい、そうなるとすぐにこの素晴らしい人々にも他の誰とも同じように悪い面があり、フランス人と同じように頭のねじが外れていることに気づいてしまった。唯一の違いは、フランス人が陽気な狂人であるのに対して、英国人は真面目で悲しい狂人だということだ。英国人は風変わりな奇人変人だと思われることの方を、世界の他のどこかの国の人と似ていると思われることよりも好むということがわかった。しきたりや言動を見るうちに、英国人はわざと他の国の人の逆を行っているとわかった。つまり、もしも何かの自然の奇蹟によってフランス人が暗く憂鬱な人間になったとしたら、英国人は天邪鬼気質によって、今のフランス人と同じくらい軽薄で元気な人間になるだろう。しかし英国人の優れた面を見ると、この島国民族は世界でも評価と崇敬に値する民族だということがわかる。英国人は勇敢で、人間的で、広量で、慈悲深い。芸術を愛し、奨励し、育成している。国民の間に一種の平等性を保っていて、これが公益に貢献している。末端の市民も最上列の市民と同じ権利を享受していて、権力者の抑圧を免れている。誰もが階級や出自の区別なく、法の保護のもとに生きている。自分の所有物を安心して享受することができ、恣意的な権力にこれを奪われるのではないかと心配しなくてもよい。最後に何か付け加えるとしたら、それは英国人が自由だということだ。君主には気ままに国の臣民を連れ去ることができない。政体が知恵に満ちたものであるがために、国家権力には何ごとにも制限があり、善行にだけ制限がない。

公平な傍観者の立場からこのような考察をしてロンドンでの余暇を楽しんでいる頃、ヨーロッパ諸国の君主が軒並み公使をアーヘン[133]に送って、紛争の集結と平和の回復に取り組んだ。暫定条約が調印されるとすぐ、僕は祖国に戻る決心をした。この旅について期待を膨らませていたが、それほどいいことがなかった。もって生まれた悪運ゆえに、パリに到着するときわめて不愉快なことが待ち受けていて、僕の哲学が試練にかけられて鍛錬されることになった。この大都市でもう三カ月も退屈していたので脱出しようと準備をしていたとき、最高権力の命令によってパリにとどまらなければならなくなった。こういういきさつだ。

ある朝国王に任命された判事と警官がやってきて国王からの挨拶を伝えると、書類を調べさせていただけますかと言うのである。この紳士方は確かすぎるほどの確かな筋から派遣されてきたので、好奇心を満たしてやらないわけにはいかなかった。こういうわけで警官たちは僕の紙の山をなんとか判読し終えると、一包みにまとめて誰かの印で封緘し、さっきと同様の礼儀正しさでフォール＝レヴェック[134]まで一緒に来ていただけませんかと僕に言った。さらに親切にも、ルイという署名が美しい字で書いてある文書を出発前に見せてくれた。おふざけはほどほどにして僕は命令に従い、監獄に連れられていった。

僕がどうしてこんなに厳しい仕打ちにあったのか、読者のみなさんがこういったことに疎いのは間違いないので、ここに理由を書き記さなければならないだろう。僕の身に災難が降りかかったことは知っていても、どんな不正が行われたか知らない人のために何があったのか説明しよう。

僕は暇なときに悪ふざけを書きつけて楽しんでいたが、この下書きをまとめて一冊に綴っていた[135]。愚かなことだが、このことをけちくさい僧服に身を包んだつまらない作家[136]に打ち明けてしまったのだ。才能が乏しいことに同情して僕はしばしば施しをしてやっていたのに、この裏切り者は悪党三人組に僕の秘密を明かしたのだ。この三人組が匿名の書状を警察の審問官[137]に送り、宗教と政府に対する誹謗文書を作成したかどで僕のことを告発したのだ。このご立派な警察総監以外の人なら、匿名の密告を信じたりせずに、そんな告発状は火にくべてしまったことだろう。しかしこの男は着任したばかりで、熱意と勤勉さをすぐにでも国に証明したいと思っていたのである。そこでさっきここに書いたように、封印状をもった二匹のうるさい番犬を僕のところに送ってきたのだ。なんとおぞましい職権濫用だろう。本当の仕事は詐欺師や売笑婦の一味を追ったり、道路を清潔にして明るくしたりすることなのに、こんな手紙を扱うのは全くおかしなことだと考えるのが普通ではないだろうか。こうなってしまっては誰も安心して暮らせないではないか。確かに、堅気の人間がこの手合いの男の権限に従わねばならず、警察の餌食になることがありうると僕は想像したこともなかった。名誉ある全く謹厳実直な人間はあの屈辱的な審問による追及を免れていて、召喚されるのは卑劣な人間ばかりだと僕はずっと思い込んでいたのだ。ところが恥ずかしいことに実はその反対だったと身をもって知った。そもそもこんな人々と関わりをもつこと自体が恥ずかしいことではないか。

僕の誹謗文書とやらを精査した思慮深き警察総監は騙されたことに気づいたが、決して間違うことがない人であるがゆえにそれを認めることができず、僕を収容できるような理由をでっち上げなければならなかった。このずるくて意地悪な警官が何をしたか想像がつくだろうか。僕の旅こそが罪であると主張し、王宮にとって望ましからぬ人物であるということにしたのである。僕を逮捕したのと同じ判事[138]が審問官の命令で事情聴取にやって来た。ゴナン弁士は職務に忠実に、職業柄のずる賢さを存分に使って、僕に愚にもつかぬことを自供させた。さらに、何としても僕のことを陥れたいこの化け物たちは、僕が英国政府から金をもらっていると吹聴したのである。こんなに雑な想像に基づく中傷にいったいどう答えたらいいというのだろう。僕の暮らしぶりも金遣いもずっと変わっていないのだから、それなら僕はスパイというご立派な職業をただで引き受けていたということになるのではないのか。恥知らずたちは僕がどういう人間なのかをちゃんと知ってほしい。ロバート・ウォルポール卿[139]が言ったように「どんな人でも金で買える」というのが本当だとしよう。この箴言によると僕もまた金で買える人間で、僕は名誉を金で売るような人間だというのが本当だとしよう。この場合当然買う側ではかなりの大金を積まなければならないはずだが、どう見てもそんなことは全くなかったのである。しかし見たところでは大臣の方はこのようなほのめかしに耳を貸さなかったようだ。僕が収容されてすぐにためらうことなく釈放を命じたからだ。驚かれるかもしれないが、この命令は最初のうち全く執行されず、ひと月が過ぎてようやく自由が回復できたのだ。それも、関係者が僕の事件に強い関心を示していたのに、釈放が遅れたのである。理由はこのようなものだった。僕はいちばん大切な書式を守らなかったのだ。総監様が期待していた請願書のことだ。場合が場合なのだから、気難しいことを言わずに上質の紙にこんなことを書けばよかったのだろう。

私ことギヨ（あるいはマルタン、ジャノ）は謹んで総監閣下にお願い申し上げます。

このように下卑た屈辱的なお願いをすれば、きっとお返しにすぐ釈放してもらえただろうし、追放されることもなかっただろう。正直を言って、この手合いの男が下水掃除屋やけちな娼館の女将にいつも閣下と呼ばれているからといって、堅気の人間にもそう呼べと要求するなどとは全く馬鹿げているではないか。ごろつきどもに閣下と呼ばれているから自分がひとかどの人物だと思い込んでいるので、普通の紳士相手に使うような文言で書いて差し上げても満足しないのである。

何たる時代か、何たる風紀か[140]。

これ以上言葉が出ない。このご立派な警察総監は思いつく限りのあらゆることをしてなんとか僕の収容期間を延長しようとしてそれも徒労に終わったのに、破廉恥なことに大臣[141]の意向にもかかわらず最終通告を受け取った日のようやく五日後になってから僕の釈放を命じたのである。

人民の権利を守る人々、つまり高等法院のみなさまは、この男が叱責を受けに行ったらこの義務違反をこっぴどく叱ってやってほしい[142]。

でも話がもう長すぎるものになってしまった。けりをつけるために、僕は牢屋から出されることになった。それと同時に王からの命令が伝えられた。陛下から次の命令があるまで、僕はパリを離れなければならず、以後五十リユ以内に近づいてはならないということだった。二倍離れてロンドンまで行っても罪にはならないだろうと僕は考えた。それにもし僕がしたことが悪いことだったというのだったら罪を認めるし、喜んで追放を受け入れ、いつか呼び戻されることを心安らかに待っていよう。監獄以外であれば僕はどこでもうまくやっていけるのだから。自由に明るい空を満喫できて、最期まで不都合なく生きていけるのなら、どこの国にいようと僕には同じことだ。僕の意志は僕だけのもので誰にも文句はつけられない。独立不羈な僕は、すみか、習慣、生活環境を気紛れに変え、全てにこだわりつつ何に対する執着もない。今日僕はロンドンにいるが、半年後にはモスクワかペテルブルグにいるかもしれない。他のどこかかもしれないし、いつかイスファハンや北京に行くことになったとしても奇蹟とは言えないだろう。

こんなに変わった言動と考え方をしていたら、賞賛よりもずっと多くの批判を身に引きつけるだろうことはわかっている。でもこの駄文の最初で僕は人間というものについてはっきりと書いたが、それからすると人の非難も賛同も僕にとっては同様にどうでもいいことがわかってもらえると思う。賞賛されようがされまいが、それで自尊心がくすぐられることも傷つくこともない。人の評価というものはほんのちょっとしたことで変わるものだ。評価を勝ち得るのも失うのも全く造作ないことで、それがどんなに小さな骨折りだとしても、人の評価とはわざわざ骨を折って手に入れる価値があるものではない。もっとはっきり説明してほしいだろうか。僕は人間というものを軽蔑しているのだ。だから人の賛同や賞賛をあえて求めたりはしないし、僕のこの軽蔑に対して軽蔑を返してもらって結構だ。むしろそうしてほしいとすら思っている。だからこそ前から僕はこの言葉を座右の銘としている。

Contemni et contemnere.（軽蔑され、軽蔑する。）[143]

以上[144]

註

深紅のソファー

001――リエージュはベルギーのワロン地方の中心都市。アルデンヌという名前の県はフランス東部のベルギー国境沿いにあるが、ここではフランス、ベルギー、ルクセンブルクにまたがる地方の名前である。ムーズ川はフランス東部からリエージュに流れ、オランダで北海に注ぐ川。

002――このコモッド（Commode）という名前は「都合がよい、おあつらえ向きの」という意味の形容詞commodeと同じ形で、既に第一章でこの単語がソファーの形容に使われていた。それでもこの名前はローマ皇帝コモドゥスのフランス語での名前でもあり、人名としても存在する。

003――プランタニエール（Printanière）は「春の娘」というような名前。

004――クラポディーヌ（Crapaudine）は「蛙姫」というような名前。

005――バール通りは現在パリ四区にある通りで、当時実際にセルヴラソーセージで有名な店があったという。クラポディーヌが住むアルデンヌ地方はフランス東部で、パリから遠く離れている。セルヴラソーセージはスイス、ドイツ、アルザス、フランス北部で人気があるソーセージで、たぶんピカルディー地方出身のフジュレも好んだのだろう。

006――マルタン＝セック種は洋梨の古い品種で、焼き梨やコンポートなどにして食される。

007――ブルボン王朝初代の王、アンリ四世（一五五三－一六一〇、在位一五八九－一六一〇）は実際にブリーのチーズを好んだとされ、王妃マルゴは王が寵姫ガブリエル・デストレに会いに行くのを妨げるために好物のブリー付きのパンを用意したという伝説がある。

008――サン＝ミシェル橋は現在のパリ四区にある橋だが、現在の橋は一八五七年に再建されたもの。この橋は数度にわたって再建されているが、ここで問題になっているのは一六一六年につくられた石橋。当時のパリの橋には建物が建っていて、サン＝ミシェル橋にはフランス革命直前まで建物があり、多くの店があった。

009――名前や生没年は不詳だが、実在の有名な女衒。

010――カテキズムはキリスト教の入門教育であり、「公共要理」と呼ばれる。カトリック教徒の一般の子供もこれに通う。

011——Pomme de rainetteと書かれている。食用のりんごにpomme de reinetteという品種があり、このreinetteという単語は「女王(reine)」に指小辞をつけたものだが、rainetteは「雨蛙」の意味である。この二つの単語を混同してpomme de rainetteと書くことは珍しくないので、ここで意図的にreinetteをrainetteと間違えて言葉遊びにしたのかどうかは定かではないが、意図的なものと考えて「蛙姫りんご」と訳しておいた。ちなみにpomme de reinetteは日本で言う「姫りんご」ではない。

012——ハンセン病患者などを収容した教会付きの病院だが、同時に素行が悪い少年も矯正のために収容されていたという。

013——現在のパリ五区フイヤンティーヌ通りにあった修道院。一七九三年に廃止された。

014——十八世紀前半のジャンセニスムの運動。謹厳さで知られたジャンセニスムは、カルヴァン派の恩寵予定説に近い考えをもち、一七一三年にローマ教会に異端宣告を受けた。一七二七年にフランソワ・ド・パリスという聖人と目されたジャンセニストの助祭が亡くなると、この助祭が埋葬されたパリのサン＝メダール教会の墓地で奇跡が起こるという噂が生まれ、多くの信者がこの墓地で痙攣を伴う集団的恍惚状態になったという。十八世紀前半のフランスのキリスト教会における一大スキャンダルだが、ジャンセニスムの退潮を象徴する運動と考えられる。直後の一節にある「猿芝居」はこのサン＝メダール教会の墓地での出来事を指している。

015——縁日においてパントマイム、曲芸、綱渡りなどの興行をした曲芸団。

016——Ventruは「太鼓腹」という意味。

017——作者のフジュレはピカルディー人である。

018——『リエージュ暦書』は十七世紀からリエージュ司教領で毎年出版された本で、占い、予言や生活情報、短い物語などが掲載されていた。マチュー・ランスベールという数学者が著者とされるが、おそらく実在しなかったと考えられる。十八世紀のフランスにおける毎年のベストセラーだったが、現代日本における高島暦のようなものであり、ヴォルテールもその予言の曖昧さを皮肉っている。つまり『リエージュ暦書』の著者は、最も信用に値しない、存在すらも疑わしい人物であり、フジュレも当然この妖精物語のパロディー中で「どんなにありそうもないことでも事実として書いてある本」に対する皮肉を言っているのである。

019——現在のパリ一区と四区の境界にある橋。サン＝ミシェル橋と同様にこの橋にも多くの店があったが、一六四七年につくられた石橋は革命前に取り壊されている。現在のシャンジュ橋は一八六〇年に再建されたもの。

修繕屋マルゴ

001――［原註――警察総監。］

002 『コスモポリット（世界市民）』の訳註137を参照。実際には衛兵隊の兵士のイメージは実直とは程遠いものだった。マルゴの語りは偽りの無邪気さをまとっている。

003――［原註――パリの下々の修繕屋のほとんどは樽を仕事場としている。］

この小説の扉絵は樽の中にいる修繕屋の女を描いたものである。

004――当然一般的に言って従僕はよい仲間とみなされていなかった。

005――小アジアのヘレスポントス（現ダーダネルス）海峡沿岸にあった古代ギリシアの植民市。風紀の乱れで有名だった。

006――シテール島はギリシアのキティラ島のこと。愛の女神アフロディテー（ヴィーナス）に捧げられた神殿があったと言われ、愛欲の聖地のようなものと考えられた。

007――ラ・ラペはパリの旧サンタントワーヌ街の河岸。キャバレーが多くあった。

008――［原註――パリ市庁舎近くの料理屋。］

009――一ルイ金貨は二十四リーヴルに相当し、庶民にとって一ルイは非常な大金である。

010――ギリシア神話の生殖と豊穣を司る神、プリアポスのこと。ディオニュソスとアフロディテーの息子で、男根を象徴とする神である。

011――パリ郊外の公園がある町で、休日にはパリ市民が多く遊びに行った。

012――現代のフランス行政でロワール川河口の大西洋岸にある町ナントはブルターニュに含まれていないが、歴史的にはブルターニュの町である。

013――［原註――カフェ・ド・テュイルリーを経営していた。］

014――ナイトキャップのような被り物。

015――実在の有名な娼館の女将。

016――［原註――売春婦を意味する柔らかい表現。］

017――［原註――この界隈で通用している優しい呼びかけの言葉。］

018――ピンチベックは金を模した亜鉛と銅の合金。英国の時計職人クリストファー・ピンチベック（一六七〇－一七三二）が十八世紀初頭に発明したもので、金の安価な代替品として重用された。

019――娼館の女将のこと。売春に関する語彙は宗教に借りたものが多く、ここで娼婦を呼ぶ「寄宿生」も修道院の寄宿生と並行の存在である。

020――アンシャンレジームにおいては髪やかつらに白い粉を振りかけることが流行していたが、特別な香料の調合をもつマレシャルの粉はその中でも特に珍重された。

021――マルタン兄弟はルイ十五世時代に有名だった漆器職人。マルタンの漆器はこの時代の奢侈の象徴だった。

022――酒の神ディオニュソスのこと。

023――パリの南郊外ビセートルにあった病院は病人以外に物乞いや浮浪者などを収容する施設で、犯罪者や精神病患者、性病患者も収容されていた。実質上、パリの民衆の監獄として機能していた。

024――聖コスマスは医者の守護聖人で、性病患者の守護聖人でもある。

025――ビセートルに収容された性病患者の治療に用いられた水銀を含む膏薬。

026――性病患者の治療では四人の患者が同時に数時間の間プールに入ることが求められたという。

027――アレクサンドロス大王の時代のギリシアの大画家。

028――ギリシア神話の登場人物の一人で、ミノタウロスの母。

029――スザンナは旧約聖書外典ダニエル書補遺に登場する女性。水浴しているところを二人の老人に覗き見され、この二人に脅迫されて関係を迫られるが、それを断ったためにでっち上げの姦通罪で告発される。この物語はしばしば絵画の主題になったが、裸婦像を描く格好の口実だったとも言われる。

030――カトリックの修道会カルメル会は十七世紀に跣足カルメル会とビエット派カルメル会に分裂した。このビエット派カルメル会の教会はパリのアルシーヴ通りにあった。現在パリ四区の同所にあるビエット教会はルター派の教会である。

031――旧パリ四区（現在のパリ一区）、ルーヴル宮近くにあった通りで、現存しない。サントノレ通りとヴィユ＝ルーヴル広場に通じる通りだった。ルーヴル宮とテュイルリ宮を接続する工事でこの通りの一部がなくなり、現在のリヴォリ通りが一八五五年に開通するとともに消滅した。フジュレ自身がシャントル通りに住んでいた。

032――パリの南東五七キロのところにある町で、フランス王家の宮殿があることで知られている。当時のフランス王ルイ十五世はこの宮殿で結婚した。ここにある森は王の狩猟場であった。

033――蒸留酒にさくらんぼ、杏、桃などを浸したリキュール。

034――ピエトロ・アレティーノ（一四九二－一五五六）はイタリアの作家で、近世好色文学の祖とされ、フランスのリベルタン作家が繰り返し言及している。代表作は対話篇『ラジオナメンティ』。

035——［原註——以前猥褻な絵によってパリでとても有名だった画家。］カール・グスタフ・クリングステット（一六五七—一七三四）はパリで活動したスウェーデン人の画家で、特に嗅ぎたばこ入れの装飾で知られた。

036——［原註——聖職者が襟につける胸飾り。］

037——この時代、女性の男装、男性の女装は宗教上の罪とみなされていた。

038——ヒベルニアはアイルランドの旧称。事実この時代のパリには多くのアイルランド人の僧侶がいて、「ミサを挙げるしか能がない」というのが紋切り型のイメージだった。

039——註031のシャントル通りと同様、リヴォリ通りの開通とともに消滅した通りで、旧パリ四区にあった現存しない通り。

040——［原註——この不幸な出来事が起きたのは十五、六年前のことである。数人の聖職者が同じ運命だった。］サン＝ニコラ＝デュ＝ルーヴル教会が倒壊したのは一七三九年十二月十五日のことで、六人の司教座聖堂参事会員が犠牲になった。『修繕屋マルゴ』は一七五〇年に発表されているので、事故を十五、六年前のこととするのは多少計算が合わない。

041——註010参照。

042——ヌイイは現在ヌイイ＝スュル＝セーヌという名前の町で、パリの西隣オー＝ド＝セーヌ県にある。この町はパリともブーローニュの森とも接している。ここで「ブーローニュのソーセージ（saucisson de Boulogne）」と呼ばれているものは、実際にはモルタデッラとも呼ばれるボローニャソーセージ（saucisson de Bologne）のこと。もちろんイタリアからパリにソーセージを持って来たということではなく、モルタデッラの製法は早くからヨーロッパ中に広まっていた。この時代のフランス人はBoulogne（ブーローニュ）とBologne（ボローニャのフランス語綴り）が一文字違いなので名前を間違えることが多く、一七六五年のアカデミー・フランセーズの辞書にすらSaucisson de Boulogneという例が挙げられている。フジュレが「ヌイイの娘からブーローニュのソーセージをもらった」と書くとき、この混同を念頭に置いた滑稽な効果を狙っているのか、それとも本人も勘違いしているのか定かではない。

043——［原註——最良の驢馬を産すると言われるブルターニュの地方。］古くから驢馬の産地として有名だった地方。現在はヴィエンヌ県のミルボーを中心とした地方である。十八世紀の地理区分では実際にはブルターニュ地方の東隣のアンジュー地方だった。ちなみにフランスのリベルタン文学において驢馬は巨根の動物の代表である。

044——ルイ・ド・テュレという人が一七三三年から一七四四年までオペラ座の支配人だった。

045——[原註——オペラ座のこと。]
王立音楽アカデミーの劇場オペラ座はこのときサントノレ通り、パレ＝ロワイヤルのすぐ近くにあった。

046——オペラ座の庇護下にある遊女は警察との厄介事を免れることができた。

047——[原註——機材や大道具を置く家で、定員外の踊り子はここでレッスンをした。]

048——当時オペラ座には男性ダンサーのマルテールが三人いて、それぞれ悪魔役が得意な悪魔のマルテール、その弟で軽い身振りの鳥のマルテール、さらにもう一人が英国人マルテールと呼ばれていた。悪魔と鳥は兄弟だが、英国人はその兄弟だったのかいとこだったのかがわかっていない。

049——これらはみんな実在のオペラ関係者の名前。これと同種の事件は数多くあったが、ここで問題になっているのはおそらくマリー＝アントワネット・プティというダンサーで、一七二二年にオペラ座に入ったが、この事件のために一七四〇年にオペラ座を追放になった。一七四二年にオペラ座に復帰し、一七四六年に引退した。

050——オペラ＝コミック座はコメディー＝フランセーズ、オペラ座とともに王立劇場の一つだったが、大衆劇を起源にもつ新しい一座であり、格が低いものと見なされていた。また、人気があるために他の劇場にとっての脅威と見なされ、一七四五年から五一年にかけて閉鎖を余儀なくされた。

051——[原註——舞踊を司る女神。]

052——[原註——以前ロード・ウェイマスに囲われていた。]
マドモワゼル・デュロシェもロード・ウェイマスも実在の人物。マリー・デュロシェは当時のオペラ座のダンサーの一人。第二代ウェイマス子爵（一七一〇－五一）は英国の貴族。

053——[原註——仲買人の街区。]

054——[原註——マルゴはいろいろな人から教えてもらってあらゆる種類の言語を話せるようになっているはずだということを思い出してください。]
原文ラテン語。*Timeo Danaos et dona ferentes.* 古代ローマの詩人ウェルギリウスの代表的叙事詩『アエネーイス』の有名な詩文。ここでは梅毒が贈り物と考えられている。

055——[原註——フロランスやパリスと同様に有名な娼家の女将。]

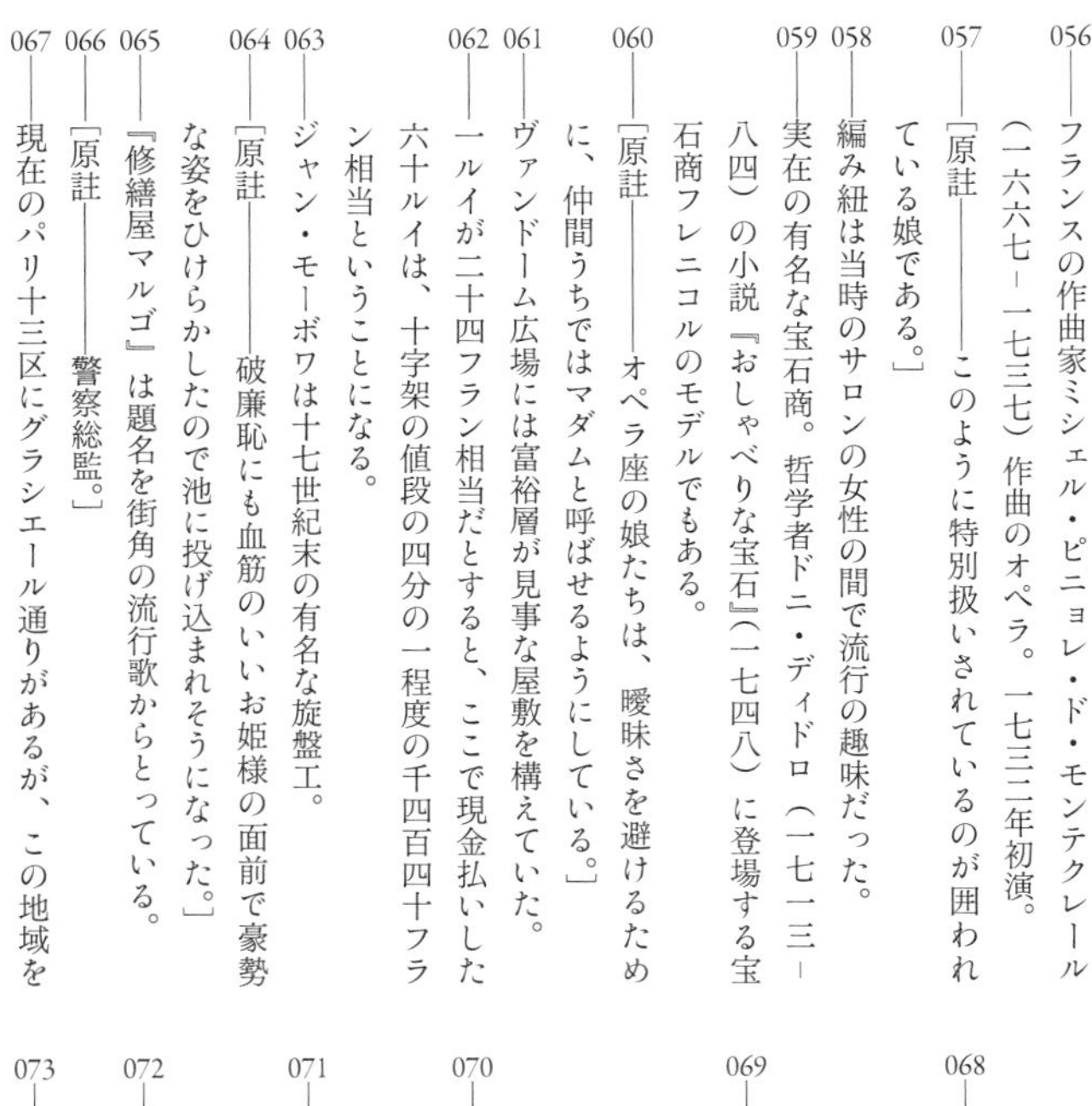

056――フランスの作曲家ミシェル・ピニョレ・ド・モンテクレール（一六六七－一七三七）作曲のオペラ。一七三二年初演。

057――［原註――このように特別扱いされているのが囲われている娘である。］

058――編み紐は当時のサロンの女性の間で流行の趣味だった。

059――実在の有名な宝石商。哲学者ドニ・ディドロ（一七一三－八四）の小説『おしゃべりな宝石』（一七四八）に登場する宝石商フレニコルのモデルでもある。

060――［原註――オペラ座の娘たちは、曖昧さを避けるために、仲間うちではマダムと呼ばせるようにしている。］

061――ヴァンドーム広場には富裕層が見事な屋敷を構えていた。

062――一ルイが二十四フラン相当だとすると、ここで現金払いした六十ルイは、十字架の値段の四分の一程度の千四百四十フラン相当ということになる。

063――ジャン・モーボワは十七世紀末の有名な旋盤工。

064――［原註――破廉恥にも血筋のいいお姫様の面前で豪勢な姿をひけらかしたので池に投げ込まれそうになった。］

065――『修繕屋マルゴ』は題名を街角の流行歌からとっている。

066――［原註――警察総監。］

067――現在のパリ十三区にグラシエール通りがあるが、この地域を流れるビエーヴル川沿いの沼は冬に凍結してスケート場になり、夏まで氷を保存することができた。そのためこの地区はグラシエール（氷室）と呼ばれた。

068――フランスの作家、オノレ・デュルフェ（一五六七－一六二五）の十七世紀を代表する大河小説。一六〇七から一六二四年にかけて発表された。リベルタン小説においてはしばしばその純朴さが揶揄の対象になる。

069――マリー・ペリシエ（一七〇七－四九）は当時の有名な女歌手。ユリスは本当の名前をデュリスというアムステルダム生まれのユダヤ人の一種のあだ名で、ペリシエに恋をして数多くの宝石を贈ったが、彼女が他の男と通じているのを知って、復讐しようと陰謀を企んだために処刑された。

070――リュカオンはギリシア神話のアルカディア王。ゼウスの怒りを買って狼に変身させられる。サバンナに住むハイエナに似た動物のリカオンはこの人物から名前をとっている。

071――ジュリアン・ル・ロワ（一六八六－一七五九）はフランス、トゥール生まれの時計職人。ルイ十五世付きの時計職人だった。

072――セラドンはオノレ・デュルフェの小説『ラストレ』の主人公で、プラトニックで忠実な恋人の代名詞。

073――［原註――レモン、蒸留酒、砂糖、水を混ぜた飲み物の類。］

074——英国王ジョージ二世（一六八三－一七六〇）。在位は一七二七年から一七六〇年。ハノーヴァー朝の二代目の王だが、若僭王ことチャールズ・エドワード（一七二〇－八八）はスチュアート朝の後継者であると主張し、フランスの支持を得て英国の王位を簒奪しようとした。

075——原文は英語とフランス語が入り交じった滑稽な文章。

076——［原註——メデューサとも。］

077——［原註——著者はこの表現を皮肉に用いている。徴税請負人の人数がアカデミー・フランセーズ会員と同じ四十人だからである。］

078——紀元前六世紀リュディアの王クロイソスは膨大な富で知られ、しばしば大金持ちはクロイソスにたとえられる。

079——タンサン夫人（一六八二－一七四九）のこと。一七一七年に産んだ子供を教会の階段に捨てたが、この子供が哲学者ダランベール（一七八三年歿）になった。タンサン夫人の文学サロンにはフォントネル、モンテスキュー、マリヴォー、デュクロ、クレビヨンなどの錚々たる文人が集まった。

080——［原註——モンテスキュー氏の『ペルシア人の手紙』。］

081——シモン・ジョゼフ・ペルグラン（一六六三－一七四三）。詩人、劇作家であり、ラモーなどのオペラ作品の台本作者でもある。前述の《ジェフテ》の台本はペルグランによるもの。聖職者だったが還俗して演劇を選んだ。

082——一七三五年から発表されたボワイエ・ダルジャン（一七〇四－七一）の書簡体小説で、モンテスキューの『ペルシア人の手紙』と同じ趣向のもの。ボワイエ・ダルジャンは現在ではリベルタン小説『女哲学者テレーズ』の著者としてだけ知られているが、同時代の人間には大変によく読まれていた。フジュレはボワイエ・ダルジャンと仲が悪かったと伝えられる（『コスモポリット（世界市民）』参照）。

083——ピエール・ベール（一六四七－一七〇六）。『歴史批評辞典』で有名で、十八世紀の啓蒙思想に大きな影響を与えた。

084——ジャン・ル・クレール（一六五七－一七三六）はジュネーヴの神学者、哲学者、歴史家。ヨーロッパ中を旅してロック、フォントネル、ヴィーコなどと親交を結んだ。

085——ジョヴァンニ・パオロ・マラナ（一六四二－九三）はジェノヴァの貴族。トルコ人の目からヨーロッパ、特にフランスの歴史や風俗を批判する書簡体小説『トルコの密偵』は、モンテスキューの『ペルシア人の手紙』のヒントとなったばかりでなく、書簡体小説の流行にも貢献した。

086——デフォンテーヌ師（一六八五－一七四五）の『世俗のエスプリの人向けの新語辞典』（一七二六）は、同時代の文人を皮肉る著作。

087——当時のコメディー＝フランセーズ座の近くにあったカフェで、劇場関係者だけでなくヴォルテールやルソーなど多くの文人が集まった。一六八六年創業で一八九〇年に閉店したが、一九五七年に同じ場所に開店したレストランが同じ名前を名乗っている。

088——聖アウグスチヌスの教えに従うアウグスチノ修道会の一つ。十三世紀設立の托鉢修道会。

089——[原註——アカデミー・フランセーズ。]

090——メッサリーナ（二〇頃-四八）は第四代ローマ皇帝クラウディウス（前一〇-後五四）の三人目の皇妃。フランス近世文学においては淫婦の代名詞としてメッサリーナの名前がよく使われた。

091——マリヴォー（一六八八-一七六三）の未完の小説『百姓の成り上がり』（一七三四-三五）の主人公ジャコブのこと。

092——オリゲネス（一八五頃-二五四頃）は古代キリスト教神学者。新プラトン主義の流れをくむ神学者とされ、自ら去勢したとする伝説がある。

093——ピエール・アベラール（一〇七九-一一四二）はフランス人の神学者で、家庭教師の生徒のエロイーズとの激しい愛で知られる。叔父のフュルベールの命令で局部を切り落とされたという。つまり、オリゲネスと比べると、自分から去勢したわけではないので、自然の声に従って性的能力を失ったわけではないということ。

094——確かに男性としての性的能力をもっているという証明がローマ教皇になるためには必要であるとされる。

095——ギリシア神話の医術の神。

096——サルペトリエール病院は現在もパリ十三区にあるが、当時は特に女性の犯罪者や放蕩者などを収容していた。

097——[原註——刑の執行人のことをからかってこう呼ぶ。]

098——『パトラン先生の笑劇』は十五世紀末の有名な笑劇だが、ダヴィッド・オーギュスタン・ド・ブリュエ作の一七〇六年初演の喜劇『パトラン弁護士』によって、その記憶が新たにされていた。

099——『コスモポリット（世界市民）』の註109を参照。

コスモポリット（世界市民）

001——原文ラテン語。*Patria est ubicunque est bene.* 古代ローマの弁論家キケロ（前一〇六-前四三）の言葉とされる。「ソクラテスにどこの市民なのかと聞くと、世界の市民だと答えた。全世界を自分の祖国と見なしていたのだ」と続く。

002——紀元前四世紀ギリシアの哲学者、犬儒主義者シノペのディオゲネスのこと。ポリスへの従属を拒んで「世界市民」を名乗ったが、この作品の題名「コスモポリット」はこの犬儒主義者へのオマージュである。フジュレが英国に渡ったのは一七四二年春のこと。

003――ジャック・ロスビーフはルイ・ド・ボワシー（一六九四―一七五八）の喜劇『ロンドンのフランス人』（一七二七年初演）に登場する英国人の商人の名前で、ここでは英国人風の服を着て英国人の真似をする人のことを意味する。「ローストビーフ」がフランスで英国人の蔑称になるのは十九世紀以後のことのようなので、ここに軽蔑のニュアンスはないと思われる。

004――［原註――偉大な数学者にして平凡な作家であるモーペルテュイ氏のこと。この男はベルリンで『肉体をもったヴィーナス』をよみがえらせた。このヴィーナスはかつてこの男が自らの手で生み出したものだが、生まれるとともに死んでしまった。］
ピエール・ルイ・モロー・ド・モーペルテュイ（一六九八―一七五九）はフランスの哲学者、数学者、物理学者。『肉体をもったヴィーナス』は一七四五年に発表されたモーペルテュイの著作の題名。生殖細胞の中に既に生き物の構造が入っていると考える前成説に反対し、進化論の萌芽となる意見を述べたことで知られる。フジュレのコメントは、『肉体をもったヴィーナス』という題名の書物に対する皮肉だろう。実際には肉体をもったヴィーナスが現れることはなく、それはただの書物だったからだ。

005――［原註――この男はその後国外に移住してしまった。この男は並外れた才能をもっているが、それにふさわしい敬意を払わず褒めそやすこともしない同輩を罰しようと思ったのである。］

006――フジュレがオスマン帝国に向けて出発したのは一七四二年六月のこと。

007――［原註――今はチェリゴ島といい、ヴェネツィアの支配下にある兎小屋のようなみすぼらしいところである。］
キュテーラ（シテール）島のこと。ギリシア神話のアフロディテ（ローマ神話のウェヌス、ヴィーナス）の島とされる。イオニア諸島は十三世紀から十八世紀までヴェネツィア共和国のものだった。

008――海のニンフ、カリプソ（カリュプソー）は漂着したオデュッセウスを愛し、長い間オーギュギアという島に引き留めた。

009――カルタゴのこと。北アフリカ、現在のチュニジアの首都チュニスの近くに遺跡がある。

010――［原註――地理の先生の小言を食らいたくないので読者のみなさんにお断りしておくが、ここで名前を挙げている地名は一つの諸島の中にあるものではない。イタケーの王国は今日小ケファロニアの名前で知られる島で、アドリア海の入り口にある。カリプソの島はマルタとその属領の近くの小さな島だと考えられていて、今の名前をゴゾ島という。カルタゴがあった場所はチュニスから二、三リユ離れたところにあり、トロイはダーダネルスの近くにあって小アジアの一部である。］
イタケー島（イタキ島）はギリシア西岸にあるイオニア諸島のうちの一つの島。現在、ケファロニア島はイタキ島の西側にある島。イタキ島に比べて大きいので、小さいイタキ島が小ケファロニアと呼ばれたのであろう。カリプソ（カリュプソー）の島、オギュギア島は、マルタのゴゾ島のことであるという説や、ジブラルタル海峡の近くモロッコ沿岸にあった島のことであるという説などがある。リユは距離の単位で約四キロメートル。

011——ヘロとレアンドロスはギリシア神話に登場する恋人。ヘロはアフロディテの女神官であり、ダーダネルス海峡の西側に住んでいた。対岸に住むレアンドロスはヘロに会うために毎晩泳いで海峡を渡ったとされる。

012——オスマン帝国の大使。一七四一年あるいは四二年に着任。後に帝国の大宰相となった。一七六二年没。父親もまた大使であり、この親子の豪奢な生活様式はパリ人の羨望の的だった。

013——［原註——ポーランドからサン＝クレール男爵と一緒にやってきて、哀れにも男爵が殺害されるのを目撃したのと同じ人。］

014——ボヌヴァル伯クロード・アレクサンドル（一六七五－一七四三）はフランス生まれだが、オスマン帝国に亡命した軍人。

015——詩人のジャン＝バティスト・ルソー（一六六九－一七四一）のこと。十八世紀最重要の詩人の一人に数えられる。一七一二年生まれのジャン＝ジャック・ルソーは当時まだ知られていない。

016——ヴォルテールの「忘恩について」という一七三六年の詩の註に、モルネーはフランス人、ラムジーはスコットランド人、マッカーシーはアイルランド人で、コンスタンチノープルでボヌヴァルに迎えられて改宗したとの証言があるが、ヴォルテールはフジュレの記述に基づいてこの註を後に加えたと考えられる。マッカーシーは金を借りたまま逃げたとヴォルテールは非難しているので、ここでフジュレが言う「債権者」の一人はヴォルテールのことだろう。以下にこの詩の一節を引用する。「アイルランド人はフランスの遠く／ビザンチウムに行き、その恥を／三日月の下に埋めるがよい／怒ることのない平穏な目で／私はこの男の罪と惨めさを見ている

／この男は私の金を持ち逃げしたに過ぎないのだから」この詩ではまたジャン＝バティスト・ルソーも非難されていたが、後にヴォルテールはその箇所を削除している。

017――ヴォルテールは後に「ジュネーヴの内戦」（一七六八年）という詩においてもボヌヴァルとマッカーシーに言及し、註でマッカーシーが借金を返さなかったことを責め、マッカーシーはリスボンで死んだと書いている。

018――フランス宮はコンスタンチノープルにあった。現在もイスタンブールの同地にあるフランス宮と呼ばれる建物がフランス領事館として使われているが、数度にわたって火災に遭っていて、現在のものは十九世紀に建てられたものである。

019――リーヴルはフランス革命前の硬貨。この十八リーヴルという値段は、過度ではないとしても制服をつくるのにかかる金額なので微少でもない。体裁をつくるためにそれなりの予算が用いられたということがここでは言われている。

020――［原註――米、羊肉、鶏肉をごちゃ混ぜにしたようなもの。］

021――ジャン＝バティスト・タヴェルニエ（一六〇五‐八九）は十七世紀フランスの旅行家。インドとの通商の先駆者である。モンテスキューは『ペルシア人の手紙』の執筆にタヴェルニエの旅行記を活用したが、ヴォルテールもディドロもこの旅行記を高く評価していない。

022――［原註――ハレムは女性の居住地である。］

023――男性同士の同性愛のこと。

024――原文ラテン語。*in utroque jure licentiati.*「聖法と俗法の両法を修めた」という意味で、カトリック教会における学位によく用いられた表現。

025――原文ラテン語。*Sunt certi denique fines, etc.* ホラティウスの『諷刺詩集』から。

026――［原註――ガレー船の船長。］

027――［原註――砲弾は石でできている。］

028――「エフェソスの寡婦」は紀元後一世紀の作家ペトロニウスのものとされる古代ローマ諷刺文学の傑作『サテュリコン』の中の物語の一つ。夫の死後、亡骸の隣で共に死のうとしたところを墓守の兵士に見つけられた女がこの兵士に夢中になるという話。

029――エフェソスのアルテミス神殿のこと。ギリシア神話の狩猟と貞潔の女神アルテミスはローマ神話のディアナと同一視された。この神殿は世界の七不思議の一つに数えられたが、伝承によると、紀元前三五六年七月二十一日にヘロストラトスという男の放火によって焼失したという。この男は「自分の名前を歴史に残すために放火した」と供述したという。ヘロストラトスの思わく通りにならないように、エフェソスではこの男の名前を口にすることが禁止され、これに反したものは死刑に処せられることになった。後にアレクサンドロス大王がこの神殿を再建しようとしたが、放火の日が誕生日であったこの英雄の提案をエフェソスの人は断ったという。

030――［原註――ヘロストラトスのこと。］

031――［原註――古くはシテール島と呼ばれた。］

032――オーストリア継承戦争は一七四〇年末に勃発した。英仏はトゥーロンの海戦によって公式に交戦状態になるが、この戦いは一七四四年のことであり、フジュレがトゥーロンに到着したのは前年一月のことである。

033――［原註――羽根飾りをつけた若い軍人のこと。からかいや軽蔑の気持ちを込めて羽根野郎と呼ぶ。］

034――［原註――英国のこと。］

035――原文ラテン語。*Cœlum, non animum mutant, qui trans mare currunt etc.* ホラチウス『書簡詩』から。

036――［原註――ある日オテル・ド・ジェーヴルでお金をすったとき、煉獄などというものは存在しないと言った。元イエズス会のボワモラン神父は賭博師だが紳士で、実に優れた作家である。］
クロード・ジャン・シェロン・ド・ボワモラン（一六八〇－一七四〇）はブルターニュ地方カンペール生まれの作家。賭博癖のためにイエズス会を追われたが、イエズス会の暴露本を書いて賭博の資金にしたという。オテル・ド・ジェーヴルはパリで最も有名な賭博場として知られていたところ。

037――宗教改革者のマルチン・ルター（一四八三－一五四六）とジャン・カルヴァン（一五〇九－六四）のこと。

038――現在南仏エロー県ヴィルヌーヴ＝レ＝マグローヌにあるマグローヌ大聖堂は、十二世紀に建設された大変に古いものだが、ナポリの伝説上の美女マグローヌが建てたものと言われ、この大聖堂にまつわる伝説がある。ピエール・ド・プロヴァンスはプロヴァンス伯爵の伝説上の息子で、大変な美人であるという噂のナポリの王女マグローヌに会いに行き、二人はすぐに恋に落ちる。二人は駆け落ちのように逃げ出すが、マグローヌの飼っている籠の鳥が飛び立ってしまう。これを探しに行ったピエールは行方不明になり、その間にマグローヌはピエールを待ちながら教会を建てたとされ、ピエールは大変な艱難辛苦を経験するが、長い年月の後に二人は再会する。ピエールはプロヴァンス伯爵の息子であるとされるが伝説上の存在であり、その子孫のような誇りは何物にも基づかない誇りだろう。

039――［原註――デフォンテーヌ神父がそのような作家だっ

た。」

原註にあるピエール＝フランソワ・ギュイヨ・デフォンテーヌ（一六八五－一七四五）はフランスのジャーナリスト、批評家。ヴォルテールとの論争で知られるが、大衆向けの歴史書なども書いた。スウィフトの『ガリヴァー旅行記』のフランス語訳がある。

040――ローマの聖ピエトロ大聖堂の建設は一五〇六年に始まり、一六二六年に完成した。古代とはギリシア・ローマ時代のことであり、現代とはルネサンス以後の時代のことである。

041――ルーヴル宮スュリー翼の東側外壁。一六六七年から一六七〇年にかけてつくられたもの。医師であり建築家であったクロード・ペロー（一六一三－八八）の設計とされ、「ペローの列柱」と呼ばれるが、ルイ・ル・ヴォー（一六一二－七〇）、シャルル・ル・ブラン（一六一九－九〇）らも設計に関わったと考えられている。

042――ピエール・ピュジェ（一六二〇－九四）は南仏マルセイユの彫刻家で、「フランスのミケランジェロ」との異名をとった。絵画におけるニコラ・プーサンと並ぶ彫刻を代表する芸術家と見なされていた。

043――オト（後三二－六九）はローマ皇帝。六九年に帝位を簒奪したが、わずか三カ月後に自殺した。ネロが自殺した六八年にローマは内戦状態になり、六九年は、ガルバ、オト、ウィテリウス、ウェスパシアヌスが次々と帝位に就いた「四皇帝の年」として知られている。

044――［原註――一テストーネは三パオロに当たり、フランス通貨ではだいたい三十三スーになる。］

045――［原註――モリエール『才女気取り』の登場人物。］マスカリーユはモリエール（一六二二－一六七三）の喜劇にしばしば登場する下男の名前で、モリエール自身がこの役を演じることがあった。『才女気取り』（一六五九年初演）において、マスカリーユは下男でありながら「侯爵」を名乗り、貴族気取りによって才女気取りの女たちを騙す。

046――［原註――ラブレーのこと。］フランソワ・ラブレー（一四八三あるいは一四九四－一五五三）はフランスのルネサンスを代表する作家。『ガルガンチュアとパンタグリュエル』が代表作。ジャン・デュ・ベレー枢機卿（一四九二あるいは一四九八－一五六〇）とともにローマへ行ったとき、枢機卿が教皇の部屋履きに口づけをしている最中にラブレーは姿を消したという。後でなぜ口づけしなかったのかを枢機卿に聞かれて、「猊下ですら部屋履きに口づけをするのであれば、私はいったい何に口づけをしたらいいのでしょうか」とラブレーは答えたとされる。フジュレがお尻や睾丸の話をしているのはこのエピソードを念頭に置いているからである。

047――伝統的に初代ローマ教皇はイエスの使徒ペトロだったということになっている。

048――ジョセフ・アディソン（一六七二―一七一九）とリチャード・スティール（一六七二―一七二九）によって一七一一年に創刊された英国の日刊紙。英国で広く読まれ、フランス語訳もあった。

049――旧約聖書中の一書。「コヘレトの言葉」とも。この一章二節の「全てはむなしい」という言葉が特に有名である。伝統的には紀元前十世紀頃のイスラエル王、ソロモンの書物とされるが、古くはヴォルテールがこれに反論し、現在では紀元前三世紀頃の書物だろうとされることが多い。

050――原文ラテン語。*Vanitas vanitatum et omnia vanitas.*

051――原文ラテン語。*Sicut umbra transit gloria mundi.* 新しいローマ教皇が選ばれたときに、たとえ教会の最高位についたとしても、現世はむなしいものであるということを言って戒めるために、修道士が足元で麻くずを燃やして「世界の栄光はこのように過ぎていく」と言うという習慣があった。一九七八年に教皇に即位したヨハネ＝パウロ一世のときにこの儀式は廃止された。この儀式の際に言われる言葉は*Sicut transit gloria mundi*だが、「影のように」を意味する*umbra*は記憶違いで紛れ込んだものか。

052――旧約聖書ヨブ書三十四章十五節に「もろもろの血肉ことごとく亡び人も亦塵にかへるべし」とある。

053――キリスト教以前のギリシア・ローマ神話のこと。

054――ギリシア・ローマ神話においてはこの湖が地獄の入り口だと考えられていた。オルフェウスがエウリュディケーを取り戻すために地獄に降っていくときに通るのがこの湖である。

055――神話の巫女シビュラは十二人いるとされるが、その中でも有名なのがこのクマエのシビュラである。オウィディウスの『変身物語』によると、アポロはこのシビュラの美しさが気に入り、もしも愛を捧げてくれるならば何でも望みをかなえてやろうともちかけた。そこでシビュラは片手に握った砂粒の数だけの年数の寿命を与えてほしいとお願いする。結局シビュラはその約束を守らないが、その仕返しだろうか、アポロはこの願いを文字通りにかなえてしまう。つまり同時に若さを保つことも願わなかったシビュラは老いさらばえても死ぬことがかなわないという一種の呪いをかけられることになった。ここでのフジュレの「たっぷり愛をふりまいた」という言葉は皮肉による反語的な表現。

056――実際にクマエのシビュレの洞窟と呼ばれる一三一・五メート

ルの長さの地下道が現存しているが、おそらく軍事目的でつくられたものではないかと考えられている。紀元前四世紀頃のものと推定される。

057――［原註――セイレーンの一人で、ユリシーズに手を触れることができなかったことに絶望して、海に身を投げて死んだ。］
セイレーンはギリシア神話の海の魔物で、美しい歌声で船乗りを迷わせて難船に導いたが、オデュッセウス（ローマ神話ではウリクセス、ユリシーズ）は何としてもこの歌声が聞きたいと思い、船員全員の耳を蠟でふさぎ、自分のことは帆柱に縛りつけさせたので、セイレーンの歌声を聞きながら無事に通過することができたという。セイレーンたちはこれを悔しがって自ら海に身を投げて命を絶ったと言われる。パルテノペはその中でもいちばん有名なセイレーンで、ナポリに流れ着いたとされる。

058――［原註――ウェルギリウス。］
マントヴァはポー平原にあるロンバルディア州の町。この町の近郊で生まれたローマを代表する詩人ウェルギリウスは「マントヴァの白鳥」と呼ばれる。

059――ポッツォーリの洞窟はクリプタ・ネアポリターナ、ポジリポの洞窟とも呼ばれ、伝説ではウェルギリウスがつくったと言われ、ウェルギリウスの墓があるとされる。

060――ソルファターラはポッツォーリにある火山の火口。現在も活動中である。

061――「犬の洞窟」はポッツォーリ近くのアニャーノ湖の近くにあり、高濃度の炭酸ガスが漂っている。かつてはこのガスの危険性を客人に見せるために犬を使った。

062――ジャン・ド・ニヴェル（一四二二－一四七七）は、フランス国王ルイ十一世の命令に背いて最後のブルゴーニュ公シャルル勇胆公を支持したために、父親に絶縁されて逃亡したことで知られる。ここから「ジャン・ド・ニヴェルの犬」という蔑称が生まれ、命令に背いて逃げる人がこう呼ばれるようになったが、いつしか「犬」が文字通りの動物のことであると解されるようになり、この表現が「ジャン・ド・ニヴェルの飼い犬」を意味するようになった。

063――聖コスマスは医者と性病患者の守護聖人。『修繕屋マルゴ』で語られるように、性病患者の治療には水銀を含む膏薬が用いられた。

064――［原註――ナポリの守護聖人。］
聖ジェンナーロ（二七〇頃－三〇五）はナポリの守護聖人の一人で、ナポリ大聖堂に保存されている聖遺物のために有名である。この聖人の血であるといわれる聖遺物は小瓶の中に保存されており、普段は乾いている血が年に二回の祭日に液化すると言われている。

065――[原註――――一七一八年か一九年のシチリア遠征時にビング提督がここを訪れた。]ジョージ・ビング(一六六三―一七三三)は英国の提督。秘書のトーマス・コーベット(一六八七頃―一七五一)が書いた『一七一八年、一七一九年、一七二〇年のビング提督シチリア遠征記』にこのエピソードが紹介されている。英語版は一七三九年、フランス語訳は一七四四年に発表されているが、訳者名がMの頭文字だけで示されているこのフランス語訳はおそらくフジュレ・ド・モンブロンによる翻訳である。

066――マドモワゼル・ル・モールことキャロリーヌ＝ニコル・ル・モール(一七〇四―八六)は十八世紀フランスの有名な女性歌手。名声をマリー・ペリシエ(一七〇七―四九)と競っていたが、ル・モールは美しい声、ペリシエは高い技術を売り物にしていたという。ル・モールが活躍したのは一七二〇年代から三〇年代にかけてのことである。

067――ファリネッリ(一七〇五―八二)はイタリア人の有名なカストラート歌手。

068――フィリップ・キノー(一六三五―八八)はフランスの詩人、劇作家でオペラの台本作者。作曲家のジャン＝バティスト・リュリ(一六三二―八七)とともに十七世紀のフランスオペラをつくりだした。「近代作家」というのはギリシア・ローマの古代芸術との対比による呼び名であり、ギリシア・ローマ時代の芸術と近代の芸術のどちらが優れているかが問題になった十七世紀末の新旧論争を踏まえたものである。

069――《アルミード》、《ファエトン》、《アティス》はキノーの台本、リュリの作曲によるオペラ。《イセ》と《優雅なヨーロッパ》はともにアントワーヌ・ウダール・ド・ラ・モット(一六七二―一七三一)の台本で、前者はアンドレ・カルディナル・デトゥーシュ(一六七二―一七四九)、後者はアンドレ・カンプラ(一六六〇―一七四四)の作曲によるオペラ。《四大元素》はピエール＝シャルル・ロワ(一六八三―一七六四)の台本、アンドレ・カルディナル・デトゥーシュとミシェル＝リシャール・ド・ラランド(一六五七―一七二六)の作曲によるオペラ・バレー。

070――ジャン＝フィリップ・ラモー(一六八三―一七六四)は十八世紀フランスを代表する作曲家であり、音楽理論家でもあった。

071――イタリアのこと。

072――ドイツの高名な作曲家ゲオルク・フリードリヒ・ヘンデル(一六八五―一七五九)は当時英国で活動していた。

073――ローマからロレートにいたる道はvia Laurentiaと呼ばれ、重要な巡礼街道だった。ロレートにあるサンタ・カーザは近世ヨーロッパのマリア信仰にとって最重要の巡礼地だったが、一七九七年にナポレオン軍に略奪された。ここでフジュレが記述するように、この聖母マリアの生家とされる建造物は、十字軍が一〇九九年に建国したエルサレム王国が滅亡した一二九一年頃に、天使がナザレの地からダルマチアに運び、移転を三度繰り返した後、一二九四年にロレートに移されたとされる。さすがに天使が運んだという説を信じるわけにはいかないが、十字軍の戦火を逃れるためにこの家が解体されて、ダルマチアまで船で運ばれたということがありえないわけではないとも考えられている。もっともイエスの歴史的存在は確かなものだとしても、その母親マリアの存在は確かなものではない。

074――ロレートのサンタ・カーザにあった聖母像は黒い聖母であり、福音書の作者聖ルカによるものではなくておそらく十三世紀末か十四世紀頭につくられたものだとされる。ナポレオン軍に略奪された後に返還されたが、一九二一年の火災で焼失した。その後新しい彫像がつくられている。

075――メディチ家のヴィーナスは、プラクシテレスの作とされるクニドスのアフロディテの複製から派生した作品の一つで、紀元前一世紀頃の作品とされる。ヴィーナス像の中でも有名なもので、現在はフィレンツェのウフィツィ美術館に収蔵されている。

076――[原註――聖ルカのことを画家、彫刻家にしようなどと思いついた馬鹿がいたのである。]

077――ヴェネツィアにあった有名な劇場で、一六七七年から十八世紀末までオペラや演劇を上演していた。一七一三年から数年間は事実上の興行主であるヴィヴァルディ（一六七八－一七四一）が自作のオペラを上演させ、一七五一年からはゴルドーニ（一七〇七－九三）が専属作家になって戯曲を上演させた。

078――コティヨンは一種のスカートないしアンダースカートだが、特に農民が身に着けるというイメージがある。

079――フジュレのこの記述は誇張ではなく、本当にこの時代のヴェネツィアでは年間のカーニバルの期間が六カ月に及んだ。

080――ギリシア神話の運命の三女神モイラはクロートー、ラケシス、アトロポスからなり、クロートーが人生を紡ぎ、ラケシスが人生を展開させ、アトロポスが人生を切ると言われる。

081――[原註――四十年前からポンヌフで人の顎を痛めつけている男。]

082――マクシミリアン・ミソン（一六五〇－一七二二）はフランス人の著述家。『新イタリア旅行記』（一六九一）などの紀行文学作品を残した。

083——「善きイスラエルの子」は「信心深い人」の意味で理解するべきか。出エジプト記第十章には、エジプトに闇が立ちこめていたときにも、イスラエルの子の家にだけは光があったとある。

084——[原註——一般的に言って、清潔さはイタリア人が好む美徳ではない。ローマの見事で美しい記念物も同様に汚れている。]

085——ミルトこと銀梅花は愛の女神アフロディテ（ウェヌス、ヴィーナス）に捧げられた植物で、愛の象徴である。

086——[原註——こんな風に自分の国の滑稽なところをあげつらう著者は世界市民を自称しているが、これは似つかわしくない詐称ではないと思われる。確かに同国人を手加減していないが、それは不当なことではないと言ってこの著者を称えることができる。]

087——[原註——トスカーナ地方。]
エトルリアはイタリア中部にあった古代の地方で、現代のトスカーナ地方に当たる。青銅器時代の終わり頃から三世紀半ば頃まで独自の文化をもっていたが、ローマ人に占領され、紀元前四〇年にローマの一部になった。

088——フィレンツェメディチ家の全盛期は十五世紀から十六世紀にかけてだが、一七三七年に家系が断絶していた。

089——ホラチウス（前六五－前八）は古代ローマの代表的な詩人。

090——北アフリカ原産の軽種馬。

091——本来自由港では関税が課されない。一七三七年からトスカーナ大公だったフランツ一世（一七〇八－六五）が、フジュレがこの地方を訪れた一七四五年に神聖ローマ帝国皇帝に即位している。ロレーヌ（ロートリンゲン）生まれのフランツ一世はマリア・テレジア（一七一七－八〇）の夫で、実権はもたなかったものの、オーストリア継承戦争を受けて生まれたハプスブルク＝ロートリンゲン家の最初の神聖ローマ帝国皇帝である。

092——[原註——ジェノヴァの貴族のこと。]
ジェノヴァの貴族にはポルティコ・ヴェッキオ（古いポルティコ）とポルティコ・ヌオーヴォ（新しいポルティコ）という二つの新旧勢力があった。

093——プローテウスはギリシア神話の海神。予言能力をもち、あらゆるものに姿を変える。

094——[原註——ヴォルテール氏はプロシア王のことをこう呼ぶ。]

095——[原註——フランス公使ヴァロリ侯爵。]
ルイ・ギー・アンリ・ド・ヴァロリ（一六九二－一七七四）

はフランスの外交官。オーストリア継承戦争に際し、プロシアがオーストリアに接近しないようにし、フリードリヒ二世の信頼を得てフランスとプロシアの友好的な関係を維持することに貢献した。

096——［原註——ダルジャン氏。無味乾燥なひどいへぼ作家であり、図々しい剽窃作家でもある。優れた作家十二人分よりも多くの文章を一人で書いている。］ボワイエ・ダルジャンについては『修繕屋マルゴ』の註082を参照。

097——トリヴラン（トリヴェリーノ）はコメディア・デラルテの下僕で、アルルカンやスカパンと同様の存在。

098——ジャン・ド・ラ・フォンテーヌ（一六二一－九五）はイソップ童話を基にした『寓話詩』で有名な詩人。

099——［原註——コショワ姉妹のこと。］コショワ姉妹はマリアンヌ（一七二三－八六?）とバベット（一七二五－八〇）の二人で、二人ともバレリーナだったが、バベットはボワイエ・ダルジャンと一七四九年に結婚する。

100——ルイ・ド・フランス（一七二九－六五）はルイ十五世の息子だが、父親の在位中に亡くなったので王位を継ぐことがなかった。後のフランス国王、ルイ十六世、ルイ十八世、シャルル十世は三人とも彼の息子。結婚相手のザクセン王女はマリア＝ヨゼファ（一七三一－六七）。二人は一七四七年二月九日に結婚した。

101——ルイーズ・エリザベート・ド・フランス（一七二七－五九）はルイ十五世の長女で、マダム・プルミエールと呼ばれた。一七三九年にスペイン王フェリペ五世（フランス国王ルイ十四世の孫でスペインのブルボン家最初の国王）の息子フェリペ（一七二〇－六五）と結婚した。フェリペはオーストリア継承戦争の結果、一七四八年にイタリア北部のパルマ公国の公爵となり、フィリッポ一世と称されることになる。

102——［原註——ルモワーヌがこのサロンの絵を描いたが、仕事の給料が支払わなかったために悲嘆に暮れて自刃した。絵の具代ぐらいしか支払われなかったと言われている。］ヘラクレスの間はヴェルサイユ宮殿のいちばん大きなサロン。フランソワ・ルモワーヌ（一六八八－一七三七）はフランスの画家。死の前年の一七三六年に国王の筆頭画家に任命された。ヘラクレスの間の天井画《神々の列に加えられるヘラクレス》は一七三二年から三六年にかけて描いたものである。王が支払った金額が大きくなかったことは事実だが、それが自殺の理由だったかどうかは明らかではない。

103——ラ・トレモイユ公シャルル五世（一七〇八－四一）。

104——「シャンパーニュ連隊のものである（être du régiment de

Champagne)」は「命令を馬鹿にして従わない」という意味の表現。この表現はこの一七三九年のマダム・プルミエールの結婚の際の舞踏会ではなく、一七四七年のルイ・ド・フランスの結婚の際の舞踏会における逸話から生まれたものとされる。見知らぬ男が貴人席に座っていたために衛兵が立ち去るように命じたところ、この男が「私はシャンパーニュ連隊のものだ」と答えて動こうとしなかったということから、この言葉が「命令に従わない」という意味の表現として広がることになったという。フジュレはここで執筆当時の出来たての流行語を使っているということになろうが、一七三九年の舞踏会を仕切っていたラ・トレモイユ公爵がシャンパーニュ連隊長であったという事実と引っかけた冗談になっている。

105——[原註——ノアイユ元帥。]
ノアイユ家初代公爵アンヌが一六二〇年に国王親衛隊長に就任して以来、フランス革命期に廃止されるまで親衛隊長はノアイユ家の当主が務めていた。ここで問題になっているのは一七三一年に親衛隊長になったルイ・ド・ノアイユ公爵(一七一三‐九三)だろう。

106——[原註——大切にされたのは故ラ・マルトリエール夫人だけだった。愛の母ヴィーナスの生き姿が例外扱いされたのは全く正当なことだった。]
ラ・マルトリエール夫人は三代目リシュリュー公爵(一六九六‐一七八八)の愛人の一人で、絶世の美女として知られた。ルイ十三世の宰相として知られる有名なリシュリュー枢機卿(一五八五‐一六四二)は初代公爵。三代目は陸軍元帥だが、放蕩によってよく知られる。

107——建国したばかりのローマには女が少なかったために、子孫を残すために近くのサビニの女性たちを略奪したとされる伝説。このテーマを扱った多くの絵画作品がある。

108——[原註——オペラ座の袋小路の向かいにある有名なモード商。]
マリー・マドレーヌ・デュシャプト(一七六一年以後に死去)は有名なモード商。

109——[原註——ムーイ騎士は、大量に世に出した惨憺たる作品群によって、文芸共和国で大変有名である。]
シャルル・ド・フュー・ド・ムーイ(一七〇一‐八四)はフランスの小説家。ヴォルテールと近しい人物であり、贋作を含む大量の小説を発表した。『修繕屋マルゴ』の中で、ユーモア交じりではあるが、ダルジャン侯爵とムーイ騎士の作品が退屈なものとして言及されている。

110——ハインリッヒ・フォン・ブリュール伯爵(一七〇〇‐六三)は、ザクセン選帝侯フリードリヒ・アウグスト二世(ポーランド王としてはアウグスト三世）の寵臣で、豪奢な暮らしぶりで知られた。蔵書や絵画のコレクションも壮大なもので、彼の死後にロシア女王エカチェリーナ二世はエルミタージュ宮の新しいコレクションのために六百枚以上もの絵を買い取り、ドレスデンの図書館は六万二千冊もの蔵書を取得したという。

111――ガスコーニュ人には自慢ばかりするほら吹きというイメージの他に、手先が器用な泥棒というイメージがあった。

112――ドレスデン城にある緑の丸天井博物館（グリューネス・ゲヴェルベ）は、ザクセン選帝侯フリードリッヒ・アウグスト一世（ポーランド国王アウグスト二世）が一七二三年に創始した財宝コレクションを展示している。

113――ドレスデン・グリーンと呼ばれるダイヤモンドは四〇・七カラットあり、緑色をした天然のダイヤモンドとしては世界最大のもの。一七二二年以前に発見され、一七四二年にザクセン選帝侯フリードリッヒ・アウグスト二世が取得した。現在もドレスデン城内の緑の丸天井博物館にあるが、二〇〇四年に二階に開館した新館で展示されている。

114――エルベ川沿いに一七一五年に建てられた館で、最初はオランダ人の外交官に貸与されたためにオランダ宮と呼ばれたが、一七一七年にフリードリッヒ・アウグスト一世が取得して日本宮に変えた。一階には日本の磁器、二階にはマイセンの磁器が収蔵された。日本宮の建物は現在ドレスデン民族博物館の特別展の展示などに使われている。

115――ファウスティーナ・ボルドーニ（一六九七－一七八一）はイタリア人のオペラ歌手。フランチェスカ・クッツォーニ（一六九六－一七七八）と人気を二分した。ファウスティーナはドイツ人の作曲家ヨハン・アドルフ・ハッセ（一六九九－一七八三）と結婚し、ドレスデンで活躍した。

116――［原註――健康状態について心配する向きがあるかもしれないのでお知らせしておくが、僕はその後でわざわざモンペリエにもう一度行った。］

117――［原註――「ブロンズのライオン」という宿で、主人はラ・フォレという男。］

118――［原註――そのラ・フォレ。］

119――聖体の祝日は三位一体の祝日の次の木曜日、つまり復活祭の六十日後に当たる。

120――旧約聖書サムエル記下第六章。

121――これらの女性はいずれも当時のパリの有名な娼館の女将で、『修繕屋マルゴ』でも言及されている。

122――一ルイが八エキュに当たるので、約束の十六分の一しか支払わなかったことになる。

123――パリのセーヌ川河岸にある小さな丘。現在はパリ五区カルチエ・ラタン周辺に当たる。

124――モベール広場のカルメル会修道院は、第七回十字軍後の一二五六年にルイ九世に連れられてイスラエルのカルメル山から来た修道士がセーヌ河岸に定住してつくった共同体を起源としたもので、十四世紀にモンターニュ・サント＝ジュヌヴィエーヴに修道院がつくられた。修道院はフランス革命時に廃止された。現在は修道院があった場所にパリ五区の警察署がある。

125――[原註――施療院のこと。]

126――ワロン近衛兵は一五三七年にカール五世がつくった制度に起源をもつ。ヨーロッパの広きにわたる国土をもっていたカール五世は兵士の言語ごとの部隊をつくった。スペイン語、イタリア語、フランス語、ドイツ語の四部隊であり、現在のベルギーフランス語圏に当たるワロン人の部隊はフランス語を話す兵士の部隊だった。カール五世（スペイン王としてはカルロス一世）の子孫スペインハプスブルク家の最後の国王カルロス二世が一七〇〇年に亡くなると、ルイ十四世の息子であるフェリペ五世がスペイン王に即位した。この新しいスペイン王はフランス語を話すため、ルイ十四世はワロン人部隊の兵をスペインに送り、王の近衛兵とした。スペインをフランスと併合しようとしたルイ十四世のもくろみはヨーロッパ諸国に反発され、スペイン継承戦争に発展した。戦争の結果、フェリペ五世の即位は承認されたが、フランスのスペイン併合のもくろみは挫折した。

127――ミルトは愛の象徴で、糸杉は死の象徴。

128――西暦三九年、聖母マリアの存命中に、柱に乗った聖母がサラゴサに現れたという。この奇蹟を称えて、ヌエストラ・セニョーラ・デル・ピラール聖堂がここに建てられた。

129――[原註――シャヴィニー氏はフランス一の交渉の達人であり、おそらくヨーロッパ一でもあろう。]テオドール・シュヴィニャール・ド・シャヴィニー（一六八八－一七八一）はフランスの外交官で、スペイン、英国、ポルトガル、スイスなどの外交官を歴任した。

130――フジュレは一七四八年八月末にポルトガルを離れて九月に英国ポーツマスに到着したが、オーストリア継承戦争が終結するのは一七四八年十月である。

131――サー・ベンジャミン・キーン（一六九七－一七五七）は英国の外交官。

132――フランス王ルイ九世（一二一四－七〇、在位一二二六－七〇）の祝日は、八月二十五日。

133――アーヘンの和約は一七四八年十月十八日に締結され、一七四〇年末に始まったオーストリア継承戦争を終結させた。

134――〔原註――パリの中心地にある王立監獄。〕フォール＝レヴェックはごく小さな監獄で、「俳優の監獄」と呼ばれていた。フジュレは一七四八年十一月七日に収監され、十二月五日に出獄した。

135――〔原註――この文章の題名は『修繕屋マルゴ』という。〕

136――〔原註――ダランヴァル神父。野次すら聞こえないような四、五篇の劇作品によっていくらか評判になった。〕レオノール・スーラ・ダランヴァル（一七〇〇－五三）はフランスの喜劇作家。

137――〔原註――ニコラ・ベリエかブレーズ・ベリエという名前の男で、マダム・パリスの有名な娼館のおかげで不滅の名声を手にした。この女将付きの女衒であることを公言し、娼館を保護したので、外国人客はみなほっと胸をなで下ろしたのである。〕ラ・フェリエール伯ニコラ・ルネ・ベリエ（一七〇三－六二）はルイ十五世の愛妾だったポンパドゥール夫人（一七二一－六四）の友人で、その縁故で警察総監になった。この任務に就いていたのは一七四七年五月から一七五七年十月までの期間である。

138――〔原註――ロッシュブリューヌ判事は、堅気の人に害を及ぼすことにかけては法曹界でも指折りのずる賢い悪党である。〕

139――ロバート・ウォルポール（一六七六－一七四五）は英国の政治家で、英国最初の首相（任期一七二一－四二）と考えられている。

140――原文ラテン語。*O tempora! o mores!* 共和制ローマ末期の弁論家キケロの名演説とされる「カティリーナ弾劾」由来のラテン語成句。

141――〔原註――この大臣はモールパ氏だった。〕モールパ伯ジャン＝フレデリック・フェリポー（一七〇一－八一）は当時宮内大臣、海軍大臣だったが、ポンパドゥール夫人と折り合いが悪く、彼女に対する誹謗文書の取り締まりに熱心ではなかった。自らがポンパドゥール夫人を諷刺したために一七四九年に失脚するが、一七七四年にルイ十六世が王位に就くと国務大臣に任命された。

142――〔原註――警察総監は必ず年に一、二回高等法院に自らの行状を報告しに行かなければならない。高等法院主席長官アルレー氏はかつてこの職務に就いた人にこう言ったと伝えられる。某君、本院が求めるものは明るさ、清潔さ、安全性であると。この短い訓戒はけちな大臣気取りの人の誰にとっても大変屈辱的なものだろう。〕

アシール・ド・アルレー三世（一六三九－一七一二）は、報告に来たダルジャンソン警察総監にただ「明るさ、清潔さ、安全性」とだけ答えたという。ダルジャンソン氏は家に帰ってからこの言葉の意味を考え、治安のためには町を明るく清潔にすることが必要だと言われたのだとすぐに思い当たったと伝えられている。つまりここでは自分の本来の職責である町の治安以外のことにかかずらうベリエ氏が批判されている。

143――ローマの歴史家ティトゥス・リウィウス（前五九－後一七）の主著『ローマ建国史』の第四巻四十六章に*contemnere in vicem et contemni*とある（「軽蔑し、そのお返しに軽蔑される」）。

144――原文ラテン語。*Dixi.* 意見を述べた文章の締めくくりに用いられる言葉。

フジュレ・ド・モンブロン[1706–60]年譜

▼——世界史の事項　●——文化史・文学史を中心とする事項　**太字ゴチの作家『タイトル』**——〈ルリユール叢書〉の既刊・続刊予定の書籍です

一七〇一年　▼スペイン継承戦争が勃発（～一四）［欧］▼プロシア王国成立［独］●スティール『葬式』［英］

一七〇六年

十二月十九日、ルイ＝シャルル・フジュレ・ド・モンブロンが北仏ピカルディー地方ペロンヌに生まれる。父親ジャン・フジュレは富裕な未亡人と結婚することによって運気が好転し、戦争特別予算財務官となり、ジョン・ロー政策を利用して財をなしていた。妻には連れ子が二人いて、ジャン・フジュレと妻の間には四人の子供、マリー＝フランソワーズ、ジャン＝ピエール、ルイ＝シャルル、シャルルの四人が生まれた。モンブロンは父親が買った所領の名前であり、貴族の印ではない。

一七一一年　▼南海会社設立［英］●アディソンら「スペクテイター」創刊。英国でジャーナリズムが発達［英］●ポープ『批評論』［英］

一七一三年　▼ユトレヒト条約締結［欧］▼ローマ教会、ジャンセニスムを異端と断じる［欧］●寺島良安『和漢三才図会』［日］

一七一五年　▼ルイ十五世、即位［仏］●ルサージュ『ジル・ブラス』（～三五）［仏］

一七一九年　●デフォー『ロビンソン・クルーソー』［英］

一七二〇－二五年〔十四－十九歳〕

「修繕屋マルゴ」という歌が流行する。

一七二〇年▼南海泡沫会社の株暴落〔英〕▼サルデーニャ王国成立〔伊〕

一七二一年▼ウォルポール内閣成立〔英〕▼ウニスタット条約で、大北方戦争が終結〔スウェーデン・露〕●モンテスキュー『ペルシア人の手紙』〔仏〕●ベイリー『万有語源的英語辞典』〔英〕

一七二二年▼ウォルポール内閣与党のホイッグ党、総選挙で大勝〔英〕▼康熙帝が没し雍正帝が即位〔中〕●ラモー『和声論』〔仏〕●デフォー『モル・フランダーズ』〔英〕●クルムス『解剖図譜』〔独〕

一七二三年〔十七歳〕

姉のマリー＝フランソワーズが巨額の持参金を抱えてパリの財界人と結婚する。

▼フリードリヒ・ヴィルヘルム一世、総管理府を設置〔独〕●ヴォルテール『アンリアード』〔仏〕●J・S・バッハ《ヨハネ受難曲》初演〔独〕

一七二六－二七年頃〔二十－二十一歳頃〕

パリに赴き、ノアイユ公爵が隊長である国王親衛隊の隊員となるが、四年後に職を辞す。

一七二六年　●スウィフト『ガリバー旅行記』［英］

一七三〇年　●マリヴォー《愛と偶然の戯れ》［仏］●トムソン『四季』［英］●ゴットシェット『批判的詩論』［独］●ウォルフ『第一哲学もしくは存在論』［独］

一七三三年［二十七歳］

兄のジャン＝ピエールがパリに居を構える。後に弟のシャルルもパリに上京する。二人とも父と同様に財界で活躍する。

▼ポーランド継承戦争が勃発（～三五）［欧］●ポープ『人間論』（～三四）［英］●ペルゴレージ《奥様女中》［伊］

一七三五年［二十九歳］

九月、父親に買ってもらった王宮付き従僕の職に就く。

▼ウィーン予備条約でポーランド継承戦争終結［欧］●リンネ、植物の分類法を提唱［スウェーデン］●青木昆陽『蕃藷考』［日］

一七三九年［三十三歳］

春、王宮付き従僕の職を売却する（この頃にはクレビヨン・フィス『ソファー』の手稿が『ピンクのソファー』という題名で出回っていたと考えられる）。

▼ジェンキンスの耳戦争(イギリス・スペイン戦争、〜四八)[英・西]●ヒューム『人性論』[英]●フリードリヒ二世『反マキャベリ論』(序文ヴォルテール)[蘭]

一七四〇年 ▼オーストリア継承戦争(〜四八)[欧]▼マリア・テレジア、ハプスブルク世襲領相続(〜八〇)[墺]▼プロシアでフリードリヒ二世(大王)即位(〜八六)[独]●リチャードソン『パミラ』(〜四一)[英]●ダリーン『馬物語』[スウェーデン]

一七四一年[三十五歳]

年末、クレビヨン『ソファー』のパロディー、『深紅のソファー *Le Canapé couleur de feu*』が出版される。

▼エリザベータ即位[露]●カゾット『猫の足』[仏]●J・エドワーズ『怒れる神の手中にある罪人』、『自由意志論』(〜五四)[米]

一七四二年[三十六歳]

二月頃、クレビヨン・フィス『ソファー』が出版される。

春、職を売り払った金を原資にして英国に旅立ち、ロンドンに六週間滞在する。その後ネーデルラント連邦共和国に立ち寄り、パリに戻る。

六月、コンスタンチノープルに向かって旅立ち、九月に到着し、三カ月滞在する。

▼ブレスラウ条約締結、第一次シュレージエン戦争終結(マリア・テレジア、シュレージエンのほぼ全域をプロシアに割譲)[独・墺]

●E・ヤング『夜想』(〜四五)[英]●**ラシーヌ『ポール＝ロワイヤル史概要』**[仏]

一七四三年［三十七歳］

一月、南仏トゥーロンに到着し、パリに戻る。英国人出版業者ロバート・ドズリー著『英国王年代記』のフランス語訳を出版する。

▼オーボ条約（トゥルク条約）［スウェーデン・露］●ヴォルテール『メロープ』［仏］●ジャン＝ジャック・ルソー《優雅なミューズたち》（〜四五）［仏］●ダランベール『力学論』［仏］●スターン『未知なる世界』［英］●フィールディング『大盗ジョナサン・ワイルド伝』（五四年改版）［英］

一七四四年［三十八歳］

重病に苦しむフランス王ルイ十五世の回復を祈る詩が流行しているのに乗じ、それらの詩をからかった「他人の好みに合わせた頌歌」、方言風の言葉で書いた「シャイヨの百姓が国王に申し上げる挨拶」というパロディー詩などを書く。

▼第二次シュレージエン戦争（〜四五）［欧］●ダランベール『流体の運動および均衡論』［仏］●S・ジョンソン『サヴェッジ伝』［英］

一七四五年［三十九歳］

フランス王アンリ四世を称えるヴォルテールの叙事詩『アンリアード』（一七二三）を一字一句パロディーにした『滑稽アンリアード *La Henriade travestie en vers burlesques*』を出版。

四月、イタリアに向かう。ローマ、ナポリ、ロレット、ボローニャ、ヴェネツィアを旅する。

▼ポンパドゥール夫人、公妾と認められ、ルイ十五世の宮廷に入る［仏］●スウィフト歿［英］●ホガース《当世風結婚》［英］●ゴルドーニ『二人の主人を一度にもつと』［伊］●ゲラート『信心ぶる女』［独］●リンネ『オェーランドとゴットランドの旅行』［スウェーデン］●スヴェーデンボリ『神への帰依と愛について』［スウェーデン］

一七四六年［四十歳］

春、パリに戻る。ドイツに旅立ち、ベルリンとドレスデンを訪れる。

▼カロデンの戦い［英］●ディドロ、『哲学断想』を匿名出版［仏］●ヴォワズノン『身持ちの修まった浮気女』［仏］●C・バトゥー『同一の原理に還元される諸芸術』［仏］●ヴェルネイ『真の研究方法』［伊］

一七四七年［四十一歳］

年頭、パリに戻る。

五月、バルセロナに到着する。サラゴサ、マドリード、リスボンを旅する。

▼オラニエ公ウィレム四世、オランダ総督に就任〔蘭〕●リチャードソン『クラリッサ・ハーロウ』（～四八）〔英〕

一七四八年〔四十二歳〕

八月、パリに戻る。『修繕屋マルゴ *Margot la Ravaudeuse*』を印刷させようとするが、実際に印刷されたのか、印刷前に原稿が押収されたのかはわからない。

十一月七日、『修繕屋マルゴ』に対する告発を受けて逮捕され、フォール＝レヴェック監獄に収容される。十二月五日に釈放。

▼アーヘンの和約〔欧〕●モンテスキュー『法の精神』〔仏〕●ラ・メトリ『人間機械論』〔仏〕●ボワイエ・ダルジャン『女哲学者テレーズ』〔仏〕●ジョン・クレランド『ファニー・ヒル』〔英〕●ポンペイ遺跡発掘開始〔伊〕●クロプシュトック『救世主』の最初の三歌出版〔独〕

一七四九年〔四十三歳〕

ロンドンでヨーロッパ旅行記『コスモポリット（世界市民）*Le Cosmopolite ou le Citoyen du monde*』を執筆する。パリを追放されたとはいえ、しばしばパリに戻って来ていたようだ。

▼農奴制廃止〔モルダヴィア〕▼第三次マタラム継承戦争（～五七）〔インドネシア〕●ビュフォン『博物誌』（～八九）〔仏〕●ディドロ

『盲人書簡』〔仏〕●フィールディング『トム・ジョウンズ』〔英〕●S・ジョンソン『願望の空しさ』〔英〕

一七五〇年〔四十四歳〕

『コスモポリット（世界市民）』と、警察当局を挑発する短い序文を付け加えた『修繕屋マルゴ』を出版する。

▼鉄法（植民地の金属業禁止）成立〔英〕●ゴルドーニ《喜劇》、《喫茶店》、《嘘つき》上演〔伊〕●バッハ歿〔独〕●スマローコフ『ホレーフ』〔露〕

一七五一年〔四十五歳〕

ジョン・クレランド『ファニー・ヒル』（一七四八）のフランス語抄訳を出版する。

▼田沼意次、側衆に（〜八六）〔日〕●ディドロ、ダランベール『百科全書』刊行（〜七二）〔仏〕●ヴォルテール『ルイ十四世の世紀』〔仏〕●グレイ『墓畔の哀歌』〔英〕●ピラネージ《ローマの壮麗》〔伊〕●トンマーゾ《ファルナーチェ》〔伊〕

一七五二年

▼コンバウン朝成立〔ミャンマー〕●ブッフォン論争（フランス音楽を代表する作曲家ラモーらとイタリア音楽を高く評価するルソーらの間の論争）（〜五四頃）〔仏〕●トレジアコフスキー『詩と散文による自作および翻訳』〔露〕

一七五三年〔四十七歳〕

春、パリに戻るが、逮捕状が出るとオランダへと去る。「マインツ滞在中のM・F・ヴォルテールへの書簡」を発表。

アムステルダムで逮捕されたかと思われたが、十一月にモスクワ滞在が確認されている。この頃ヨーロッパ中に悪評が響いていた。

▼オーストリア一般民法典の編纂［墺］●ビュフォン『文体論』［仏］●ディドロ『自然の解釈に関する思索』［仏］●大英博物館創設（五九年開館）［英］●スモレット『ファゾム伯爵ファーディナンド』［英］●ゴルドーニ『宿屋の女主人』［伊］

一七五五年［四十九歳］

三月十四日、トゥールーズで逮捕され、四月十二日にバスティーユ監獄に収容される。九月二十五日に釈放され、出身地のペロンヌに戻る。

▼フレンチ・インディアン戦争（〜六三）［米・欧］▼リスボン大地震［ポルトガル］●ジャン＝ジャック・ルソー『人間不平等起源論』［仏］●S・ジョンソン『英語辞典』［英］●C・F・ニコライ『ドイツにおける文芸の現状に関する書簡』［独］●レッシング「ミス・サラ・サンプソン」初演［独］●モスクワ大学設立［露］

一七五六年▼七年戦争（〜六三）［欧］●ヴォルテール『リスボンの災害についての詩』［仏］●ザロモン・ゲスナー『牧歌』［スイス］●ゴルドーニ『広場』［伊］●アルカディア・ルジターナ創設（〜七四）［ポルトガル］●アレクサンドリンスキー劇場創立［露］

一七五七年［五十一歳］

パリに戻り、ヴォルテールを初めとするフランス人の英国贔屓を批判した『英国かぶれ予防法 *Préservatif contre l'anglomanie*』を出版する。

▼プラッシーの戦い、インドにおけるイギリスの覇権確立［英・印］●ルソー『演劇に関するダランベール氏への手紙』［仏］●ディドロ『私生児』［仏］●E・バーク『崇高と美の観念の起原』［英］●パリーニ『田園生活』［伊］●C・F・ニコライ、レッシングらと「文芸論叢」を創刊（〜六〇）［独］

一七五九年［五十三歳］

パリの堕落を批判する『ガリアの首都、新しきバビロン *La Capitale des Gaules ou la Nouvelle Babylone*』を出版する。

▼クネルスドルフの戦い［欧］▼カルロス三世即位［西］●ヴォルテール『カンディード』［仏］●ジャン＝ジャック・ルソー「ヴォルテールへの手紙」［仏］●ディドロ『家長』［仏］●ダランベール『哲学要諦試論』（〜七七）［仏］●S・ジョンソン『アビシニア王子ラセラス』［英］●ハーマン『ソクラテス回想録』［独］●C・F・ニコライ、レッシングらと「最新の文学に関する書簡集」を刊行（〜六五）［独］●ヘンデル歿［独］

一七六〇年

九月十六日、パリで亡くなる。享年五十三歳。

▼英軍、モントリオール、デトロイトを占領［英］●ディドロ『修道女』［仏］●スターン『トリストラム・シャンディ』（〜六七）［英］●ピッチンニ《チェッキーナ、または良い娘》［伊］●ゴルドーニ『田舎者』［伊］

一七六一年 ▼カラス事件（〜六五）〔仏〕●パーニーパットの戦い〔印〕●ジャン＝ジャック・ルソー『新しきエロイーズ』〔仏〕●ゴルドーニ『避暑地三部作』〔伊〕

一七六二年 ▼エカテリーナ二世即位〔露〕●ジャン＝ジャック・ルソー『エミール』、『社会契約論』〔仏〕●ディドロ『リチャードソン礼讃』〔仏〕●マクファーソン『フィンガル』〔英〕●C・ゴッツィ『トゥーランドット』〔伊〕

一七六三年 ▼パリ条約〔欧〕●ヴォルテール『寛容論』〔仏〕●スマート『ダビデ賛歌』〔英〕●パリーニ『朝』〔伊〕

一七六四年 ▼ポニャトフスキ、ポーランド国王スタニスワフ二世として即位〔ポーランド〕●ヴォルテール『哲学辞典』〔仏〕●ハーグリーヴズ、ジェニー紡績機発明〔英〕●ウォルポール『オトラント城奇譚』〔英〕●ベッカリーア『犯罪と刑罰』〔伊〕●ゴルドーニ『扇』〔伊〕●ヴィンケルマン『古代美術史』（〜六七）〔独〕●カント『美と崇高の感情に関する観察』〔独〕

一七六五年 ▼神聖ローマ皇帝ヨーゼフ二世即位（〜九〇）〔墺〕●ディドロ『絵画論』〔仏〕●ワットの蒸気機関改良〔英〕●マクファーソン『オシアン詩集』〔英〕●パーシー『イギリス古謡拾遺集』〔英〕●パリーニ『昼』〔伊〕●C・F・ニコライ、「一般ドイツ論叢」を刊行（〜九二）〔独〕

一七六六年 ▼印紙税法の撤回〔英〕●ゴールドスミス『ウェイクフィールドの牧師』〔英〕●レーオンハルト・オイラー『あるドイツの王女への手紙』（〜七二）〔スイス〕●カント『視霊者の夢』〔独〕●ヴィーラント『アガトンの物語』（〜六七）〔独〕●ヘルダー『近代ドイツ文学断章』（〜六七）〔独〕●レッシング『ラオコーン』〔独〕

訳者解題

心臓に毛が生えた男

かつて好んで芝居通いをしたものだが、特にオペラが好きだった。あるとき私は、あなたもご存知のカネー神父とモンブロンという男の間に座っていた。この男は小冊子を数冊書いたが、その著作は不機嫌なばかりで才能はほぼどこにも見当たらないという代物だった。感動的な曲を聴いたばかりの私は、その詞曲に心が踊っていた。その頃まだペルゴレーズは知られておらず、私たちにとってはリュリが最高の人物だった。陶酔して興奮した私は、隣にいるモンブロンの腕をつかんで「美しい曲でしたね」と言った。黄色っぽい顔で、黒くて濃い眉毛の、人付きの悪い凶暴な目つきの男はこう答えた。

「そうは思いませんね」

「そう思わない？」

「ええ。心臓に毛が生えているものでね」

私は身震いして、この二本足の虎のもとを離れた。


ここで「心臓に毛が生えている」とうそぶき、「二本足の虎」と呼ばれている人物が、今あなたが手にしている本の作者ルイ＝シャルル・フジュレ・ド・モンブロン（一七〇六－六〇）である。これは『百科全書』の編纂で有名な十八世紀フランスを代表する哲学者、ドニ・ディドロ（一七一三－八四）の証言であり、フジュレの人物評としてはもっとも有名なものだ。この訳者解題を先に読んでいる人は、ディドロがそのように評した作品ならば読みたくないと考えるかもしれないが、安心してほしい。この本は少なくともフジュレが晩年に不機嫌さを悪化させて書いた小冊子の翻訳ではないし、ここに訳出した作品を読んでいただければわかるが、この作家は決して音楽に対する感受性が乏しかったわけではない。

ディドロはフジュレのほぼ七歳下で、冒頭近くでこのように語る文章「諷刺その一」は、フジュレの死からかなり時間が経った一七七三年に書かれた。このエピソードがいつ頃のものなのかはわからないが、ディドロが与えた「二本足の虎」という評価は、フジュレの死後に事後的に多少脚色したものだと考えられるだろう。事実この「諷刺その一」という作品は、人間をさまざまな動物的な特性に分類している。それでもディドロはフジュレの人物像を自由に創作したわけではない。晩年のフジュレが他人に対して心を閉ざした気難しい人間だったことについては他にも証言がある。

一度ならず見かけたものだが、モンブロンは帽子を目深にかぶり、顔を高く上げて一人で散歩していた。両手を上着の裾の下からポケットに突っ込み、挨拶されてもごく少数の人にしか返事をしなかった。聖職者の兄が見かねてこの人間嫌いの風を少し非難すると、モンブロンはこう答えた。「じゃあ、あなた方坊さん連中は、この忌まわしい人類の中でどうやって生きていったらいいのかご存知なんですかね」

フジュレがこのように他人に対して心をかたくなに閉ざすにいたるまでにはどのような経緯があったのだろうか。まず、ディドロの有名な著作『ラモーの甥』の主人公である「風変わりな人物」とどこか似ていると言われるこの男の生涯を振り返ってみよう。

フジュレ・ド・モンブロンの生涯

ルイ＝シャルル・フジュレ・ド・モンブロン（Louis-Charles Fougeret de Monbron）は一七〇六年十二月

十九日、北仏ピカルディー地方、現在はオー＝ド＝フランス地域圏ソム県のペロンヌに生まれた。父のジャン・フジュレは一介の徴税役人だったが、町の裁判所書記官の未亡人と結婚して運気が変わった。妻には二人の連れ子がいたが、一六九九年の結婚から四人の子供が生まれた。マリー＝フランソワーズ、ジャン＝ピエール、この本の著者ルイ＝シャルル、さらにシャルルである。母親は早くに亡くなったが、ルイ＝シャルルはペロンヌで優れた教育を受けたようだ。一七二〇年頃から父親のジャン・フジュレは時のジョン・ロー政策の混乱を利用して財をなし、投機の才能を使って多数の地所を取得した。その地所の一つがモンブロンであり、ルイ＝シャルルは父親から受け継いだこの地所の名前を名乗った。作者名については、この経緯から一般に一族の姓であるフジュレで呼ぶことが多いが、本人が著者名としてはモンブロンを用いたために、ディドロの引用にあるようにモンブロンと呼ばれることもある。ディドロはMonbronと綴っているが、Monbronとするのが慣例である。

ルイ＝シャルルの姉マリー＝フランソワーズは一七二三年にパリの財界人と結婚したが、それに続いて二六、七年頃にルイ＝シャルルもパリに赴き、国王親衛隊の隊員となる。兄ジャン＝ピエールと弟シャルルは地元で豊かな生活を営んでいたが、続いてパリに向かい、いずれも財界で活躍することになる。一方ルイ＝シャルルは国王親衛隊を四年で辞め、一七三五年に王宮付き従僕になる。この職は父親に買ってもらったものだが、また四年ほど後にはこの職を辞して売り払ってしまう。

十八世紀前半の典型的な成り上がり者である父に倣って経済的に成功した他の兄弟とは違って、ルイ＝シャルルは放浪に生きることになる。

一七四二年春には職を売ったお金を原資として英国に旅立ち、ロンドンに六週間滞在し、ネーデルラント共和国に立ち寄ってからパリに戻る。この年の六月には長い船旅に出て、九月にコンスタンチノープル（現イスタンブール）に到着し、そこに三カ月滞在する。この年には父親が亡くなり、多額の遺産を相続することになる。翌年一月にルイ＝シャルルは再びパリに戻る。

この時期にルイ＝シャルルは作家としての第一歩を踏み出している。一七四一年に発表した最初の作品が、ここに訳出した『深紅のソファー *Le Canapé couleur de feu*』だ。これはクレビヨン・フィスの有名な小説『ソファー』のパロディーである。

初期のフジュレはもっぱらパロディーを書くことに興じていた。一七四四年にフランス国王ルイ十五世が瀕死の重病に苦しむと、回復を祈る詩が流行したが、それをからかう調子の詩をものし（「他人の好みに合わせた頌歌」、「シャイヨの百姓が国王に申し上げる挨拶」）、一七四五年には、ブルボン王朝最初の国王、アンリ四世を称えるヴォルテールの叙事詩『アンリアード』（一七二三年）を一字一句パロディーにした『滑稽アンリアード *La Henriade travestie en vers burlesques*』を発表した。たとえ国王を諷刺の対象にすることの中に反権威的傾向が見られるとは言っても、これらの作品の本質はあくまで悪ふざけである。英雄叙事詩を引き下げることによって滑稽を狙うバーレスクだ。しかしながら、ヴォルテール自身がこのパロディーを読んで「大いに笑った」と伝えられている。

この年四五年四月にはイタリアに向かい、ローマ、ナポリ、ロレット、ボローニャ、ヴェネツィアを訪れ、翌年春に事務的な用向きのためにパリに戻るが、すぐに「かつてないほどにどこかに飛び出して行きたくてたまらなくなり」(本書一九九頁)、ドイツのベルリンとドレスデンを訪れる。ベルリンでは宮廷批判の嫌疑をかけられ、フジュレには悪い評判がつきまとうことになる。四七年に再びパリに戻るが、「だいたい悪いことしか聞かない国だが、実際にどういうところか自分で確かめてみたいと思い」(二〇六頁)スペインに向かう。バルセロナ、サラゴサ、マドリード、さらにポルトガルのリスボンを訪れ、英国のポーツマス、ロンドンを経由して四八年八月にパリに戻る。

このときフジュレはここに訳出した代表作『修繕屋マルゴ *Margot la Ravaudeuse*』を印刷させようとしたようだ。もっともこのとき実際に印刷されたのかどうかはわからない。いずれにせよ、このリベルタン小説(特にフランス十八世紀に特徴的な好色文学のこと)は告発を受けて警察当局の知るところとなり、この年の十一月にフジュレは逮捕されてパリのフォール＝レヴェックという小さな監獄に収容される。ひと月後に釈放されるが、今度は再びロンドンに渡り、一種の紀行文学作品である『コスモポリット(世界市民)*Le Cosmopolite ou le Citoyen du monde*』を執筆する。翌五〇年にこの『コスモポリット』と、警察を挑発するような短い序文を付け加えた『修繕屋マルゴ』を発表する。この二篇の作品は、いかなる束縛をも嫌う十八世紀の作家の精神の闊達さを示すものであり、このマイナー作家の代表作と考えられるものだ。さらにその翌年には、近世英国好色文学の代表作とされるジョン・クレランド『ファニー・ヒル』のフランス語抄訳を発表する。

このとき以後、フジュレが旅をするのは、退屈を紛らわすためではなくて、迫害を逃れるためになってしまった。具体的な罪状がなくても裁判なしでの収監を可能にする封印状が出ていたのである。五三年春、パリに戻るものの、逮捕状が出たためにオランダに逃れることになる。この年「マインツ滞在中のM・F・ヴォルテールへの書簡」という作品を発表している。アムステルダムで逮捕されたかに思われたフジュレだが、十一月にモスクワにいたことが確認されている。反抗的で不機嫌なフジュレはここでも問題を起こし、シベリア流刑になりそうになったという。ロシアを逃れたフジュレはまたオランダに戻って来るが、フランスに身柄を引き渡されることを恐れ、五四年夏にリエージュにいたことがわかっているが、ここからも追放されてブリュッセルに移る。結局五五年三月十四日に仏南西部トゥールーズで逮捕され、バスティーユで二度目の収監を経験することになる。前回はひと月程度で釈放されたが、今回の収容生活は四月十二日から九月二十五日まで五カ月以上に及んだ。釈放後、パリを追放されたフジュレは生まれ故郷のペロンヌに戻ることになる。先に引用した、滅多に挨拶を交わさない気難しい人間フジュレの肖像は、この時代の同郷人の証言とされるものである（ペロンヌの郷土史家ウスタッシュ・ド・サシーの一八六六年の本『ペロンヌ史試論』から）。おそらく長きにわたる逃亡生活と二度目の収監によって精神の闊達さが失われてしまったのだろう。

フジュレにとっては生まれ故郷のペロンヌも一種の監獄のようなものでしかなく、ここにも安住することできずに、五七年には再びパリに赴くことになる。フジュレはかつて自らが英国贔屓だったのだが、反動によって英国に対して憎悪を燃やし、この年ヴォルテールらの英国贔屓を批判する『英国かぶれ予防法 *Préservatif contre l'anglomanie*』という小冊子を出版する。その二年後の五九年には、ジャン゠ジャック・ルソーの『人間不平等起源論』の影響下で、大都市パリの堕落を非難する『ガリアの首都、新しきバビロン *La Capitale des Gaules ou la Nouvelle Babylone*』を発表する。いずれにしてもかつての自由闊達な精神を失い、気難しさが勝る凡庸な作品で、後世の人間には忘れ去られたが、当時はそれなりの反響があったらしい。ディドロがフジュレ・ド・モンブロンのことを回想して不機嫌な「二本足の虎」と呼ぶとき、『コスモポリット』のことも念頭にあるだろうが、おそらくこれら晩年の作品がその不機嫌さの印象をさらに強めているのだろう。

フジュレは一七六〇年九月十六日にパリで亡くなる。まだ五十三歳だった。フジュレは生涯独身で、愛人の存在も知られず、子供もなく、肖像画も残っていない。父親から受け継いだ財産のおかげで貧しさを免れたこの男は、家と財産八千リーヴルを無学な家政婦に遺贈し、残りは生まれ故郷のペロンヌの貧しい人に配るようにと遺言した。しかも嫌がらせのためか、家族には一人当たりたった十リーヴルずつだけ渡すようにとわざわざ決めていたそうだ。これに憤慨した家族の中には、遺書を取り消させようとして裁判を起こした者がいたが、訴えは聞き届けられなかったという。

市民社会を舞台にした妖精物語

ここからは今回訳出した三篇の作品について解説していく。最初はフジュレ・ド・モンブロンが一七四一年に発表した最初の作品である短編小説『深紅のソファー *Le Canapé couleur de feu*』である。魔法によってソファーに変身させられた男が、人間の姿を取り戻した後で自分の上で繰り広げられた情交について語るという枠組みは、十八世紀リベルタン文学を代表するクレビヨン・フィスの『ソファー *Le Sopha*』(一七四二年)と同じものだ。リベルタン文学は厄介事を避けるためにしばしば出版年や出版地をごまかすことがあり、この短編についても一七一四年アムステルダムの出版とするものがあるために、フランス好色文学の発掘者であった二十世紀の詩人アポリネールらは、クレビヨンがフジュレのアイデアを膨らませて小説『ソファー』を書いたのだと考えたが、フジュレは一七〇六年生まれなので当然それは間違いである。パスカル・ピアが序文を書いた『好色文学作品辞典』(一九七一年)もサラーヌ・アレクサンドリアン『好色文学史』(一九八九年)も一七一四年という出版年に信を置いたために、この作品をフジュレのものとするのを誤りとしているが、近年は一七一四年という出版年の方が虚偽であることが明らかになっている。

クレビヨンの有名な小説『ソファー』はフジュレの短編の翌年一七四二年に出版されたが、ある証言によるとこの小説の手稿のコピーが「ピンクのソファー *Le Canapé couleur de rose*」という題名で印刷出版の前に出回っていたそうなので、それを読んだフジュレが題名をもじってパロディー作品を書いたのだと考えられる。クレビヨンの作品は『千夜一夜物語』風のオリエンタルで典雅な物語だが、フジュレはこれを当時のフランス市民社会の卑近な物語に変え、実に低劣な偽善者ばかりを登場させる。

妖精物語、魔法物語がパロディー化されて好色文学になるのは珍しいことではないが、興味深いことにフランスリベルタン文学においてはこのような作品が一時期に集中している。エロティックな妖精物語は一七三四年から五四年の二十年の間に書かれたというのだ。このような作品の中で一般フランス文学史でも言及される有名なものには、女性器が性体験を語るディドロの『おしゃべりな宝石』(一七四八年) がある。

この『深紅のソファー』はジャンルの流行の中で書かれたということによってパロディーの意味がより明確になるだろう。パロディーの対象は時代を特徴づける流行であることが頻繁だからだ。妖精物語としての枠組みがきわめて貧弱であることからも、フジュレが特にこのジャンルを愛好したためにこの作品をものしたというわけではないことが推測できる。前述の事情により、『深紅のソファー』がエロティックな妖精物語の最初の作品だと考えられることがあるが、残念ながらその名誉はフジュレのものではなく、クレビヨンが一七三四年に発表した『タンザイとネアダルネ、日本の物語』のものである。『ソファー』以前に『タンザイとネアダルネ』が大変な好評を博したが、作中の政府に対する揶揄のために、クレビヨンは数日間監獄に入れられることになった。

フジュレの短編において、ソファーに変身させられた主人公が人間に戻る条件は、そのソファーの上で性行為に及ぶ男性が性的なしくじりを犯すこと、つまり射精に及ばないことだが、クレビヨンの『ソファー』では、性行為が未経験である男女が初めて愛し合うときに魔法が解けることになっている。ここでもフジュレはクレビヨンの物語をあえて下品なものにしていて、そのことによるパロディーの面白さがあるとも考えられるが、実は『タンザイとネアダルネ』において男女の性的不能が妖精によって治癒されることになっている。つまりこの短編小説の発想は独創性を欠いたもので、フジュレはクレビヨンの二つの作品のアイデアを組み合わせてパロディーを書いたということになる。また、妖精の名前プランタニエールは十七世紀の作家マダム・ドルノワの妖精物語「サンザシ姫 *La Princesse Printanière*」から借りたものである。

当時の評者ジャック＝エリー・ガストリエは一七四一年十二月十四日付の手紙でこう書いている。『深紅のソファー』は当初『ソファー *Le Canapé*』という題名で発表されたので、ここで言及されている『ソファー』はフジュレの短編のことだ。

新作『ソファー』を読んだが、もし作者がふだんから才気ある品行方正な人だと思われていて、その評判を損ないたくないなら、絶対に名前を明かすべきではない。下品なことを垂れ流し、文体は貧弱で、それを埋め合わせるようなきらめきも全くない。この作者はクレビヨン・フィスの『ピンクのソファー *Le Sopha couleur de rose*』という題名の小品からテーマを思いついたのだが、お手本の優美さや言い回しからは程遠く、傑作の味気ない駄目なパロディーだとしか思えない。

またもや読む気を失わせるような評価だが、このような批評を文字通りに捕らえる必要はない。なぜならばこの評者もまた自らの評判を損ないたくないと思っているのであり、そのためにはこの通俗的な作品に低い評価を与えなければならないからだ。これとは逆にフジュレは評判を気にすることなく、考えたことを自由に書き続け、それはときに露悪趣味そのものになる。人によく思われようとすることなく、ひたすら悪趣味な悪ふざけによって、偽善に満ちた社会を諷刺するのがフジュレの目的だ。ここに妖精物語ならではの想像力のひらめきを求めても無駄で、作品の枠組みはクレビヨンから借りてきたものだ。その正反対に、フジュレは妖精物語の形だけを借りて、その時代の世相を描こうとするのだ。クレビヨンがベールをかけた上品な表現を好むとすれば、フジュレはその反対に露骨で下品な表現をあえてするのである。後年のサド侯爵は「ベールをかけた表現は悪徳を愛させるものだ」と言ってクレビヨンを批判したが、この意味でフジュレはサド侯爵の方法論を先取りした作家だと言える。

この短編で語られるエピソードはいずれも興味深いものだが、特に「痙攣派」に関するエピソードが注目される。フジュレは多くのリベルタン作家と同様に、聖職者の偽善を語り、人々の信じやすさを揶揄するのだが、痙攣派に関するエピソードはこの態度をわかりやすい形で示している。

一七一三年にローマ教皇クレメンス十一世が「ウニゲニトゥス」と呼ばれる勅書によってジャンセニスムを異端と断じたことは、十八世紀前半のフランス史屈指の大事件だ。カトリックの一つの宗派であるジャンセニスムは十七世紀にポール・ロワイヤル修道院を拠点にしてフランスで広まり、哲学者パスカルや劇作家ラシーヌがこれに傾倒した。カルヴァンの恩寵予定説に近い思想をもち、人間の自由意志に対して否定的な立場をとっていると考えられたため、異端宣告を受けて退潮が決定的となった。

「痙攣派」は一七三〇年代に現れた。高潔さゆえに聖人とも考えられたジャンセニストの助祭フランソワ・ド・パリス（一六九〇‐一七二七）が亡くなった後に、埋葬されたサン＝メダール教会の墓地で、病気が治癒するなどの奇蹟が起こり、多くの信者が神懸かりの状態になったという。多くの人にとってこれはジャンセニスムの退潮を象徴するスキャンダルで、かつて謹厳さゆえに尊敬されていた宗派のイメージが悪化することになった。

アベ・プレヴォーの有名な小説『マノン・レスコー』はこのスキャンダルが起きるのとほぼ同時に発表されたものだが、ジャンセニスム破門の影響を色濃く残す作品である。主人公のデグリューが「頭で考えた通りに行動するのが僕の義務だが、僕は自分の思いのままに行動できるのだろうか。

どんな助けがあったとしても、僕にはマノンの魅力が忘れられないのではないか」と言うと、親友のティベルジュは「神よ許し給え、ここにジャンセニストがもう一人いるようだ」と答えるのだ。人間の自由意志を超えた一種の宿命論にデグリューは支配されているかのようだ。

ジャンセニスム破門は特にフランスにおいてデリケートな問題であり、クレビヨンの『タンザイとネアダルネ』の中で問題になったのは、「ウニゲニトゥス」以後のジャンセニストとイエズス会の間の議論に対する揶揄だった。ここにおける偽善に満ちた聖職者への挑発が侮辱的なものだと考えられたために、クレビヨンはバスティーユに収監されなければならなかったのである。

少し脱線したが、十八世紀前半のフランス文学を読む上ではジャンセニスムの問題が重要であり、たとえ特にこの宗派との関係において扱われるわけではないとしても、自由意志に対する疑問が頻繁に背後にあることに留意してほしい。特に教会権力に反抗するリベルタン文学は、もし人がキリスト教道徳から逸脱した行いに及んだとしても、それは制御できない人間の本性によるものであり、必ずしも個々人の自由意志によるものではないという思想を背景にもっていると言える。

ここでこの短編小説の題名について付記しておこう。前述したように、まずクレビヨンの小説の草稿が *Le Canapé couleur de rose*（ピンク色のカナペ）という題名で出回っていたらしいが、ガストリエの手紙の中ではこれが *Le Sopha couleur de rose*（ピンク色のソファー）になっていた。フジュレはまず *Le Canapé*（カナペ）という題名でこの短編を出版したが、後にこれを *Le Canapé couleur de feu*（火色のカナペ）

に変えた。一方クレビヨンの小説の方は *Le Sopha*（『ソファー』）が最終的な題名になっている。まずこの単語の綴りについてだが、現代フランス語正書法では sofa であり、sopha は古風な綴りだが、クレビヨンの作品の題名は現代風の綴りに変えずに古風な綴りのままにするのが慣例になっている。トルコ語から来たこの単語にはオリエンタルなイメージがあり、舞台がオリエントであるこの作品によく合っている。このソファー sofa（あるいは sopha）もカナペ canapé も同様に寝そべることができる長椅子だが、厳密には違いがあり、sofa の方は背が三つに分かれたもので、canapé の方は背が一枚のものを指すことになっている。もっとも当時のアカデミー・フランセーズ辞書にも「sofa と canapé はよく混同される」とあるので、特に違いを意識する必要はなさそうである。とはいえ、クレビヨンの典雅な世界には sopha が似合い、フジュレの市民世界には canapé が似合うと考えることはできそうだ。邦訳の題名としては、フジュレがクレビヨンの「ピンクのソファー」を意識していただろうことを考慮して、「深紅のソファー」というものを選んでみた。

遊女の成り上がり

十八世紀フランス文学史の中ではマイナーな作家であるフジュレ・ド・モンブロンの名前が記憶されているとすれば、それはもっぱら小説『修繕屋マルゴ *Margot la Ravaudeuse*』によるものである。これは貧しい家庭に生まれた少女が娼館で修業した後にオペラ座のダンサーになり、自分の魅力を売って成り上がる物語だが、ある意味でレアリスム小説を先取りしたような作品だという点で十八世紀リベルタン小説の中でも例外的なものだ。この小説の中に登場する娼館は実在のものであり、多くの登場人物にモデルが存在する。もちろん通りの名前なども当時のパリのものだが、実際にフジュレが暮らしていたパリの界隈が舞台になっている。また、お針子や女優の中には売春を行うものが多いというイメージがあったので、マルゴの人物像は典型的なものだと考えられただろう。

この小説に先行するフジュレの作品はいずれも悪ふざけのパロディー作品だったが、この小説にもパロディーの元になるような一つのモチーフがある。一七二〇年から二五年頃にかけて、「修繕屋マルゴ」という歌が流行し、その歌からこの小説は題名をとっているのだ。当時の読者がこの小説をどのように読んだかを理解するためには、これがどのような歌だったのかを紹介しなければならないだろう。

「修繕屋マルゴ」という言葉で歌い出されるメロディーは軽喜劇の世界で知られていて、さまざまな替え歌があった。マルゴは古くから艶笑歌に登場する女性の名前で、替え歌の中には当然世相を諷刺するものがあった。

この小説はルイ十五世時代を舞台にしたものである。歴史上フランス王国の最盛期を体現する太陽王ルイ十四世の後を、わずか五歳の孫ルイ十五世が継いだのは一七一五年のことだった。後に最愛王と呼ばれることになるこの幼い王の摂政はオルレアン公フィリップで、二三年までの八年間はフランス史において「摂政時代」と呼ばれるが、この間に活発な少年に成長した王は狩猟に夢中になった。二三年に満十三歳になったルイ十五世は成年に達したと見なされ、摂政時代は終わりを告げた。二四年六月、血気盛んな若き王も女を知れば扱いやすくなるのではないかと考えた取り巻きが、ヴェルサイユから五〇キロほど離れたシャンティイに向かうとき、たくさん娼婦を用意して王の童貞を失わせようとしたのだという。しかしこの計画はおじゃんになった。この滑稽な話題が「修繕屋マルゴ」の替え歌の題材となった［図1］。

修繕屋マルゴが亭主に言ったとさ
淫売どもをシャンティイに連れて行ってどうするんだい
おやまあ、童貞相手に娼婦を十七人も連れて行かなくちゃならないのかい

これと同じメロディーで、必ずしも修繕屋とは限らない、くず屋や肉屋などのさまざまなマルゴがそれぞれに諷刺を語るのである。フジュレは前述の通り『修繕屋マルゴ』を書く数年前にルイ十五世をからかうパロディー詩を書いているが、だからといって右の替え歌だけを念頭に置いていたというわけではなく、数多くの諷刺歌を想起させるものとして修繕屋マルゴという語り手を選んだのだろう。

［図1］「修繕屋マルゴ」のメロディー

この小説は主人公が一人称で語る告白で、このような形式の十八世紀小説は珍しくないが、マルゴが貧しい生まれの成り上がりであるということがこの小説の語りを特徴づけていると言えるだろう。訳者の能力不足のために識別がかなわないが、この小説の語りはさまざまな社会階層の言語をつぎはぎしたようなものになっており、それが本作の魅力をなしているらしい。少なくとも、マルゴの見せかけの無邪気さと感じられるものは、尾籠なことを上品な仕方で語ろうとするという不釣り合いから生まれたものだと言えるだろうし、それはこの翻訳からもわかっていただけるのではないだろうか。しかしマルゴの語りが上品であろうとするのはあくまで口調だけであり、そこで描かれる内容はきわめて直接的で、クレビヨンのようにベールをかけた優雅な表現は拒んでいる。

それどころか、この小説で描かれるのは、夢も何もない味気ない素のままの薄汚れた現実だ。マルゴは壁に汚い落書きがある場末のレストランで処女を失い、娼館の娘たちは殴り合いの喧嘩をして服を破り、マルゴは自分に襲いかかる娼館の客を罵り、酔っ払った男爵はマルゴに吐瀉物を浴びせる。ここで描かれるのはひたすら人間の醜さばかりだ。とはいえマルゴの語りには何食わぬ顔のユーモアが通底しており、何よりもまずこの物語は一人の女性のサクセスストーリーであることが重要である。

マルゴは客の男性を食い物にして財産を築くのだが、男に対して優しい感情をもつことはほとんどなく、むしろ全く軽蔑している。もしかしたらこのような女性主人公のことを「悪女」という類型に当てはめる人もいるかもしれないが、少なくともフジュレの筆致では悪女として描かれていない。そもそもマルゴは、たとえ男性を利用しているように見えるとしても、悪辣な犯罪に手を染めることがなく、せいぜい聖職者に性病をうつす程度である。たとえ心優しい女性ではないとしても、あえて悪事に手を出すような人間ではなく、むしろきわめて「人間的」である。この意味においてこの小説がハッピーエンドであることには大きな意味がある。確かにこの小説の結末はカタルシスを与えるような文字通りのハッピーエンドではなく、皮肉なブラックユーモアが明白ではあるが、とはいえ少なくともマルゴは不幸に陥ることなく平穏に人生を送ることができるような財産を手に入れたのだ。宗教をもたない人間としては特に重罪を犯していないマルゴは、からだを売って財をなしたのだとしても、改悛や更生の必要がない。たとえ両親に対する家族愛に目覚めたとしても、キリスト教的な美徳を奉じることは決してしない。これこそがこの作品の比類ない特色なのだが、この物語のハッピーエンドはマルゴが自分の手で獲得したものであり、マルゴの平穏は、改悛して見出した宗教に与えられるものでもなく、ましてや男性と結婚して子供を産んで家庭をつくることによって与えられるものでもない。その経済的自立が売春によって得られたものだとしても、マルゴは自立した女なのだ。謎めいた悪女でもファムファタールでもなければ、男の主人公の人生の踏み台になる優しい娼婦でもないマルゴは、既に十八世紀半ばにおいて、後に現れる近代の文学的感性を嘲笑うかのように軽々と超えていた健康な女性なのだ。

おそらくフジュレはデフォーの『モル・フランダーズ』を読んでいただろうし、後にフランス語訳を発表するクレランドの『ファニー・ヒル』を『修繕屋マルゴ』の執筆前に既に読んでいたかもしれないが、これらの女主人公とは違って、女性の幸福は結婚によって得られるという社会通念を一顧だにせず、一貫して冷めた態度を持ち続けることの中にマルゴのオリジナリティがあると言えよう。

最後にこの小説の出版の経緯について触れておこう。この小説は一七五〇年に出版されたが、前述のように一七四八年にフジュレはこの小説のために短い間収監されている。このとき原稿は押収されていると思われるが、我々が知っている五〇年に発表された作品が四八年に押収された原稿と同じ内容であるのかどうかはわからない。少なくともこの序文は新しく付け加えられたものであることが間違いない。

Voici enfin cette *Margot la ravaudeuse*, dont le général de la pousse, sollicité par le corps des catins et de leurs infâmes suppôts, voulut faire un crime d'État à son auteur. Comme on ne l'accusait pas moins que d'avoir attaqué dans cet ouvrage la religion, le gouvernement et le souverain, il s'est déterminé à le mettre au jour, craignant que son silence ne déposât contre lui, et qu'on ne le crût réellement coupable. Le public jugera qui a tort ou raison.

ようやくここにあの『修繕屋マルゴ』をお届けする。お巡りの頭領が売女の一団とその恥ずべき手先どもの訴えを聞いて、まるで作者が大きな罪でも犯したかのような大げさなことを言って責め立てている作品である。この作品は宗教、政府、君主を攻撃していると非難する者までいるので、作者はこの作品を世に出そうと決心した。何もしなければかえって自分の不利になるのではないか、本当に有罪だと思われるのではないかと危惧したからだ。誰が正しくて誰が間違っているのかはみなさんが判断してくれるだろう。

（五一頁）

ここで「お巡りの頭領」と呼ばれている警察総監ラ・フェリエール伯は、フランス国王ルイ十五世の愛妾ポンパドゥール夫人の友人だった。成り上がりの遊女マルゴがポンパドゥール夫人を揶揄したものであると考えられたので問題視されたと考える人もいるが、それについては確証がない上に、マルゴのモデルがフジュレの敵であるとは想像しにくい。しかし当時は公正な司法が存在しなかったので、さまざまな権力のせめぎ合いによる逮捕が頻繁だったと考えられ、具体的な理由は特定できないけれども、この作品はポンパドゥール夫人とその取り巻きにとって好ましからざるものと見なされたということだろう。当時は夫人を誹謗する文書が多かったために、この作品もそのようなものだと考えられたということではないだろうか。もっとも、訳者には明白ではないが、当時の読者には明らかであるような当てこすりがこの作品内にあるのかもしれないが、それについて判断する手段をもたないので、識者の指摘を待ちたい。この本を巡る逮捕劇については『コスモポリット』が詳しく述べているが、当時の宮内大臣がポンパドゥール夫人のことを疎ましく思うモールパ伯だったことがフジュレには好都合だったようで、フジュレは約一カ月だけ収監された後に釈放された。

しかしながらそのモールパ伯自身が、ポンパドゥール夫人を諷刺したために、翌年四九年に失脚してしまう。それなのにあえてこのような挑発的な序文を付け加えてフジュレは『修繕屋マルゴ』を五〇年に出版させたのである。匿名で出版されたとはいえ、事情を知る者にとって特定することは簡単だっただろう。このような書物の著者であることは否定するのが当然の時代に、あえてこれは自分が書いたものだと明かすに等しい文章だ。当時のフジュレはおそらくロンドン在住だったためにすぐさま身柄を拘束される危険がなかったとはいえ（扉の出版年は五十年後の一八〇〇年とされている）、何ものをも恐れない傲岸な態度であり、これがさらなる厄介事を引きつけることになったのだろう。フジュレは、フランス政府ばかりでなく、ヨーロッパの他の国にとっても望まれざる人間になるのだ。

啓蒙の世紀の無頼漢

フジュレ・ド・モンブロンの名前が記憶されているのがもっぱらリベルタン小説『修繕屋マルゴ』

によるものだとしても、一種の紀行文学である『コスモポリット（世界市民）*Le Cosmopolite ou Le Citoyen du monde*』の興味深さはこれに勝るとも劣らない。おそらく紀行文学が文学史の中で重視されてこなかったがゆえにこの作品は忘れ去られてしまったのだろうが、十八世紀半ばの放浪する無頼漢の自伝的作品として非常に面白いものであり、このまま埃に埋もれたままになっているのはもったいないのでここに訳出した。フジュレがマイナー作家でありながら、その生涯についての情報が比較的に多いのはこの作品のおかげである。

十八世紀において、この作品の題名に用いられているcosmopoliteという単語は「世界市民を自称する人」という意味をもっており、「世界各地を旅して回り、どこにいてもその地になじむ人」のことでもある。フランス語では十六世紀から使われている単語だが、頻繁に使われ出したのは十八世紀になってからだ。この頃から国境をまたいだ旅行が流行したからである。この世紀の初頭でもまだ語形が定まっていなかったらしく、一七二一年のトレヴー辞典では見出しに現代フランス語では用いられないcosmopolitainを掲げ、「cosmopoliteと言う人もいるが、Napolitain（ナポリ人）やConstantinopolitain（コンスタンチノープル人）との類推からcosmopolitainと言うべきである」と書いている。定義には「ときにふざけて、定住地をもたない人、あるいはどこにいても外国人ではない人のことを言う」とある。

このcosmopoliteという単語は十八世紀頭までは「根無し草」のような軽蔑的なニュアンスで理解

されていたそうで、トレヴー辞典にあるようにふざけた語感の単語だったようだ。アカデミー・フランセーズ辞典としては初めてこの単語を見出しに立てた一七六二年の第四版でも、定義は「どの祖国にも属そうとしない人」とされており、「cosmopolite はよき市民ではない」という例文が載っている。一方、革命期九八年のアカデミー辞書では、六二年版の定義の前にフジュレの書物の副題と同じものである「世界市民」という定義が付け加えられていて、例文は「cosmopolite は世界を自らの祖国と見なす」というものに差し替えられている。辞書の定義が実際に社会で使われている言語からは常に遅れていることを考えると、フジュレがこの文章を発表したときには軽蔑的なニュアンスが軽くなっていたと推測できるが、やはり現代日本人が「コスモポリタン」という言葉で考えるものとは受け取られ方が違ったと考えられるので、訳題は「コスモポリタン」とせずに「コスモポリット」とした。この単語に悪いニュアンスが含まれていて、フジュレはあえて芳しからざる存在を自称していると考えた方が、作中の露悪趣味、偽悪趣味と釣り合いがとれるだろう。もっとも現代からさかのぼって、「フジュレは当時のコスモポリタンだった」と考えても必ずしも間違いではなかろう。あるいはフジュレの作品がこの単語の意味を現代語に近い意味に変えるのに多少貢献したのかもしれない。

一七五〇年に発表されたこの作品は、四二年以後のヨーロッパ放浪を描いたものだが、風光明媚な観光地やその歴史を語ることを目的としてない。フジュレには「これまでに多くの旅行者が残した壮大な描写と競い合うつもりはない」（一四四頁）からだ。フジュレはこう言う。

僕はジャーナリストになる気も旅行作家になる気もないので、訪れたさまざまな場所の概略をぐずぐず描いたり、自分が出会った人々の風俗や習慣を長々と語ったりはしない。既にこの種の退屈な本は世の中に溢れている。わざわざ僕が模倣や繰り返しによってそのような本の数を増やす必要はないだろう。僕がしようと思っているのはただ、行き当たりばったりで思うままにあちこちに行って、散歩しながら考えたことを紙に書きつけることだけだ。思いついたことがあれば、正直な僕にはこれを書かずにいられない。（一五九頁）

フジュレはまた「僕の精神はあえて規則を無視し、りすのように枝から枝へと跳び移り、どの枝にも長居はしない」（一七〇頁）とも言う。このとりとめのなさこそがこの作品の魅力であり、特色だと言えるだろう。旅行記の中に、社会や芸術についてのコメントが差し挟まれ、さらには下世話な話や尾籠なエピソードも挿入される。その基調となるのは常に皮肉であり、あらゆる権威を認めないような態度だ。人間嫌いの風は顕著だが、何食わぬ顔で冗談を言うようなユーモアが通奏低音のように響いている。それでも当時の読者にはもっぱらこの人間嫌いの態度が目についたようだ。ジュネーヴ出身の作家ピエール・クレマンは『コスモポリット』出版当時の一七五〇年に、「これは私の知る限りいちばん不機嫌な市民である」とコメントしている。十九世紀初頭のショードンとドゥランディーヌによる百科事典の「モンブロン」の項目には次のように書いてある。

これは自分自身とも他者とも折り合いをつけて生きていくことができないタイプの作家だった。全てに反抗し、何事にも首を縦に振らず、あらゆる人間を罵り、復讐心によって人間を憎む。それでも才気はあるので、こんなにも不機嫌でなければ、きちんと考えてまともなことが書けたのかもしれない。〔…〕作中には快活さがあり、ときには想像力もあるが、人前では気難しく暗い人間だった。

この引用で省略した部分には『滑稽アンリアード』、『コスモポリット』、『英国かぶれ予防法』についての短評があり、いいところがないわけではないが、全体的には高く評価できないという書きぶりである。小説については題名を挙げるべきではないと言い、『修繕屋マルゴ』については言及されていない。百科事典を汚すような猥褻な作品だと考えられたからだろう。

『コスモポリット』に対する同時代の好意的な意見には、『ラオコオン』などで有名なドイツの著述家レッシング（一七二九－八一）のものがある。「他の作家は自分の目で見たことを語るが、この作家は自分で考えたことを語っている。他の作家が見なかったものをこの作家も見なかったのかもしれないが、少なくともその代わりに、おそらく他のどの旅行者も考えなかったことをたくさん考えているのだ」というのが五一年当時、若きレッシングの意見だ。

それでもこの『コスモポリット』の文学史における重要性は、ヴォルテールの小説『カンディード』との関係にあると考えていいだろう。フジュレのヨーロッパ旅行が有名な哲学小説のヒントになったのではないかというのだ。フジュレはいつも何かの期待をもって旅先に向かうのだが、その期待は常に裏切られ失望することになる。これが希望をもって旅をする主人公に行く先行く先で災難が襲いかかる『カンディード』の物語の一つのヒントだったとしてもおかしくはないだろう。ヴォルテールは『滑稽アンリアード』が気に入っただけでなく、実際にフジュレに会ったこともあったが、この旅行記を読んだという確証がないとされていた。

ところが実はヴォルテールがこの本を読んだ証拠と言うべきものがあるのだ。『コスモポリット』のコンスタンチノープル滞在時のボヌヴァル氏との会見のエピソードの中で、「モルネー氏、ラムジー氏、マッカーシー神父のことも話題に上った」と書かれているが、ヴォルテールは一七三二年の「忘恩について」という詩の註の中でこの三人の名前を挙げ、「三人ともコンスタンチノープルに行って、ボヌヴァル伯のところで割礼を受けた」と書いている。ところがこの註は『コスモポリット』刊行の二年後五二年に付け加えられたものだ。この註を読むとまるでヴォルテールがこの三人がコンスタンチノープルに行ったことを知っているかのように思われるが、実はヴォルテールから金を借りたマッカーシー神父以外の二人がコンスタンチノープルに行ったかどうかはわからず、フジュレの報告は事実でないと考えられるのである。つまりこの三人がコンスタンチノープルに行ったという記述は『コスモポリット』に基づくものだと考えられ、そのためにヴォルテールが『コスモポリット』を読んだのはほぼ確実だと言えるのだ。

『カンディード』と『コスモポリット』の類似を最初に指摘したのは仏文学者アンドレ・モリーズだ。一九一三年に出版された『カンディード』校訂版の序文の中で、モリーズはこの二篇の作品の類似は発想、旅程、ディテールの三面において顕著であると言っているが、それと同時に、ディテールが似ていると言うことは可能だが、決定的ではないとも認めている。この仮説の発表から百年たった今も、『コスモポリット』が『カンディード』の主要な典拠だということが定説になってはいないようだが、必ずしもこの仮説を証明することが重要というわけではないだろう。『カンディード』は十八世紀フランス哲学小説を代表する作品であり、たとえヴォルテールが執筆の際に『コスモポリット』を参考にしたとしても、それは数ある典拠のうちの一つでしかない。フジュレの自伝的作品とヴォルテールの小説の関係において重要なのは、旅先で常に期待が裏切られる主人公のような、社会に対する居心地の悪さをもつ人間の類型が十八世紀半ばに存在したということである。

フジュレは自分が世界と一致していないという感覚をもっていて、それゆえに放蕩に溺れたのだろう。自らの筆によるものであるために多少の誇張はあるかもしれないが、『コスモポリット』の後半で出会う女性に「あなたほど評判が悪い館に通い詰めていた罰当たりの好色漢はあまりいない」と言われるほどの娼館通いをしていたらしい。しかしマノン・レスコーの魅力にうつつを抜かして悪い連中とも付き合うことになったデグリューとフジュレには本質的な違いがある。この二人を隔てる二十年が大きな意味をもっているのである。『マノン・レスコー』は一七三〇年に発表された小説で、人間の判断を過たせるものである情熱を批判するものだが、この小説を読んでいて気づくのは、デグリューがしばしば貧窮に言及していることである。デグリューは小貴族だが、十八世紀前半は小貴族が没落してブルジョワが勢力を増す時代だった。特に一七一六年から二〇年までのジョン・ローの財政改革の失敗によって破産した人が多く、一方でこれを利用して財をなしたものもあった。小貴族デグリューが平民のマノンに翻弄される物語を、この歴史的背景の一種のメタファーとして理解することもできるだろう。

一方、フジュレの父親は、まさにジョン・ロー政策の混乱を利用した投機が成功して成り上がったブルジョワだった。放蕩には金が必要だが、デグリューは自らの没落から目をそらすために放蕩に溺れて貧窮した。それとは逆にフジュレは父親から相続した財産で遊んで暮らすことができたのである（他にも何か職業をもっていたのかもしれないが、それは定かではない）。このような状況が幸福を保証するものかといえば、人間はそれほど単純なものではなく、フジュレには埋めることができない欠乏感があったと考えるべきだろう。フジュレが放蕩に溺れたのはむしろこの満ち足り過ぎているがゆえの不充足感を埋めるためだったのではないか。『修繕屋マルゴ』の結末近くではこう言われていた。

快楽と魂の関係はごちそうと胃の関係に等しいものです。どんなにおいしい料理でも、慣れてしまえば味気なくなってしまいます。最後にはうんざりしてしまって、消化不良を起こします。言ってみれば、快楽が過ぎたために心が飽和して、感情が麻痺してしまったのです。現在の生活条件がいかに心地よいものであっても、あなたにとっては全てが耐え難いものなのです。

（一三五頁）

これは医者がマルゴに対して言う言葉だが、フジュレ自身にも当てはまるものだと考えることができるだろう。

ラモーの甥とよく似た男

このフジュレの生きづらさ、不充足感はこの時代において新しいタイプのものであり、百年後のボードレール風の居心地の悪さを先取りしたもののようにも思える。常に放浪せずにいられないのは、「ここは自分がいるべき場所ではない」という感覚をもっているからである。「僕は祖国を憎んでいた」(一四一頁)というフジュレは、旅先の英国が理想の国だと考える。

最初の一目では、見るもの聞くものが、それまでに聞いたことからした想像を遥かに上回っているように思えた。英国人はみんな僕にとって神のような存在だった。どんなに無造作な行為や仕草でも全て良識と正しい理性に導かれているように見えていた。英国人が口を開いて話すと、何を言っているのか一言もわからないのに、えもいわれぬ気持ちでうっとりしてしまうのだ。(一四一頁)

このような一見真面目な語り口のユーモアがフジュレに特徴的なものだ。しかしフジュレは英国に対しても幻滅してしまうことになる。

この素晴らしい人々にも他の誰とも同じように悪い面があり、フランス人と同じように頭のねじが外れていることに気づいてしまった。唯一の違いは、フランス人が陽気な狂人であるのに対して、英国人は真面目で悲しい狂人だということだ。(二一七頁)

フジュレは自分の気質が英国人と似ていると思っていたのだが、実際にはフジュレにとって英国が本質的なものだったのではなく、祖国以外の場所であればよかったのかもしれない。とはいえ「英国の方がフランスよりも進んでいる」と考えたフジュレの直観をその後の歴史は否定していない。十七世紀から十八世紀にかけてのフランスの栄光の時代に続いてやって来るのは、英国が覇権をもつ世界だ。十九世紀のロマン主義的感性も、フランス人が生み出したものというよりは英国やドイツからやって来たものだ。フジュレの作品が示す感性はロマン主義とは程遠いものだが、もっぱら社交性を重んじる十八世紀フランスの文人らしいものでもなく、十九世紀文学の孤独への志向を先取りしているとも言える。

フジュレの放浪癖、どこに行っても満足できないという感覚は当時のフランスの文人にとって興味深いものだったのだろう。この『コスモポリット』はヴォルテールの『カンディード』ばかりでなく、ディドロの『ラモーの甥』という啓蒙の世紀を代表するもう一篇の作品にも影響を与えた可能性があると考えられている。

この訳者解題の最初に引いたディドロのモンブロン評は「諷刺その一」という作品の冒頭近くにあるものだが、有名な『ラモーの甥』は「諷刺その二」と呼ばれている。これは「私」と「彼」の間の対話篇だが、この「彼」の人間像にフジュレの影を読み取る評者がいる。この対話篇の冒頭で「私」は「とりわけ奇妙な人物」に話しかけられる。

これは高慢と卑屈、良識と非常識が組み合わさった男だ。礼節と無礼の概念が頭の中で奇妙にこんがらがっているのに違いない。というのもこの男は、生まれつき備わっている美点を見せびらかすことなく示す一方で、悪いところの方も人に見せて恥じないのである。

確かに『コスモポリット』の中に現れるフジュレはこのような人物で、自伝的作品の中で普通はそんなことを書かないだろうということも平気で書いているのが奇妙な印象を与える。とはいえディドロはこの人物のモデルが作曲家ジャン＝フィリップ・ラモーの甥ジャン＝フランソワだと明言しているのであり、たとえこの「彼」の言動を全てジャン＝フランソワ・ラモー本人に帰すことはできないとしても、「彼」のモデルの一人にフジュレもいるとするのは早計に過ぎるだろう。モンブロンの人物像を語るときにディドロが『コスモポリット』も念頭に置いていたことは間違いなく、『ラモーの甥』の執筆の際にこの旅行記の著者のことを考えたことがないとも断言できないが、フジュレが直接「彼」の人物像の構成要素になっていると考えるよりも、フジュレや「ラモーの甥」が十八世紀半ばのフランスのある種の人物の類型を代表する存在だったと考えた方がいいだろう。近世フランスが重んじた、均整のとれた理性をもった文人とは違うタイプの奇妙な人間がこの時代に現れ始めていたのだ。

フランス十八世紀が専門の歴史家アルレット・ファルジュと著名な哲学者ミシェル・フーコーの

共著に『家族秩序の崩壊』(一九八二) があるが、これは十八世紀の「封印状」を集めた書物だ。封印状とは国璽によって封印された書状であり、これがあれば裁判なしで人を収監させることができた。封印状は家族が放蕩息子を監獄に閉じ込めるためにも用いられたことがよく知られている。革命前のミラボー伯爵やサド侯爵がこれによって収監されていたことが有名なために、名家や富裕層がこの手段を用いるイメージがあったが、この研究により、意外なことにつましい生活環境の家族からの訴えが多かったことがわかった。特に興味深いのは、一七二八年には「私たちはよき親だったのに子供が悪くなった」とする訴えが多かったのに、五八年になると「よい教育を与えたのに子供が悪くなった」とする書状が増えてくるということである。つまり、十八世紀前半においては単に子供を不良扱いするものが多かったのに対し、後半になると教育によっては矯正することができない性分が問題になってくる。フジュレを告発する封印状がどこから発せられたどのような内容のものだったのかはわからないが、ファルジュらによる封印状の研究からは、ちょうどこの時期に社会規範からの逸脱に関する新しい視点が生じて来たということがわかる。フジュレもラモーの甥もこの時代の転回点の刻印を押された存在であると考えられるだろう。

小説と自伝的作品の間

『修繕屋マルゴ』はパリを舞台とした小説作品で、実在の人物の名前をもった人物が登場する。マルゴが活躍するのはフジュレが実際に住んでいた地区だ。町並みの描写はないけれども、フジュレが実際に足で知っていた町を描いているために、マルゴの語りから当時のパリが生き生きと浮かび上がってくる。フジュレ自身が忘れられた作家だが、この小説の魅力は他にも忘れられた作家の名前が現れるところにある。特に、作中に登場するモンテクレール作曲《ジェフテ》やラモー作曲《イポリットとアリシー》などのオペラの台本作者として知られる詩人ペルグラン師について語る一節は、この小説の他の部分のとぼけた調子とは違った切実さが感じられるもので、不遇な作家の弁護として優れたものである。ここではマルゴではなくて、フジュレ自身の語りが顔を出しているように感じられないだろうか。また、小説の結末で睡眠導入効果がある読み物としてマルゴが挙げるボワイエ・ダルジャン侯爵とムーイ騎士が『コスモポリット』でも言及され、いずれも凡庸な作家として切り捨てられているところに痛快なブラックユーモアがある。ボワイエ・ダルジャンもムーイも当時のフランスでは非常によく読まれたらしいが、現在では全く忘れ去られている。ボワイエ・ダルジャンはリベルタン小説『女哲学者テレーズ』の作者としてのみ名前を記憶されているが、この作品も本当に彼のものであるのかどうかは疑われている。

我々は『コスモポリット』を自伝的作品として読み、『修繕屋マルゴ』を小説として読むが、当時の人間には『マルゴ』の方もほぼ実話のように読むことができたのではないだろうか。それほどこの小説には現実に起きた事件がちりばめられている。たとえば本書八二頁で教会の倒壊事故が語られるが、実際にサン゠ニコラ゠デュ゠ルーヴル教会が一七三九年十二月十五日に倒壊し、そこで六人の司教座聖堂参事会員が犠牲になっている。マルゴのオペラ座デビューの日には「舞台裏で女性団員の一人が死に値する罪を犯しているところを見つかった」(九一頁)と語られているけれども、四〇年にはマリー゠アントワネット・プティという団員がオペラ座を追われたことが大きなスキャンダルとなった。九八頁ではオペラ《ジェフテ》のリハーサルが話題になっているが、《ジェフテ》は同じ四〇年に再演されている。よってマルゴがオペラ座に入ったのは、発表の十年前一七四〇年のことだとわかるのである。

この小説の他の実名については本編の訳註に記したので細かく書かないが、当時の読者にはまるで実話のように書かれた諷刺小説を楽しく読むことができただろうと想像できる。我々にはなかなか当時の読者の感覚を追体験することができないとはしても、小説『修繕屋マルゴ』と自伝的作品『コスモポリット』を同時に読むことによって、フィクションの主人公であるマルゴと、フジュレがバルセロナで出会う、実在した遊女を重ね合わせることができる。この女性が必ずしもマルゴのモデルということではないだろうが、フジュレがどのような気持ちでマルゴの人物像をつくりあげたのか、その創作の秘密が垣間見られるように思えるだろう。

マルゴは通りの名前を実名で挙げているが、それらの通りの多くは現在のパリの地図と一致しない。ご存知の方も多いだろうが、十九世紀後半の第二帝政期、オスマン計画でパリの町が抜本的に改造されたからである。そこで本書の巻頭に十八世紀当時のパリの地図を掲載した（**『深紅のソファー』**『**修繕屋マルゴ**』**要図**）。これによって多少なりともマルゴの暮らしたパリのことが想像できるかと思う。また、『コスモポリット』でフジュレが訪れた町を記したヨーロッパの地図も載せたので（**『コスモポリット（世界市民）』要図**）、啓蒙の世紀の無頼漢のヨーロッパ放浪旅行に思いを馳せてほしい。

おそらくこの時代、さまざまな国を旅するということは現代人から想像もつかないほどに困難なことだった。たとえ文人にとって旅行することが流行になっていたとしても、そこにはさまざまな制約があったと想像される。そうでもなければ、警察によってフジュレの罪状が「旅をしたこと」だとされることがありえないだろう。二十一世紀現在においてはヨーロッパ大国同士が戦争することが想像できないとはいえ、一七四二年以後の旅行について語る『コスモポリット』には四〇年から四八年にわたったオーストリア継承戦争の影が色濃く、それ以前のスペイン継承戦争（一七〇一－一四）やポーランド継承戦争（一七三三－三五）を想起させる記述もある。フジュレが本当のことを言っているのかどうかは知りようがないが、旅をしたことの方が、『修繕屋マルゴ』よりも罪状としては重要視されたという。

僕の誹謗文書とやらを精査した思慮深き警察総監は騙されたことに気づいたが、決して間違うことがない人であるがゆえにそれを認めることができず、僕を収容できるような理由をでっち上げなければならなかった。このずるくて意地悪な警官が何をしたか想像がつくだろうか。僕の旅こそが罪であると主張し、王宮にとって望ましからぬ人物であるということにしたのである。（二一九－二二〇頁）

このフジュレの想像が当を得たものであるのかどうかについては判断できないが、それでも当時はフランスばかりでなく多くの国々において理由もなく諸国を放浪することがよく見られていなかったことは想像に難くない。しかもフジュレは成り上がりのブルジョワの息子であり、表面を取り繕うことができずに歯に衣着せぬものの言い方をする人間だ。このフジュレはベルリンにおいて宮廷批判をしたという嫌疑をかけられ、すぐに逃げ出してしまう。このとっさの行動を反省してフジュレはこう言う。

僕のような一人のつまらない人間がもし何か述べたからといって、大君主がそれを気にすることがありうるなど、思考能力がある人ならそんなことが当然だと考えることがあるだろうか。〔…〕この間違いを思い込んだまま死なずに済んだのは、事情に通じた、信用に値する人が誤りを正してくれたからだ。王は僕が引っかかった策略のことをほぼ聞いたことがなかったし、僕の存在すらも知らなかったというのだ。このように、君主に関して不当な言辞がささやかれるのはよくあることであり、君主の名において不正が行われているのに、実は君主自身はそれと全く関わっていないということがある。

（二〇〇―二〇一頁）

フジュレはこのようにこの嫌疑を軽視していて、君主当人についてはこの論考が当たっているのかもしれないが、社会はそのように考えなかった。十八世紀においては現在のように情報網が発達していなかったが、その代わりに噂が現代からは想像できないような大きな影響力をもっていた。偽善を嫌い、自分がどのように見えるか、自分をどのように見せるかに無頓着なフジュレは、多くの国において望まれざる客になってしまい、モスクワでもベルリン滞在時と同様の問題を起こしてしまう。フジュレという奔放不羈な人間にとって、当時のヨーロッパは生きづらい世界だったようだ。

フジュレは最初英国贔屓だったのだが、後に態度を変えて英国に対して激しい憎悪を燃やすようになる。とはいえ、「生まれつき英国人とだいたい似たような気質」（一五九頁）だと自ら言うフジュレの作品をいちばん歓迎したのは英国だったと言えるだろう。この『コスモポリット』と、一七六〇年代以後に英国で旅行を題材にした作品が流行したことを関係づける評者もいる。たとえば英国の研究者アーサー・リットン・セルズは、十八世紀の詩人オリヴァー・ゴールドスミスの書簡体作品『世界の市民』（六〇年）、長詩『旅人』（六五年）にモンブロンの影響があると言い、さらにトバイアス・スモレット『フランス・イタリア紀行』(六六年)、ローレンス・スターン『センチメンタル・ジャーニー』(六八年) の題名を挙げている。この中で、ゴールドスミスの『世界の市民』はモンテスキューの『ペルシア人の手紙』を真似たもので、中国人旅行者の目から見た英国を描いたものだが、*The Citizens of the World* という題名は、確かに『コスモポリット(世界市民)』の原題、*Le Cosmopolite ou Le Citoyen du monde* を思わせるものである。

十九世紀になると、英国の代表的ロマン主義詩人、ロード・バイロンが記念碑的作品『チャイルド・ハロルドの巡礼』(一八一二―一八年) の銘句として、この『コスモポリット』の冒頭をフランス語原文のまま引用している。

L'univers est une espèce de livre dont on n'a lu que la première page, quand on n'a vu que son pays. J'en ai feuilleté un assez grand nombre que j'ai trouvées presque également mauvaises. Cet examen ne m'a point été infructueux. Je haïssais ma patrie. Toutes les impertinences des peuples divers parmi lesquels j'ai vécu m'ont réconcilié avec elle. Quand je n'aurais tiré d'autre bénéfice de mes voyages que celui-là, je n'en regretterais ni les frais ni les fatigues.

世界とは一種の書物である。自分の国しか知らない人は、その書物の最初の一ページしか読んでいない。僕はこの本のページをかなりの枚数めくってみたが、どれも似たり寄ったりのひどさだった。この検分は全く無駄ではなかった。僕は祖国を憎んでいた。さまざまな国で暮らしてみたが、どの国でも人々は愚かしく、祖国と折り合いをつけることになった。度重なる旅行から得たものがこれだけだったとしても、お金をかけて旅行してくたびれ果てたことを悔やむことはないだろう。（一四一頁）

世界に対する居心地悪さを感じながら、倦怠のうちにヨーロッパをさまよい歩いたバイロンは、フジュレの言葉をまるで自分自身の言葉のように感じたのだろう。かくしてフジュレの放浪の遺産は半世紀後に英国で花開いたと言えるのかもしれない。

『修繕屋マルゴ』と『コスモポリット（世界市民）』がフジュレの最良の作品であり、その後の作品は精彩を欠くものとなった。特にフジュレがかつての自分を否定したことが残念だと感じられる。かつて自分が英国贔屓だったのに『英国かぶれ予防法』でヴォルテールらを批判し、まるでパリで放蕩に溺れていたことを忘れたかのように、『ガリアの首都、新しきバビロン』では道徳教師のようにパリの堕落を非難する。ここにはかつてのようなユーモアのかけらもなく、頑固で気難しい平凡な男が教訓を垂れているだけなのである。晩年のフジュレは自分がかつて忌み嫌った偽善者になっていた。これらは論争の書であり、おそらく『修繕屋マルゴ』や『コスモポリット』などの作品のせいで厄介事が増えたために、収拾をつけなければならなかったのだろうが、そのような経緯を差し引いて考えても、何のひらめきも見られない退屈な書物だと言わざるを得ない。ディドロはフジュレの死後に「その著作は不機嫌なばかりで才能はほぼどこにも見当たらないという代物だった」と書いたが、そこに奔放不羈な『コスモポリット』の作者を惜しむ気持ちはなかっただろうか。

『修繕屋マルゴ』が現実の要素をふんだんに取り入れた一種のレアリスム小説であるとすれば、『コスモポリット』は事実を語ると見せて、そこにかなりの虚構も忍び込んでいるだろう。ヴォルテールやディドロの注意を引いたと思われるこの作品は、フランス十八世紀の文学作品としては分類が難しいと考えられてきたが、現代日本の読者には近代日本の私小説と興味深い類似をもったものとして読むことができるのではないだろうか。これは何ごとにも文句を言わずにいられず、自分だけが可愛い人間の肥大した自我が発現した小品だが、公益ばかりを重んじる二十一世紀においてこのような作品を再発見することには意味があるのではないかと思う。

ルイ゠シャルル・フジュレ・ド・モンブロンは子孫を残さなかったが、兄のジャン゠ピエールはオルレアン地方の広大な土地を買い、その二人の息子は反革命運動に身を投じた。一人は亡命貴族軍に参加してブルターニュのキブロンで亡くなり、もう一人は人民の搾取者としてギロチン刑に処された。十八世紀前半に成り上がったブルジョワの子息は、革命期には既得権益を死守しようとする側にいたのである。

諷刺文学の言語

フジュレの『滑稽アンリアード』はヴォルテールの叙事詩『アンリアード』をパロディーにしたものだが、そのパロディーは巧みなもので、一字一句をもじったものでありながらもぎこちなさのない易々とした印象を与えるものだとされる。ここでこの諷刺作家のとぼけた文体を少しでも味わっていただくために、ここで紹介した三篇の作品の中から原文を抜粋してみたいと思う。

まず『深紅のソファー』から蛙姫クラポディーヌの登場の場面を引用しよう。

Nous arrivâmes en deux minutes trente et une secondes à l'appartement de Crapaudine. Printanière ne m'avait pas trompé en me disant que son nom cadrait avec sa figure. La princesse avait environ quatre pieds de haut sur trois de large, de petits yeux louches et fistuleux, tendres et languissants à ravir ; le front petit et triangulaire, les sourcils et les cheveux du plus beau roux du monde ; les joues pendantes et livides, mais appétissantes, une bouche d'une grandeur très honnête, parée d'une demi-douzaine de dents couleur de chocolat ; le tout merveilleusement assorti avec le plus aimable petit nez pointu qu'on puisse voir, ayant au cou une légère cicatrice d'écrouelle, qui ne paraissait presque pas, et deux grossissimes tétons mulâtres qui n'en faisaient qu'un par l'étroite union que la nature avait mise entre eux, lesquels étaient étayés et retenus par une crevée à l'épreuve.

二分三十一秒でクラポディーヌの部屋に到着しました。プランタニエールの言葉は嘘ではなくて、名前とぴったりのお姿でした。姫は背の高さがだいたい四ピエ、横幅が三ピエで、小さな目はやぶにらみで目やにがたまり、うっとりするほどに優しく気怠い目つきでした。額は小さな三角形で、眉毛と髪の毛はこの上なく美しい赤毛です。ほっぺたは垂れ下がって蒼白いが魅力的で、口はちょうどいい大きさで、チョコレート色の歯が六本ばかり輝いています。この顔全体が見事に釣り合っていて、ありうる限りいちばん可愛いとがった鼻が突き出しています。首には腺病の軽い痕がありましたが、それはあまり見えませんでした。巨大な浅黒い二つの乳房は生まれつきぴったりくっついていて一つになっているかのように見えましたが、このはち切れそうな乳房を服の切り込みがなんとか収めて支えていました。（一七頁）

まず、二分三十一秒という必要のない正確さが微笑みを誘うが、これに続く魅力的なクラポディーヌの描写がなんともおかしい。当然いかにも醜いものとして描くこともできただろうが、そうはしないところにフジュレという作家のいたずらっぽさだけではない奇妙さがある。登場人物に感情移入するのではない、傍観者的な冷めた視点が感じられるといっていいだろう。

『修繕屋マルゴ』の娼館における喧嘩の場面も滑稽なものだが、マルゴの語りが真面目ぶっているのが滑稽さを増している。

Tout allait au mieux jusque-là. Mais deux de nos demoiselles ayant outrepassé les bornes de la tempérance, et les fumées bachiques leur ayant tout à coup offusqué le chef, l’une assena sur le mufle de la seconde un coup de poing, auquel celle-ci riposta d’un coup d’assiette. Dans l’instant la table, les plats, les ragoûts et les sauces furent éparpillés par terre. Voilà la guerre déclarée. Mes deux héroïnes s’élancent l’une sur l’autre avec une fureur égale. Mouchoirs de cou, escoffions, manchettes, tout en une minute, est en lambeaux. Alors la maîtresse s’étant avancée pour interposer son autorité, on lui colle par mégarde une apostrophe sur l’oeil. Comme elle ne s’attendait pas à être caressée de la sorte, et que d’ailleurs ce n’était pas son défaut d’être endurante, il ne fut plus question de paix. Elle donna sur-le-champ des preuves de son savoir suprême dans l’art héroïque du pugilat.

そこまでは全てうまく行っていたのです。ところが二人のお嬢さんが節度をわきまえることを忘れてしまい、突然酒に酔って頭がぼうっとして、一人がもう一人の鼻面に拳骨をお見舞いすると、相手はこれに反撃して皿を叩きつけたのです。一瞬のうちにテーブル、食器、煮込み、ソースが床に転がりました。これが宣戦布告になりました。二人の女傑は負けず劣らずいきり立って相手につかみかかります。ネッカチーフ、エスコフィオン、袖飾り、全てがあっという間にびりびり破けてしまいました。ここで女主人が足を踏み出して割って入り威厳を示そうとしましたが、不注意による一発をつい食らいました。こんな風に優しくされるとは思ってもいなかったし、そのうえ妙に我慢強いという欠点も持ち合わせていなかったので、もう和解することなど問題外でした。その場で拳闘という英雄的格闘技の見事なテクニックを披露してくれたのです。（六一－六二頁）

殴られることを「優しくされる」と言い、「我慢強い」ことを「欠点」と呼ぶなど、ちぐはぐな表現がおかしさを醸し出しているが、ここでも作者はその場に居合わせたマルゴに感情移入することがなく、傍観者としての距離を保っている。この一節は次のように続く。

Dès le commencement je m’étais retranchée toute tremblante dans un coin de la salle, d’où je ne branlai pas tant que dura le chamaillis. C’était un spectacle effrayant, et burlesque tout à la fois, de voir ces cinq créatures échevelées culbutant et roulant les unes sur les autres, se mordant, s’égratignant, jouant des pieds et des poings, vomissant toutes les horreurs imaginables, et montrant scandaleusement leur grosse et menue marchandise.

最初から私は部屋の片隅に逃げ込んでがたがた震えていて、喧嘩が続いている間はそこから動きませんでした。この光景は恐ろしいと同時に滑稽でもありました（C’était un spectacle effrayant, et burlesque tout à la fois）。髪を振り乱した五人の女が相手を突き倒してはその上で転げ回り、噛みつき、ひっかき、足と拳骨を振るい回して、ありとあらゆる罵詈雑言を撒き散らし、大小の商売道具を恥ずかしげもなく丸出しにしていたのです。（六二頁）

ここに現れるburlesqueという単語こそがフジュレの文学を特徴づけるものだろう。英雄的なもの、高貴なもの、上品なものを卑俗なレベルに引き下げることから生まれる滑稽さがburlesqueであり、それはフジュレが『滑稽アンリアード』において実践したことだ。
『コスモポリット』からは、クマエのシビュラの洞窟を訪れたときの記述を引用しよう。

On m'y fit voir, dans un petit espace séparé, la fontaine où la Sibylle avait coutume de prendre le bain. J'en puis parler plus savamment que personne car j'y tombai tout de mon long, et en sondai la profondeur avec le nez par la faute de celui qui nous éclairait. Comme il y a fort peu d'eau et beaucoup de pierres, je risquai moins de me noyer que de m'estropier. Heureusement j'en fus quitte pour une légère contusion au menton et une grande éclaboussure dont j'eus la basane un peu rafraîchie.
見せてもらったのは、洞窟と別の小さな空間にある、シビュラがいつも水浴していたという泉だった。このことについては他の誰よりも僕の方が詳しいはずだ。この泉にばったり倒れ込んで、鼻を使って深さを測ったからである。そうなったのは明かりをともしていた人のせいだ。

水はほんの少ししかないが石はたくさんあったので、溺れる前に不具になりそうなところだった。運がいいことに、顎の軽い打ち傷と大量の水しぶきだけで済み、これのおかげで肌が多少涼しくなった。

（一七四頁）

ここでフジュレは自分が転んで痛い思いをしたのに、まるで他人事のような書き方をしている。自分自身に対してもまるで傍観者のような視点から語っているのだ。この距離を保った書き方、それも優しい視点ではなくて意地悪さを潜ませた書き方こそが、このフジュレ・ド・モンブロンという特異なマイナー作家の諷刺文学をつくっていると言える。ここに紹介した三篇はいずれも当時は諷刺性がよく理解されただろうが、早く古びるのが諷刺の常であり、現代の読者にとって諷刺性を十全に理解することは難しい。それでも知性や教養よりは気分によって書くフジュレ・ド・モンブロンという作家の当時には珍しい個性のおかげで、これらの作品は今も面白く読むことができるのではないだろうか。

翻訳について

本書はルイ＝シャルル・フジュレ・ド・モンブロンの作品三篇を翻訳したものである。
『深紅のソファー』の現行の題名での初版本は一七四一年にアムステルダムで出版されたとされ

る*Le Canapé couleur de feu*, par M. de ..., Compagnie des librairies, Amsterdam, 1741である。フランス国会図書館にかつて存在した不道徳出版物の分類項目「地獄」に収められ、整理番号は五五四番だった。裁判記録は残っていないが、一八七四年に「公衆道徳と風紀に反するものとして処罰を受けた作品の目録」から除外されたという記録があるので、それまでは禁書だったと考えられる。翻訳にはニコラ・ヴェスマン編『十八世紀不道徳物語集』(ロベール・ラフォン社)(*Contes immoraux du XVIIIe siècle*, Nicolas Veysman éd., Robert Laffont, collection Bouquins, 2009)を用いた。

『修繕屋マルゴ』の初版本はハンブルクで出版されたとされる*Margot la ravaudeuse*, par M. de M..., Hambourg, 1800 [1750]である。一七五〇年の出版だが、法的問題を避けるために一八〇〇年と記されている。作者名は「M氏」とされる。この作品もフランス国会図書館の「地獄」に収蔵され、整理番号は三二四番だった(また、イタリア語訳も「地獄」に収められており、整理番号は七〇〇番である)。風紀を紊乱する書物として、一八一五年、二二年、六九年の三度にわたって断罪されている。翻訳にはガリマール社プレイヤード叢書のパトリック・ヴァルド・ラゾフスキー編『十八世紀リベルタン作家集』(全二巻)の第一巻(*Romanciers libertins du XVIIIe siècle*, Patrick Wald Lasowski éd., Gallimard, coll. « Bibliothèque de la Pléiade », 2000-2005, 2 vol.)を用い、レーモン・トルーソン編『十八世紀リベルタン小説集』(ロベール・ラフォン社)(*Romans libertins du XVIIIe siècle*, Raymond Trousson éd., Robert Laffont, collection Bouquins, 1993)を参考にした。

『コスモポリット(世界市民)』の初版本は*Le Cosmopolite ou Le Citoyen du monde*, Aux dépens de l'auteur, sans lieu, 1750である。自費出版であり、出版地も記されていない。一七五三年のものには出版地がロンドンと記されており、「モンブロン著（Par Mr. de Monbron）」という作者名の記載がある。翻訳にはLouis-Charles Fougeret de Monbron, *Le Cosmopolite ou Le Citoyen du monde*, Payot & Rivages, collection Rivages poche, 2014を用い、Louis-Charles Fougeret de Monbron, *Le Cosmopolite ou Le Citoyen du monde (1750)*, édition critique préparé par Edouard Langville, Modern Humanities Research Association, 2010を参考にした。

十八世紀フランス文学においては会話文も行替えしないことが頻繁なので、読みやすさを考慮して適宜段落を加えた。

『修繕屋マルゴ』は十八世紀中に十回程度再版されていて、違う題名で印刷されたものもあるが内容は変わっていない。『コスモポリット』については事情が違い、フジュレは一七五三年、五八年、六一年に新しく註を付け加えている。煩雑になるので訳には個別に何年の原註であるかを記していないが、特に死後六一年の註が多いことが注目される。死後発表とはいえおそらく本人の書いた註ではないかと思われるが、逮捕のきっかけになった作品が『修繕屋マルゴ』であることや、窮状から救ってくれた大臣がモールパであったことを記した註がこの年の版に付け加えられていることが特に興味深い。この作品は原註の数がかなり多い上に、ノンフィクション作品は時代背景が重要なので訳註を多めに付け加えたために、最終的に註の数が非常に多くなってしまった。これが読書の妨げにならず、むしろ楽しみを増すようなものであってほしいと期待している。

ここに訳出した三篇のうち、『深紅のソファー』と『修繕屋マルゴ』は好色文学であるリベルタン小説であり、『コスモポリット（世界市民）』は紀行文学である。いずれにせよ通俗文学と考えられるもので、『コスモポリット』のフランス語版文庫の序文ではこれが「不当にも通俗文学の棚に入れられて埃をかぶっていた」作品であると紹介されている。しかしフジュレの作品が通俗文学扱いされたことが不当なのではなく、現代の通俗文学は読むが、過去の通俗文学には目を向けないという態度の方が不当だと言えるのではないだろうか。時代のフィルターに濾過された古典だけが読むに値するという定見に疑義を唱えなければならないのであり、時代のフィルターには恣意性が多分に含まれていると考えるべきだろう。忘れ去られたマイナー作家が生きた人生も、高名な大作家の人生と尊さは変わらない。確かにフジュレの作品の中には高邁さがなく、人間の卑小さを暴く彼自身が卑小な人間であると感じられる。フジュレはヴォルテールの叙事詩を茶化し、クレビヨンが描くオリエンタルで典雅な世界を卑近なフランス市民の物語にすることで、対象を引きずり落として諷刺するが、自分が引きずり落とした諷刺の対象と同じレベルにとどまる諷刺作家なのである。しかしそれだからこそ二十一世紀の世の中に十八世紀の忘れられた作家フジュレを読む私たちは、そこに人間の本性の変わらなさを見出してある種の親しみを感じるのではないだろうか。

十八世紀フランスリベルタン文学作品としては、幻戯書房のルリユール書房から既にネルシア『フェリシア、私の愚行録』の拙訳を刊行していただいたが、その訳者解題にてこの『修繕屋マルゴ』

に言及していた。是非ともこの魅力的な作品も紹介したいと思っていたが、中村健太郎氏に企画を快諾していただいた。この場を借りて感謝したい。

［著者略歴］
ルイ＝シャルル・フジュレ・ド・モンブロン［Louis-Charles Fougeret de Monbron 1706–60］
北仏ピカルディー地方ペロンヌ生まれのフランスの作家。平民の父親が一代で財をなしたために食うに困らず、ヨーロッパを放浪して暮らす。十八世紀文人の明るい社交性とは正反対の不機嫌な「人間嫌い」として知られ、「世界市民」を自称しながら、どこにもなじむことができない存在だった。十八世紀リベルタン文学の代表作『修繕屋マルゴ』、紀行文学『コスモポリット（世界市民）』のほか、フランス人の英国贔屓を批判する『英国かぶれ予防法』、パリの腐敗を批判する『ガリアの首都、新しきバビロン』などの著作がある。

［訳者略歴］
福井寧［ふくい・ひさし］
一九六七年、青森市生まれ。東京外国語大学外国語学部フランス語学科卒業。東京都立大学人文学部研究科仏文専攻博士課程単位取得中退。モンペリエ第三大学でDEA取得。全国通訳案内士（フランス語・英語）。訳書に、ネルシア『フェリシア、私の愚行録』（幻戯書房）。

〈ルリユール叢書〉
修繕屋マルゴ 他二篇

二〇二一年一〇月八日　第一刷発行

著者　フジュレ・ド・モンブロン
訳者　福井　寧
発行者　田尻　勉
発行所　幻戯書房
郵便番号一〇一－〇〇五二
東京都千代田区神田小川町三－十二　岩崎ビル二階
電話　〇三（五二八三）三九三四
FAX　〇三（五二八三）三九三五
URL　http://www.genki-shobou.co.jp/
印刷・製本　中央精版印刷

ISBN978-4-86488-232-3 C0397

〈ルリユール叢書〉発刊の言

厖大な情報が、目にもとまらぬ速さで時々刻々と世界中を駆けめぐる今日、かえって〈遅い文化〉の意義が目に入りやすくなってきました。例えば、読書はその最たるものです。それというのも読書とは、それぞれの人が自分のリズムで本を読み、日々の生活や仕事、世界が変化する速さとは異なる時間を味わう営みでもあります。人間に深く根ざした文化と言えましょう。

本はまた、ページを開かないときでも、そこにあって固有の時間を生みだすものです。試しに時代や言語など、出自を異にする本が棚に並ぶのを眺めてみましょう。ときには数冊の本のなかに、数百年、あるいは千年といった時間の幅が見いだされるかもしれません。そうした本の背や表紙を目にすることから、すでに読書は始まっています。

気になった本を手にとり、一冊また一冊と読んでいくと、目には見えない書物同士の結び目として「古典」と呼ばれる作品があることに気づきます。先人の知を尊重し、これを古典として保存、継承していくなかで書物の世界は築かれているのです。かつて盛んに翻訳刊行された「世界文学全集」も、各国文学の古典を次代の読者へと手渡し、共有する試みでした。

古今東西の古典文学は、書物という形をまとって、時代や言語を越えて移動します。〈ルリユール叢書〉は、どこかの書棚でよき隣人として一所に集う――私たち人間が希望しながらも容易に実現しえない、異文化・異言語・異人同士が寛容と友愛で結びあうユートピアのような――〈文芸の共和国〉を目指します。

また、それぞれの読者にとって古典もいろいろです。私たちは、そのつど本を読みながら、時間をかけた読書の積み重ねのなかで、自分だけの古典を発見していくのです。〈ルリユール叢書〉は、新たな古典のかたちをみなさんとともに探り、育んでいく試みとして出発します。

Reliure〈ルリユール〉は「製本、装丁」を意味する言葉です。
ルリユール叢書は、全集として閉じることのない
世界文学叢書を目指し、多種多様な作品を綴じながら、
文学の精神を紐解いていきます。
一冊一冊を読むことで、読者みずからが〈世界文学〉を
作り上げていくことを願って――

［本叢書の特色］

❖名作の古典新訳から異端の知られざる未発表・未邦訳まで、世界各国の小説・詩・戯曲・エッセイ・伝記・評論などジャンルを問わず紹介していきます（刊行ラインナップをご覧ください）。

❖巻末には、外国文学者ならではの精緻、詳細な作家・作品分析がなされた「訳者解題」と、世界文学史・文化史が見えてくる「作家年譜」が付きます。

❖カバー・帯・表紙の三つが多色多彩に織りなされた、ユニークな装幀。

〈ルリユール叢書〉［既刊ラインナップ］

アベル・サンチェス	ミゲル・デ・ウナムーノ［富田広樹＝訳］
フェリシア、私の愚行録	ネルシア［福井寧＝訳］
マクティーグ　サンフランシスコの物語	フランク・ノリス［高野 泰志 訳］
呪われた詩人たち	ポール・ヴェルレーヌ［倉方健作＝訳］
アムール・ジョーヌ	トリスタン・コルビエール［小澤真＝訳］
ドクター・マリゴールド　朗読小説傑作選	チャールズ・ディケンズ［井原慶一郎＝編訳］
従弟クリスティアンの家で　他五篇	テーオドール・シュトルム［岡本雅克＝訳］
独裁者ティラノ・バンデラス　灼熱の地の小説	バリェ＝インクラン［大楠栄三＝訳］
アルフィエーリ悲劇選　フィリッポ　サウル	ヴィットーリオ・アルフィエーリ［菅野類＝訳］
断想集	ジャコモ・レオパルディ［國司航佑＝訳］
颱風	レンジェル・メニヘールト［小谷野敦＝訳］
子供時代	ナタリー・サロート［湯原かの子＝訳］
聖伝	シュテファン・ツヴァイク［宇和川雄・籠碧＝訳］
ボスの影	マルティン・ルイス・グスマン［寺尾隆吉＝訳］
山の花環 小宇宙の光	ペタル二世ペトロビッチ＝ニェゴシュ［田中一生・山崎洋＝訳］
イェレナ、いない女　他十三篇	イボ・アンドリッチ［田中一生・山崎洋・山崎佳代子＝訳］
フラッシュ　ある犬の伝記	ヴァージニア・ウルフ［岩崎雅之＝訳］
仮面の陰に　あるいは女性の力	ルイザ・メイ・オルコット［大串尚代＝訳］
ミルドレッド・ピアース　未必の故意	ジェイムズ・M・ケイン［吉田恭子＝訳］
ニルス・リューネ	イェンス・ピータ・ヤコブセン［奥山裕介＝訳］
ヘンリヒ・シュティリング自伝　真実の物語	ユング＝シュティリング［牧原豊樹＝訳］
過去への旅　チェス奇譚	シュテファン・ツヴァイク［宇和川雄・籠碧＝訳］
魂の不滅なる白い砂漠　詩と詩論	ピエール・ルヴェルディ［平林通洋・山口孝行＝訳］